홀론 2

이 소설은 가상의 사건을 다루고 있으며,
등장하는 인물, 회사 및 단체는 현실과 관련이 없습니다.

홀론

제레미 오
장편소설

HOLON

# 51
톰 브라운 (Tom Brown)

발사통제실은 난장판이었다.

가짜로 재생되던 캡슐 내부의 화면을 끄는 데만 10분 넘게 걸렸다. 아무것도 할 수 없다는 게 가장 큰 문제였다. 다들 분주하게 움직였지만, 딱히 뭘 하고 있는 게 아니었다. 아무리 전문가들이라도 예상치 못한 상황에선 늘 허둥대기 마련이었다.

"여러분, 잠깐만!"

혼란이 가중되는 가운데 팔짱을 끼고 생각에 잠겨 있던 톰이 갑자기 소리쳤다. 직원들의 시선이 일제히 그를 향했다.

"유튜브 생중계는 중단되었나요?"

"네, 방금 송출 멈췄습니다."

헨리가 마우스를 바쁘게 움직이며 대답했다. 센터스크린 유튜브 라이브 화면에는 '잠시 점검 중입니다'라는 문구만 떠 있었다.

"추가로 확인된 사항은?"

직원들은 자신들이 가진 모든 자원을 동원했지만, 델타 Ⅶ 로켓과 에단의 흔적을 찾을 수는 없었다.

"폭발 흔적은 없나요?"

"인근 여섯 군데 천문대에 연락해봤는데, 최근 한 시간 이내에 해당 공역에서 이상 현상은 관측되지 않았습니다."

"승무원들 생체 신호는?"

"여전히 잡히지 않습니다. 에단과 루크 모두…."

루크의 이름을 내뱉은 관제 직원의 얼굴이 하얗게 굳었다. 유일하게 이 상황을 설명할 수 있는 열쇠는 루크에게 있었다. 고도로 훈련된 지상 최고의 우주인이 정신착란과 피해망상을 보이며 우주선을 망가트린 게 분명해 보였다. 그것도 모두의 눈과 귀를 속인 채.

톰의 휴대전화가 울렸다. 진동 소리였지만, 통제실 안의 모든 사람이 들을 수 있을 만큼 정적이 감돌았다.

톰이 헛기침을 하고 전화를 받았다. 상대가 누군지 짐작하는 건 어렵지 않았다. 톰은 에드워드 대통령과 통화할 때면 왼손으로 휴대전화를 드는 습성이 있었다.

모두가 숨죽인 가운데 통화가 끝났다.

"자, 여러분! 다크홀 1차 유인미션은 실패했습니다. 다르파를 비롯한 유관기관에서도 로켓의 흔적을 찾지 못했다는 소식을 전합니다."

통제실 안이 일제히 웅성거리기 시작했다.

"국장님, 이번 미션은…."

헨리가 저도 모르게 자리에서 벌떡 일어났다.

"여러분들께 미리 말하지 못해 미안합니다."

톰은 의식적으로 헨리를 쳐다보며 말했다.

헨리는 그의 말을 제대로 들은 게 맞는지 의심스러웠다. 문제가 생긴 시점부터 오직 나사의 힘으로 문제를 해결하자며 고집을 피운 건 바로 톰이었다.

"어찌 되었든 저궤도 위성과 감시자원을 총동원해보았을 때, 애석하게도 로켓과 캡슐 모두 추적에 실패했습니다."

톰은 단호했다. 하지만 그의 말을 믿는 직원은 아무도 없었다. 온 국민의 시선이 집중된 로켓 발사를 이런 식으로 끝내는 경우는 없을 테니까.

"국장님, 그럼 사고 조사와 구조 활동은 어떻게 해야 합니까?"

헨리가 신경질적으로 목소리를 높였다.

"우리가 관여할 사항이 아닙니다. 공군에서 알아서 진행하기로 했습니다."

무책임한 대답에 여기저기서 탄식이 흘러나왔다. 그동안 차분하게 직원들을 다독이던 것과는 영 딴판이었다.

"국장님, 그건 용납할 수 없습니다. 자존심 때문이 아니라 안 좋은 선례를…."

"헨리, 대통령의 지시 사항입니다. 이 시간부로 우리는 델타 VII 로켓의 추적과 승무원들의 감시를 중단합니다."

참고 있던 직원들이 동요하며 웅성거렸지만 톰은 눈 하나 깜짝하지 않았다. 그는 거기서 멈추지 않았다.

"30분 후에 이곳 발사통제실을 폐쇄하겠습니다. 그때까지 중요한 자료들을 백업하고 임무를 정리하기 바랍니다."

배신감까지 느낀 직원들이 불만을 터트렸다. 누군가는 욕설을 내뱉기도 했다. 일부 직원은 더 이상의 저항을 포기하고 짐을 챙기기 시작했다. 늘 최고라는 자부심을 가지고 일하던 나사의 직원들에게 이런 식의 대응은 받아들이기 힘든 것이었다.
"헨리, 자네는 나와 함께 이동하기로 하지."
신경질적인 반응이 노골적으로 터져 나오고 있었지만 그래도 톰은 별로 신경 쓰지 않는 듯했다.
"국장님, 지금 직원들이 모두 동요를…."
"원래 중요한 일에는 혼돈이 따르는 법이야."
톰이 일부러 헨리에게 다가가더니 속삭이듯 말했다. 헨리는 떨리는 목소리로 입장을 밝혔다.
"저도 통제실 업무를 관두겠습니다!"
통제실 계단을 따라 퇴장하는 직원들이 불만을 터트리며 지나갔지만 톰은 굳이 일일이 반응하지 않았다.
"국장님, 도대체 무슨 일입니까? 이게 다 뭔가요?"
헨리는 나가더라도 납득할 수 있는 대답을 듣고 싶었다.
"헨리, 이곳에서 근무한 지 얼마나 됐지?"
톰이 그의 어깨에 부드럽게 손을 얹었다. 지금 같은 심각한 상황에서 어울리지 않는 태도였다.
"14년이요. 14년 동안 이런 황당한 상황은 처음입니다."
"그건 나도 마찬가지야."
"승무원 두 명을 잃었습니다. 대중들을 거짓으로 속이는 것까지는 이해합니다. 받아들이기 힘들지만, 그럴 만한 상황이었으니까요. 하지만, 하지만 지금 이런 대응은…."
"헨리, 자네 아들이 몇 살이라고 했지?"

톰이 이번엔 헨리의 귀에 바짝 대고 말했다.
"이제 8살이요. 왜요? 그건 왜 물으시죠?"
톰이 어쩐지 미소를 짓는 것 같자 헨리는 소름이 돋았다.
"아버지가 자랑스러울 나이군."
"네?"
"아빠가 나사의 수장이 된 걸 알면 무척 기뻐하겠어."
"그게 무슨…."
헨리의 동공이 미세하게 떨렸다.
"이 시각 이후로 자네가 나사의 국장이네. 대통령께서 재가하셨어."

헨리는 톰의 말을 믿을 수 없었다. 국장이라는 타이틀을 달기에는 아직 너무 젊을뿐더러. 그 자리를 꿈꿀 수 있는 위치도 아니었다.
"지금 저를 놀리시는 거죠? 도대체 왜 이러세요, 국장님."
"대통령께서 원하는 사람을 내 후임으로 하라더군. 원래는 저 친구가 적임인데, 저렇게 신경질적이면 곤란하지. 본래 사람은 가장 어려운 순간에 본색을 드러내는 법이야."

톰이 통제실 밖으로 나서는 중년 남자의 뒷모습을 노려보고 있었다.
"톰, 일단 이 상황에 대해서 이해할 수 있는 설명이 필요합니다. 저를 가지고 장난치시는 것도 불쾌하고요."
"이해는 본질적으로 불가능해."
어느새 통제실 안은 직원들 몇만 남은 채 한산해졌다.
"헨리, 잘 들어."
톰의 눈빛이 조금 날카롭게 변하는 것 같았다.

"여섯 시간 후, 반데버그 공군기지에서 예비 로켓 발사가 있을 거야."

헨리의 표정이 순간 일그러졌다. 그렇게 구조팀을 보내자고 주장할 때는 꿈쩍도 하지 않더니.

"자네가 그 발사 과정을 지휘했으면 하네."

"국장님, 아니 이건 말도 안 되는."

"당황스럽다는 것 알아. 이미 기지 군인들이 다 세팅을 해놓았어. 자네는 그저 맨 뒤에 서서 예스만 하면 되는 거야."

"이게 도대체 무슨 일입니까?"

항의하는 제스처였지만 헨리는 마음이 조금씩 흔들리는 것을 느꼈다. 농담처럼 들렸던 톰의 말이 그렇지 않을 수도 있다는 생각이 들었기 때문이다.

"이번 임무를 잘 마무리하면, 자네는 바로 국장으로 승진한다고. 농담 아니야. 최고 임명권자의 승인이 난 사항이니까."

"국장님이 멀쩡하게 계신데 제가…."

뜬금없는 제안이었지만 헨리는 이미 들뛰는 심장을 제어하기 어려웠다. 말단에 불과한 통제실 직원에서 갑작스레 전체 조직의 수장이 된다니. 숨겨져 있던 욕망과 스스로에 대한 자신감이 본색을 드러내기 시작했다.

"나는 곧 떠날 테니까."

톰의 눈빛은 이젠 불타듯 이글거렸다.

"주위에는 말하지 말고."

톰은 이제 헨리가 자신의 제안을 거절하지 못할 거라는 걸 알았다. 애초부터 이 제안을 거부할 수 있는 사람은 없을 거라 확신하기도 했다.

"어디로 간다는 말입니까?"

톰이 의자에 걸쳐두었던 정장 상의를 집어 들며 손목시계를 보았다.

"시간이 얼마 없어."

계단을 오르는 톰의 뒤를 헨리가 바짝 쫓았다.

"제가 국장님을 돕게 된다면, 진실을 알려주세요. 도대체 무슨 일이 벌어지고 있는 건지."

궁금증은 욕망을 숨기는 도구일 뿐이었다.

"그걸 알아보기 위해 가는 거지."

"어딜요? 어딜 말입니까?"

통제실 문 앞에 선 톰은 잠시 머뭇거렸다. 어쩌면 이 세계를 영원히 떠날지도 모른다는 아쉬움 때문이었을까.

"다크홀 2차 유인미션의 승무원으로 선정되었네."

"국장님이요?"

헨리의 눈이 휘둥그레졌다. 톰은 훌륭한 우주전문가지만 단 한 번도 비행을 해본 적이 없는 민간인이었다.

"그래, 이 사태를 해결하기 위해,"

톰이 자신감 넘치는 동작으로 문을 힘껏 밀었다.

"내가 직접 나설 거야."

그러고는 텅 빈 통로를 향해 힘찬 발걸음을 내디뎠다.

52

탈출 (Evacuation)

6시간 후. 지구 저궤도, 델타 VII 로켓 안

하얗게 김이 서리기 시작한 건 얼마 되지 않았다. 통신 장비 먹통을 시작으로, 캡슐 안의 모든 전자장치들은 하나둘 전원을 잃어갔다. 원래 달 근처까지 왕복하도록 설계된 우주선이니 배터리가 부족해서는 아니었다. 어떻게 해볼 도리도 없이 루크는 우주만큼 차가워진 캡슐 안에서 창밖만 바라보고 있었다.

'에단은 진짜가 아니었어. 그렇다고 톰이라고 하기에는….'

같은 질문이 계속해서 머릿속을 맴돌았다. 딱히 근거가 있는 건 아니었다. 하지만 도저히 불가능할 것 같던 로켓 발사를 톰이 승인한 것부터가 아이러니였다.

'그렇다면 왜 나를 내보낸 거지? 의식적 존재가 다른 의식을 쫓아내기 위해?'

만약 톰이 이 세계의 의식이라면, 그는 본능적으로 자신을 쫓아내고 싶었을 터였다. 마치 자석의 같은 극이 서로를 밀어내듯.

'아무런 의미도 없는 질문이지…. 아무런….'

우주복의 생존유지장치가 가까스로 온도를 유지하고 있었지만 정신은 조금씩 흐릿해졌다. 동력을 완전히 잃어버린 캡슐은 거리를 가늠할 수 없는 다크홀 근처에서 표류하는 중이었다. 우주선 바깥으로 나가 우주 유영을 해볼까도 생각했지만, 위험요소가 너무 많았다.

바깥에서도 서너 시간 생존할 수 있는 산소와 전력은 우주복에 남아 있었다. 다만 다크홀까지 날아갈 추진체가 없었다. 고작 100여 미터 길이에 불과한 구명줄만으로는 다크홀 근처에 도달하는 게 불가능해 보였다.

"케이프, 루크입니다. 응답하세요."

흐려지는 머리를 깨우려고 다시 교신 버튼을 눌렀다. 답신을 기대해서가 아니라 그저 살아있음을 일깨우기 위해서.

"케이프, 루크입니다."

루크가 늘어지는 목소리로 다시 교신을 시도했다. 그리고 마치 신이 기도를 들어주었다는 듯 헤드셋에서 희미한 백색 잡음이 들리기 시작했다. 센터콘솔의 라디오 장치는 여전히 꺼져 있었지만 무언가 변화가 생긴 게 분명했다.

뒤통수를 맞은 듯 루크는 정신이 번쩍 들었다. 구체적인 소리는 들리지 않았지만 헤드셋의 잡음은 점점 더 커졌다.

"케이프! 케이프! 들리나요?"

상대가 누군지 구분할 상황이 아니었다. 어떻게든 자신의 생존을 알리는 게 급선무였다.

다급하게 장치들을 조작했지만 전원이 들어오는 건 없었다. 수백 개에 이르는 스위치들을 하나씩 누르며 서둘렀다.

"케이프! 여기는 루크. 아니, 델타 세븐 로켓!"

발밑의 지구는 여전히 푸르렀고, 다크홀은 보일 듯 말 듯 어두웠다. 몇 시간 전과 달라진 것이라고는 점점 더 볼륨이 높아지는 잡음뿐이었다.

"어디서 나는 거야, 도대체."

헤드셋은 우주복 헬멧 안에 고정되어 있었다. 우주복의 배터리 전압이 낮아지면서 생긴 일시적인 현상인지도 몰랐다. 하지만 루크는 일말의 가능성도 놓치고 싶지 않았다.

"케이프, 목소리가 들리면…."

미러^{mirror}를 보게 된 건 우연이었다. 최신식 드래곤 캡슐과 달리, 오래된 델타 로켓 캡슐에는 주변 상황을 확인할 수 있는 플라스틱 거울이 달려 있었다. 그러니까 오래전 전투기 조종사들이 후방을 확인하도록 설치된 것과 비슷한 종류였다.

처음에는 작은 별처럼 보였다. 하지만 별이라고 하기에는 너무 빠르게 그리고 명확하게 자신을 향해 다가오고 있었다. 거리가 더 가까워질수록 루크는 그게 인공물체임을 직감했다. 푸른색 화염을 내뿜으며 날아오는 인공물체.

***

"다크홀 인사이트$^{in\ sight}$"

톰의 목소리에서 긴장감이 묻어났다. 플로리다 발사통제실을 나온 직후 톰과 헨리는 각자 EF-22 전투기 뒷좌석에 몸을 실었다. 반데버그 공군기지까지는 4,000킬로미터가 넘는 거리였지만 초음속으로 날아가는 전투기로는 그리 먼 거리가 아니었다.

단 한 번도 비행 훈련을 받은 적이 없었지만 둘은 전투기에 몸을 싣는 데 주저하지 않았다. 이 모든 게 분명 일상적인 세계에서는 흔히 볼 수 없는 일이었다.

생각보다 쾌적한 전투기 비행을 마치고 톰은 곧장 로켓 발사대로 향했다. 준비된 우주복과 헬멧을 착용하고 드래곤 캡슐에 탑승하는 데 전혀 어색한 티가 나지 않았다. 우주 관광을 위한 우주선답게 내부의 좌석은 편안하고 또 쾌적했다.

"국장님, 거리가 가늠되십니까?"

톰의 헤드셋 너머로 헨리의 목소리가 들려왔다.

"아니, 아직. 레이저 조준기를 켜봐도…."

톰이 세 개의 모니터 중 가운데 걸 주시했다. 화면에는 클로즈업된 다크홀의 형상이 뚜렷하게 나타나 있었다.

"네, 새롭게 생긴 게 맞습니다. 주의해서 탐사하십시오."

흥분한 헨리의 목소리는 내내 격앙되었다. 갑작스러운 제안과 일사천리로 진행되는 거대한 일들. 난생처음 보는 반데버그 공군기지의 비밀 기지와 인력들. 그리고 순식간에 로켓을 발사할 수 있는 권력의 힘까지. 헨리는 이제 곧 자신이 그러한 능력을 가진다는 생각에 한껏 들떠 있었다.

반대로 톰은 좀 더 느긋하고 차분해졌다. 자신이 할 거라곤 센터 스크린에서 목표 지점을 클릭하기만 하면 되는 거였다. 나머지는 드래곤 캡슐의 오토파일럿이 알아서 인도했다. 뚫어져라 화면을 쳐다보는데, 갑자기 캡슐의 전원이 나가며 순식간에 어두워졌다.

갑작스러운 상황에 톰은 본능적으로 두리번거렸다.

"헨리! 어떻게 된 거지? 헨리, 헨리!"

재차 교신버튼을 눌렀지만, 아무런 응답이 없었다.

신경질적으로 화면을 터치해봐도 응답 없기는 마찬가지였다. 일순간에 모든 전원이 나가버린 탓에 그 흔한 경보음도 울리지 않았다. 우주비행을 훈련받은 적은 없었지만 어깨 너머로 본 구력은 30년이 넘었다. 톰은 옆 좌석에 걸려 있던 헬멧을 쓰고 래칫을 잠갔다.

"헨리, 네 녀석이 무슨 짓을 한 건지는 모르겠지만…."

톰은 차분하게 주위를 살폈다. 다행히 드래곤 캡슐은 다크홀을 향해 직선으로 날아가고 있었다. 로켓의 추진 계통이 모두 멈추었어도, 캡슐의 속력을 떨어트릴 공기 마찰이 이곳에는 없었다.

"그대로 직진한다. 이대로라면…."

정확한 거리는 몰라도 목표 지점이 멀지 않은 건 명확했다. 두 눈을 부릅뜨고 다크홀을 노려보는데 작은 먼지 같은 반짝임 하나가 주의를 끌었다.

아주 작은 반짝임은 조금씩 그 존재를 드러내고 있었다. 윤곽이 명확하지는 않았다. 그래도 태양빛을 반사하는 형태는 분명 인공물체에 가까웠다. 톰은 미간을 찌푸리며 뚫어져라 쳐다보았다.

"말도 안 돼."

그게 먼저 지구를 떠난 델타 VII 로켓의 구조라는 걸 알아차리는 데는 그리 오랜 시간이 필요하지 않았다.

***

"드디어 왔군!"

루크 역시 바로 상대를 알아차렸다. 거울에 비춘 캡슐의 형태는 생각보다 더 선명했다. 원추형의 캡슐이 서서히 자전하면서 태양빛을 규칙적으로 반사하고 있었다.

"케이프, 미상의 물체가 접근하고 있습니다. 확인 가능합니까?"

교신기의 잡음은 더 거세졌지만 응답은 없었다. 루크는 그것이 금속 물체가 빠르게 다가오면서 생기는 일종의 전파방해현상일 거라 추측했다. 가까이 다가왔지만, 아무런 응답이 없다는 건 상대가 호의적이지 않다는 걸 의미했다.

애당초 자신을 구조하러 올 거라는 기대는 하지 않았다. 이 세계의 의식적 존재가 살아있다면, 필연적으로 다크홀을 향해 날아올 거라 짐작만 했을 뿐이다. 마치 불빛을 향해 끊임없이 달려드는 불나방처럼.

"혼자 가게 둘 수는 없어."

탑승자가 톰인지 아닌지는 알 수 없어도 이번이 마지막 기회인 건 분명했다. 의식적 존재가 다크홀을 통과하게 내버려둔다면 자신은 영원한 죽음을 맞이하게 될 것이다.

루크는 캡슐 천장의 구조함을 열었다. 거기엔 우주 공간에서 도킹에 실패했을 경우를 대비한 구명줄과 임시 포획 장비가 실려 있었다. 유사시 올가미처럼 생긴 포획 장비를 펼쳐 정거장에 걸리도록 설계되었는데, 실은 실전에서는 단 한 번도 사용된 적이 없었다. 이론으로만 접했던 장비를 꺼내든 루크는 생명줄의 한쪽 끝을 우주복 허리춤에 연결했다.

거울을 통해 델타 VII 캡슐과 상대방 사이의 거리를 다시금 확인했다. 아주 빠른 속도는 아니었지만, 비행체는 벌써 수백 미터 거리까지 다가와 있었다.

위치를 파악한 루크는 해치hatch의 안쪽 고리를 잡은 다음 시계방향으로 빠르게 돌리기 시작했다. 덜컥하는 소리와 함께 문이 열리자 루크는 힘차게 바깥쪽으로 밀어젖혔다.

캡슐의 위치를 유심히 살피던 루크는 구명줄의 다른 끝에 연결된 포획 장비를 그대로 우주공간에 던졌다.

53
조우 (Encounter)

147차례. 지난 25년 동안 톰이 직접 참여한 로켓 발사의 횟수였다. 말단 콘솔 직원에서부터 발사통제관을 거쳐 나사의 국장이 되기까지 그리고 70년 만에 다시 시작된 달 유인탐사부터 화성을 향한 우주기지 건설까지. 톰은 미국 우주탐사 역사의 산증인이나 다름없었다.

원래 그의 전문 분야는 우주공학이 아니었다. 브라운 대학에서 고미생물학을 전공했는데, 때마침 불던 우주인 열풍에 다시 공군사관학교에 지원했다. 하지만 두 차례 모두 서류전형에서 탈락했다. 교정이 불가능한 고도근시가 발목을 잡았다.

톰도 합격을 예상한 건 아니었다. 2001년부터 교정시력도 인정한다는 모집공고가 생겼지만 그건 빛 좋은 개살구 같은 거였다. 그러니까 그는 애당초 우주인이 될 수 없는 운명이었다.

유인, 무인의 로켓 탐사선 발사를 지켜보면서 톰은 항상 우주여행을 꿈꿨다. CCTV 화면의 우주인들은 늘 언론의 스포트라이트를 받았다. 발사 준비부터 귀환까지 수백 명의 연구원과 관제사들이 뜬눈으로 밤을 지새워도 늘 공은 우주인들에게 돌아갔다. 그게 당연하다고 생각하면서도 톰의 불만은 마음 한구석에서 조금씩 커지고 있었다.

2020년대 들어 상업 우주여행이 본격화되면서 그는 깊은 질투심에 사로잡혔다. 재력 있는 이들은 수십억의 비용을 내고 지구 저궤도를 여행했지만, 나사의 수장인데도 톰은 그럴 수가 없었다. 돈은 둘째 치더라도 한 나라 우주산업의 수장이 함부로 상업용 우주선에 몸을 싣는 것 자체가 어불성설이었다.

비용과 효율 면에서 상대가 되지 않았지만 여전히 나사와 상업우주업체는 동반자이자 경쟁 관계였다. 25년 동안 마음속으로만 상상하던 일인데, 이렇게 빨리 현실이 될 줄은 몰랐다. 극도의 혼란 속에 기회가 있다는 걸 톰은 그간의 경험으로 체득한 터였다.

에드워드 대통령이 무슨 생각인지는 모르지만 자신은 지금 인류 최대의 미스터리를 풀기 위한 우주선에 몸을 싣고 있었다. 그것도 온전히 홀로.

***

"너무 멀어."

델타 VII 로켓의 캡슐 해치는 완전히 바깥쪽으로 열렸다. 루크는 한 손으로 손잡이를 잡은 채 올가미처럼 벌어진 로프 끝을 보고 있었다. 풀톤 회수$^{Fulton\ recovery}$ 시스템으로 불리는 이 구조장치는 지상에서 조난당한 군인들을 신속하게 포획하기 위한 장치였다. 구조 대상자가 허리춤에 달린 와이어에 헬륨풍선을 달아 공중으로 띄우면 저속 비행하는 비행기가 그것을 낚아채는 방식이었다. 캡슐에 탑재된 유사한 시스템은 국제우주정거장과의 도킹이 실패하고 캡슐의 연료마저 모두 떨어진 경우 마지막으로 사용하는 장비였다.

이론적으로는 7명의 승무원이 모두 매달릴 수 있지만, 단지 탑승객을 안심시키기 위한 거라는 걸 전문가들은 다 알았다.

"1,000피트."

루크는 로프 반대편에 달린 레이저 거리계를 통해 목표물을 조준했다. 보일 듯 말 듯 하던 원추형 캡슐은 어느새 뚜렷한 윤곽을 드러내고 있었다.

"900피트…."

루크는 우주복 바깥에 맨 시계를 보며 비행체의 속도를 추정했다.

"2초에 100피트니까… 초속 50피트…."

초속 약 15미터, 시속 90킬로미터. 고속도로를 달리는 차량에 무턱대고 올라타는 격이지만 우주 공간에서는 시도해볼 만한 속도였다.

"500피트…."

올가미와 연결된 로프를 조심스럽게 당기며 거리를 조정했다. 실패는 죽음을 의미할지도 몰랐다. 그가 다크홀을 통과하고 나면 그 이후는 아무것도 장담할 수 없었다.

"300피트…."

이제 목표물의 창문 개수까지 보이는 거리였다. 어렴풋했지만 전면 창 너머로 헬멧을 쓴 우주인이 하나 보이는 것 같았다.

***

"그대로 직진한다!"

톰은 아직 루크의 존재를 알아차리지 못했다. 그의 시력은 기껏해야 컴퓨터 모니터나 제대로 보이는 수준이었다. 안경을 썼어도 헬멧 바이저와 창문에 가려 먼 거리의 물체를 보는 능력은 제로에 가까웠다.

"망할 자식들!"

톰의 분노가 누구를 향한 것인지는 알 수 없었다. 그는 지구에서 의도적으로 캡슐의 전원을 내렸을 것이라 짐작했다. 정규 우주인이 아닌 자신이 갑작스런 탐사를 하게 되니 내부의 불만이 어떤 식으로든 폭발한 거라 여겼다. 하지만 다행히 캡슐은 다크홀 정면을 향해 날아가고 있었다. 되돌아올 수 있을지는 장담할 수 없었다. 아직 그의 생각은 거기까지 미치지 못했다.

광원에 이끌리는 건 본능과도 같았다. 암흑에 이끌리는 것도 마찬가지였다. 인간은, 수천 개의 문장들로 스스로를 포장하지만 결국 빛과 어둠을 따르는 일차원적인 존재였다.

***

"조금만 더… 조금만…."

이제 두 캡슐의 거리는 20여 미터에 불과했다. 하지만 그만큼의 이격거리가 있었기 때문에 아직 성공을 장담할 수는 없었다.

"3, 2, 1."

루크는 로프 끝을 미세하게 당기며 올가미의 위치를 조정했다. 그리고 동시에 올가미의 정중앙으로 드래곤 캡슐이 골인했다. 성공이었다.

캡슐 직경보다 조금 작은 올가미가 안착하자마자 느슨하게 늘어진 로프에 팽팽한 장력이 걸렸다. 동시에 루크의 몸이 엄청난 가속력으로 비행체를 따라가기 시작했다. 고통스런 신음이 절로 터져 나왔다. 로켓 발사 때도 경험해보지 못한 강력한 중력가속도였지만, 루크는 허리춤에 둘러맨 로프를 꼭 잡고 버텼다.

***

쿵쿵!

"이건 또 뭐야!"

올가미가 캡슐에 걸리고 나서야 톰은 이상한 걸 알아차렸다. 끼이익, 곧이어 캡슐 전체를 옥죄는 것 같은 불쾌한 금속 마찰음이 길게 들려왔다.

둘러봐도 아무것도 보이지 않았다. 그럴 수밖에 없었다. 올가미는 이미 창문 위치를 넘어 원추형 캡슐의 아래쪽에 걸린 상태였다.

캡슐 상태를 확인할 수는 없었지만 다행히 큰 이상은 없어 보였다. 무엇보다 다크홀을 향해 직진하고 있는 건 분명해 보였다.

"우주여행 쉽지 않네."

긴장이 조금 풀렸는지 톰은 피식, 쓴웃음을 지었다.

하지만 아직 안도하기엔 일렀다. 쿵쿵, 아까만큼 크게 울리지는 않았지만 캡슐 전체에 걸쳐 두드리는 소리가 들려왔다. 자동차 위를 걸어 다닐 때 나는 소리와 흡사했다. 하지만 망망대해 같은 우주 공간에서 그건 합리적인 추론이 아니었다.

톰은 이 세계에서의 경험이 전무했다. 아니, 경험 많은 우주인이라 하더라도 쉽게 추리할 수 없는 상황이었다. 안전벨트를 조심스럽게 풀었다. 캡슐 사방에 난 창을 하나씩 살피기 시작했다.

***

루크는 가까스로 매달려 있었다. 매끈한 것처럼 보이는 드래곤 캡슐 바깥에는 다행히 지지할 만한 돌출물이 많았다.

조금 전 질소추진노즐을 너무 세게 밟은 탓에 그 뚜껑이 그대로 날아가 버리고 말았다. 하염없이 멀어지는 뚜껑을 보며 루크는 캡슐 반대편으로 몸을 움직였다. 움직임을 방해할 공기저항이 없어 위치를 옮기는 건 상대적으로 수월했다.

"미안하지만, 같이 좀 타고 가야겠어."

캡슐 안으로 향하는 해치를 찾자 루크는 이 와중에도 미소가 지어졌다. 우주선 캡슐의 해치는 비상시를 대비해 언제든 바깥에서 열 수 있었다. 안에서 자신의 무임승차를 알아차리더라도 문을 잠그거나 방해할 수는 없었다.

"제발, 톰 당신이 있기를."

촌각을 다투는 상황에서도 루크는 상대가 누구인지 추론했다. 모르는 우주인일 가능성도 있었지만 루크는 상대가 톰일 거라 확신했다. 그건 톰을 만났을 때 경험했던 본능적인 느낌에서 기인한 것이었다.

"톰, 제발!"

루크가 아는 톰은 온순하고 차분한 성격이었다. 설령 자신이 불쑥 들이닥치더라도 에단이나 샬롯처럼 반응하지는 않을 거라 믿었다. 지금 상황을 다 설명하긴 힘들어도 시간이 많이 필요하지는 않으리라. 곧 다크홀을 지나게 될 테니까.

해치 앞에 이르자 루크는 비상개폐 손잡이를 바깥으로 당겼다. 붉은색 레버가 툭 튀어나왔다. 숨을 크게 들이쉰 다음, 해치개폐 손잡이를 있는 힘껏 당겼다.

54
조우 II (Encounter II)

톰은 우주선 시스템에 대해서는 영 젬병이었다. 캡슐 주위로 기다란 로프가 널려 있는 걸 드디어 발견했고, 동시에 유일한 출입구 해치에서 덜컥, 소리가 났다.

비록 우주인 훈련을 받은 적은 없어도 그게 뭘 뜻하는지는 잘 알았다. 갑작스러운 여압^{pressure} 상실. 저 문이 열리면 15세제곱미터에 불과한 이 공간의 공기는 1초 만에 모두 사라질 터였다.

"안 돼!"

해치가 왜 열렸는지는 중요하지 않았다. 숨을 쉬지 않으면 단 1분도 버틸 수 없다. 톰은 공중을 떠돌던 헬멧을 가까스로 잡아채 머리에 쓰는 데 성공했다.

딸깍, 펑!

해치가 활짝 열리며 작은 폭발음이 나는 듯했다. 이윽고 고요한 적막이 찾아왔다.

톰은 캡슐 벽에 바짝 몸을 붙였다. 갑작스런 통신 두절에 이은 해치의 개폐. 구조대가 왔다는 게 가장 합리적인 추론이지만 시간이 너무 빨랐다. 앞서가던 델타 VII 로켓에서 누군가 넘어왔는지도 모르지만 톰은 그 방법을 가늠하지 못했다.

밖으로 열린 해치 너머로 푸르른 지구가 생동감 있게 다가왔다. 정지한 듯 회전하는 지구를 보며 몇십 초를 기다렸지만 아무런 기척이 없었다. 그제야 톰은 조심스럽게 벽을 짚으며 해치를 향해 다가갔다. 두려움보다는 경외감, 불안보다는 기대감이 더 컸다. 어쩌면 다크홀 너머의 외계인이 미리 마중을 나왔을지도 모르니까.

"톰! 톰 맞나요?"

해치 부근에 이르렀을 때, 자신과 똑같은 우주복을 입은 누군가 휭 돌아 들어왔다.

"아, 하마터면 날아갈 뻔했네. 계산을 잘못했어요. 공기가 이렇게 세차게 빠져나올 줄은."

비상 주파수를 통해 상대의 목소리가 들려오고 있었다. 금빛 선바이저 탓에 얼굴이 보이지 않았지만 말투와 어조는 익숙했다.

"루크?"

톰이 대번에 인상을 찌푸렸다.

"국장님?"

루크는 정말로 반가웠다. 그가 이 세계의 의식이든 아니든, 그 덕분에 영원한 표류에서 벗어날 수 있었다.

"루크, 어떻게 여길…."

톰은 뒤로 슥 물러섰다. 다분히 경계하는 몸짓이었다.

"아, 일단 공기부터 좀 채우죠."

루크는 ㄱ자로 꺾인 해치 안쪽을 잡더니 그대로 문을 닫았다. 래칫을 두 바퀴 정도 돌리자, 드래곤 캡슐에 자동으로 공기가 들어차기 시작했다.

우주복의 실외환경 감시 장비에 초록색 불이 들어오자 루크가 먼저 헬멧을 벗었다. 톰은 여전히 의자 손잡이를 잡은 채 거리를 두었다. 도저히 믿을 수 없는 상황이었다.

"루크, 델타 VII 로켓에서….'

"지나가면서 보셨죠."

루크는 살았다는 안도감을 넘어 동료를 만난 기쁨을 주체할 수 없었다. 그의 이마와 머리는 땀으로 흥건히 젖어 있었다.

"우주여행은 어땠어요? 처음이잖아요."

"잠깐만, 루크."

톰은 헬멧을 벗지 않았다. 낯선 우주 공간에서 잘 아는 동료를 만난 건 분명 반가운 일이지만, 상대는 정신병력이 의심되는 위험인물이었다.

"에단은 어디 있지? 같이 온 건가?"

톰이 상대를 자극하지 않으려 차분하게 물었다.

"아니요, 혼자예요."

"그럼 에단은 저기 저 캡슐에 그대로…."

"네, 그렇죠."

"건강은 괜찮고?"

"그게 좀….'

루크가 지쳤다는 듯이 자리에 주저앉았다.

"루크, 나는 자네들을 구하러 온 게 아니야. 예정대로 다크홀 임무를 수행하러 온 거지."

어떤 말을 해야 할지 몰라 톰은 머릿속이 복잡했다.

"그럴 거라 짐작했습니다."

"현재 반데버그 기지와의 교신이 모두 끊겼어. 우주선 전원도 먹통이고."

"완전히는 아닌 것 같은데요. 해치를 닫으니 자동으로 공기가 차올랐어요. 기본적인 생존시스템은 작동하고 있는 거죠."

루크가 혹시나 해서 천장에 달린 모니터를 두드렸지만 아무런 응답이 없었다.

"국장님은 생소하실 텐데, 이 캡슐은 제가 탔던 것보다 훨씬 최신식이에요. 웬만해서는 셧다운$^{shut\text{-}down}$되지 않죠."

"그럼 다행이지만…."

"다크홀까지 거리는 어떻게 되죠?"

금방이라도 집어삼킬 듯 다크홀의 전경이 창 절반을 넘어서고 있었다.

"확실하지는 않아. 랑데부가 임박했다는 것 말고는."

"저도 같이 가도 되겠죠?"

루크가 농담을 했다는 듯 어색하게 웃으며 톰을 보았다.

"그건 내가 결정할 수 있는 사안이…."

"국장님이 진짜라면 곧 진실을 보게 되실 거예요."

"그게 무슨…."

이곳으로 옮겨 타기 직전까지 루크는 두 가지 가능성을 염두에 두었다. 탑승객이 에단처럼 정신을 잃고 있거나, 아니면 자신처럼 멀쩡하거나. 전자는 드래곤 캡슐에 타고 있는 이가 '의식'이 아니라는 걸 의미했다. 에단처럼 무의식적 존재들은 다크홀 근처에서 정신을 잃어버리니까. 반면 톰이 아직까지 정신을 차리고 있다는 건 그가 이 세계의 진정한 '의식적 존재'임을 방증하는 것이었다.

"톰, 믿기 힘들 거예요. 저도 그랬으니까. 하지만 직접 두 눈으로 마주하고 나면 곧 알게 되실 겁니다."

루크는 편하게 등받이에 몸을 기댔다. 저 아래 지구에서 무의식적 존재들은 이성을 잃고 죽일 듯이 달려들었지만, 의식적 존재는 그러지 않으리라는 믿음 때문이었다.

"루크, 미안한 말이지만…."

하지만 그것은 어설픈 착각이었다.

"자네는 제대로 된 정신과 치료가 필요한 것 같아."

톰이 뒷벽 아래 수납된 할론 소화기를 조심스럽게 꺼내들었다. 이 좁은 공간에서 무기가 될 만한 건 이 은색 철덩어리가 유일했다.

"국장님도 곧 아시게 될…."

전면 창에 소화기를 힘껏 든 톰의 실루엣이 비추었다. 루크가 반사적으로 몸을 바짝 숙였다.

쿵, 소화기 아랫부분이 의자를 때리면서 강렬한 쇳소리가 났다. 무중력 상황이라 지구에서처럼 중량물을 내리치는 건 쉽지 않았다. 무중력 훈련이 되어 있지 않은 톰이 반동으로 인해 그대로 뒤로 날아가 버렸다.

"톰, 무슨 짓이에요!"

루크가 가까스로 고개를 들며 소리쳤다. 그러면서도 본능적으로 내부 구조를 살폈다. 기껏해야 미니버스 크기만 한 이 작은 공간에서 도망칠 곳은 없었다.

"네가 에단을 죽였지! 이제는 나까지 죽이려고!"

톰은 한 손에 소화기를 꽉 쥐고 흔들었다.

"톰, 오해예요! 이제 모든 게 이해될 거예요!"

루크는 톰을 공격하고 싶지 않았다. 라마에 돌아갔을 때 유일한 친구가 될 수도 있는 사람이었다.

"미친 자식! 네가 우리를 모두 위험에 빠트렸어."

톰의 눈빛은 어느새 광기로 번득였다. 오히려 무의식들의 것보다 더 강한 분노가 어려 있었다.

"톰, 잠깐 내 말 좀 들어봐요."

"왜? 나 같은 건 쉽게 죽일 수 있을 거라 생각했나?"

톰이 소화기의 날카로운 손잡이를 루크에게 겨냥했다. 아까의 실패를 되풀이하지 않으려는 듯 이번에는 의자 손잡이를 잡으며 반동을 억제할 채비를 했다.

"톰, 다크홀은 다른 세상으로 가는 통로예요. 이 지구의 의식적 존재만이 그곳을 무사히 통과할 수 있죠. 제가 그랬고, 당신이 그럴 수 있어요. 10분만, 아니 5분만 제 말을 믿고 기다려 봐요!"

루크는 톰의 행동이 모두 이해가 되었다. 그렇기에 어떻게든 그를 안정시키고 싶었다.

"웃기는 소리. 너 같은 녀석들은 늘 망상 속에서 살지."

하지만 톰은 조금도 그럴 생각이 없어 보였다. 루크는 절망적인 기분에 사로잡혔다. 더 이상 말로 그를 설득할 수는 없을 것 같았기 때문이다. 허리춤에 달린 로프의 연결고리를 의자에 맸다. 톰은 소화기를 높이 치켜든 채 조금씩 다가왔다.

"톰, 5분만, 딱 5분만 그 자리에서 저를 지켜봐주세요."

루크가 곁눈질을 통해 바깥을 살폈다. 비록 한 번 경험한 거지만, 곧 다크홀 안으로 진입한다는 걸 본능적으로 알 수 있었다.

"눈으로 보게 되면 모두 믿게 될 거예요."

간절히 설득하면서도 루크의 손은 해치 안쪽 레버를 향했다. 우주선의 구조를 잘 아는 사람이라면 그 행동이 무엇을 의미하는지 알아차렸겠지만, 톰은 그럴 깜냥이 없었다.

"에단한테도 마지막까지 그렇게 입을 놀렸나?"

루크의 무엇도 믿지 않겠다는 듯 톰의 눈빛은 확고해 보였다.

루크는 다른 손으로 공중을 떠다니던 헬멧을 잡아 해결했다. 그 틈을 타 톰이 있는 힘을 다해 소화기를 휘둘렀다.

쿵, 소화기의 손잡이가 루크의 헬멧 강화유리를 정면으로 강타했다. 강한 충격을 받은 유리에 선명하게 금이 갔다.

우위를 차지한 톰이 계속해 소화기로 루크를 내리쳤다. 막으려 했지만 불가항력이었다. 코너에 몰린 루크는 공격을 버텨내는 수밖에 없었다.

"톰, 그만!"

이제 헬멧 유리는 앞이 보이지 않을 정도로 부서졌다. 다행히 구멍이 뚫리지는 않았지만, 근거리의 물체를 식별하는 것조차 불가능해졌다.

"이 정신병자! 죽어!"

톰은 제정신이 아니었다. 정말 죽일 듯한 기세였고, 이대로라면 루크는 더 이상 버텨내기 어려웠다. 계속되는 충격에 정신이 몽롱해지기 시작했다.

55
또 다시 홀로 (HOLO, Again)

"톰, 나는 분명…."

톰은 멈추지 않았다. 양 발등을 의자 받침에 고정한 채 소화기를 머리 위까지 들어 있는 힘껏 내리쳤었다. 갑작스러운 기압 차도 견딜 만큼 강한 헬멧 유리도 반복되는 충격에 이미 기능을 상실했다. 루크는 마지막 살 방도를 선택해야 했다. 오른손을 뻗어 해치 안쪽을 더듬기 시작했다.

"죽어! 죽어!"

톰은 이미 이성을 잃었다. 얼마나 몰아붙였는지 때리는 자가 더 지칠 정도였다. 중력이 있는 지구였다면, 벌써 루크도 죽고 말았을 것이다.

"톰, 미안해…."

비상개폐 레버를 찾은 루크는 그것을 꼭 쥐었다. 내부에 화재가 발생했을 때 신속하게 탈출하기 위한 이 레버는 순식간에 해치를 날려버릴 터였다.

 톰이 숨을 고르더니 다시금 소화기를 높이 치켜들었다. 동시에 루크는 비상개폐장치 커버를 열고 안으로 당겼다.

 타다다닥, 해치와 우주선을 고정한 연결 볼트에서 폭약이 터지더니, 순식간에 해치가 우주 공간으로 날아갔다. 캡슐 안의 공기가 한꺼번에 빠져나가며 톰과 루크 모두 바깥으로 빨려 나갔다.

 그제야 톰은 자신이 당했음을 깨달았다. 헬멧을 쓰고는 있지만 몸을 붙잡아줄 게 아무것도 없었다. 그리 빠르지도, 느리지도 않은 속도로 톰이 드래곤 캡슐과 멀어지고 있었다.

 "너 이 자식! 이게 무슨 짓이야!"

 톰의 당황한 목소리가 헤드셋을 통해 들려왔다. 로프의 다른 끝을 의자에 걸어놓은 덕에 루크는 캡슐과 그리 멀지 않은 곳을 떠났다. 그렇다고 다행스러운 상황은 아니었다. 쉬이이익, 앞이 보이지 않을 정도로 금이 간 헬멧 유리에서 미세하게 공기가 새어나가고 있었다.

우주복 내부 기압 손실. 즉시 여압 공간으로 복귀하세요.

 공기 손실을 자동으로 감지한 우주복 컴퓨터가 연신 경고 메시지를 내보냈다. 루크는 로프를 잡은 다음 천천히 당기기 시작했다. 머리에 계속된 충격 때문인지 몸이 마음대로 움직여지지 않았다.

 "루크, 이 자식! 당장 이리로 와! 당장!"

 톰이 들고 있던 소화기를 반대 방향으로 힘껏 던졌지만 속력을 줄이기에는 역부족이었다.

"톰, 미안해요."

빈말이 아니었다. 루크는 이렇게까지 할 생각은 없었다. 그동안 죽음에 이르렀던 '무의식'들과 달리, 톰은 분명 '의식적 존재'였다. 비록 같은 지구에 머문 적은 없지만, 자신의 오랜 상사이자 친구이기도 했다.

어느새 캡슐 출입구에 이른 루크는 손잡이를 잡고 뒤를 돌아보았다. 헤드셋에서 잡음이 들리기 시작하는 것으로 보아 톰과의 거리는 벌써 1킬로미터 이상 멀어진 듯했다. 그가 허우적거리느라 계속해 팔다리를 휘두르지 않았다면, 정확한 위치조차 식별이 어려울 터였다.

루크는 죄책감이 들었다. 직접 목숨을 끊거나 한 건 아니지만 그가 저지른 첫 '의식 살인'이기도 했다. 착잡한 마음을 뒤로 하고, 루크는 드래곤 캡슐 안으로 기어 들어왔다.

"루… 제… 구… 줘…."

헤드셋에서는 계속해서 톰의 목소리가 들려왔다. 루크는 잠깐 망설이다 교신기를 꺼버렸다.

텅 비어버린 우주선. 날아가 버린 출입문 해치. 톰이 소화기를 휘두르며 남긴 흔적들. 캡슐 안은 그야말로 난장판이었다.

우주복 내부 기압이 0.2atm으로 감소했습니다. 즉시 여압 공간으로 복귀하십시오.

루크는 자신도 안전하지 않다는 걸 깨달았다. 이대로 공기가 계속 새어나간다면, 유일한 생명줄인 우주복의 산소마저 곧 바닥나고 말 터였다.

 매뉴얼을 찾아보려 해도 사방에 금이 간 헬멧 유리 탓에 앞을 볼 수가 없었다.

 "비상 여압…. 외부 산소…."

 차분하게 대응책을 찾아야 했다. 캡슐의 유일한 문이 사라져버렸기에 이 공간을 다시 공기로 채우는 건 불가능했다. 뒤쪽 캐비넷에 여분의 헬멧이 보관되어 있을 테지만 진공 공간에서 헬멧을 교체하는 건 자살 시도에 가까웠다.

 "비상 여압…."

 손을 뻗어 더듬기 시작했다. 수십 번도 더 훈련한 드래곤 캡슐 내부는 눈을 감고도 훤했다.

 "우선 비상 산소 호스를 연결하고…."

 갑작스런 공기 상실에 대비해 드래곤 캡슐에는 산소공급장치를 우주복과 직접 연결할 수 있는 호스가 구비되어 있었다. 천장에서 그 장치를 찾아내 기다란 주름관을 뽑아냈다. 제대로 보이지 않아도 손에 느껴지는 감촉은 완벽했다. 주름관을 쭉 펼친 다음 가슴팍에 있는 공기 주입구에 꽂았다.

 외부 공급관 연결 완료

 우주복 컴퓨터의 밋밋한 목소리에 루크는 드디어 한시름을 놓았다. 헬멧으로 공기가 조금씩 새어나가더라도 이곳에 저장된 넉넉한 양의 공기라면 적어도 며칠은 버틸 수 있을 터였다.

 쉬이이익, 극단의 고요 속에서 헬멧 틈으로 새어나가는 공기 소리만이 들려왔다. 헬멧 옆 조절 장치를 돌리자, 안쪽에 장착되어 있던 금빛 선바이저가 아래로 내려왔다. 바이저가 바깥 유리와 헬멧 사이의 간극을 메우면서, 공기가 빠져나가는 소리도 한껏 줄어들었다.

이제 다시 혼자였다. 낯설지만 낯설지 않았다. 바이저를 내려버린 탓에 이제 다크홀까지 얼마나 거리가 남았는지조차 알 수 없었다. 지난번 경험에 따르면 다크홀은 입구와 통로 그리고 출구 모두 아무런 특이점이 없었다.

눈으로 볼 때야 무언가에 빨려 들어가는 것 같은 웅장함과 두려움이 있었지만, 그렇다고 우주선의 움직임이 달라지거나 속력이 변화하는 것은 없었다. 그렇게 시각과 청각 그리고 미래에 대한 생각까지 모두 닫아놓고 있을 때, 루크의 머릿속에 한 가지 우려가 떠올랐다.

"안 돼, 그건 안 돼."

루크는 다급하게 다시 교신기 버튼을 눌러 전원을 켰다.

"톰! 톰 괜찮나요?"

만에 하나 자신이 다크홀을 통과하기 전에, 톰이 죽어버린다면…. 이 지구의 주인인 톰이 사망하면, 이 세계는 그대로 붕괴될 것이 분명했다. 그렇다고 딱히 그를 구할 방법이 있는 건 아니었다. 다만 어떻게든 그가 삶을 포기하지 않도록 설득해야 했다.

"톰! 루크입니다! 당신을 구할 방도를 찾았어요! 그러니까 조금만 기다려요!"

루크는 우주가 얼마나 절망적인 공간인지 잘 알았다. 우주 유영 도중 불가피하게 내버려진 이들은 극도의 절망과 허무함 속에 스스로 목숨을 끊을 수도 있었다.

"톰, 조금만 기다려요! 캡슐의 전원이 들어왔습니다. 곧 방향을 그쪽으로 바꿀게요!"

루크는 거짓말을 할 수밖에 없었다. 어떻게든 톰이 자살을 하는 것만은 막아야 했다. 자신의 목숨을 유지하기 위한 이기적인 행태였지만 지금은 그런 걸 따질 여유가 없었다.

"톰! 제 목소리가 들리면 응답하세요! 톰!"

아직 세상이 멀쩡한 것을 보면 톰은 그런 극단적인 선택을 하지는 않았을 것이다. 하지만 알 수 없었다. 세상이 모두 붕괴되고 난 이후에 이 편협한 의식만 남아 있을 수도 있으니까. 앞이 보이지 않는 지금 루크는 현실과 가상을 구분하는 것조차 어려웠다.

"톰! 응답해요! 제발!"

얼마 동안이나 간절하게 그를 불렀을까. 헤드셋으로 들려오는 잡음에 미묘한 변화가 느껴졌다.

"톰, 내 목소리가 들리나요?"

루크가 웅크렸던 몸을 똑바로 세웠다.

"톰. 지금 가고 있어요. 그러니까 조금만…."

"호출부호를 말씀해주세요."

루크의 절망적인 심정을 어루만지듯 답신이 들려왔다.

"맙소사!"

누구의 목소리인지 단번에 알아차린 루크는 살면서 가장 긴 한숨을 오래 내쉬었다. 눈이 저절로 지그시 감겼다.

56
불청객 (Gate Crasher)

"EA-2014193, 호출부호를 말씀해주세요."

루크는 섣불리 대답할 수 없었다.

"톰 브라운 국장님? 톰 브라운 국장님 맞습니까?"

안나의 목소리는 예전과 다르지 않았다. 차가우면서도 부드러운 온기가 섞여 있는 그런 말투. 루크는 시야에 들어오는 것들을 확인했다. 아직 금이 덜 간 오른쪽 틈으로 수십 억 개의 지구가 푸르른 빛을 발하고 있었다.

루크는 다크홀을 통과한 줄 몰랐다. 아니, 당연히 통과했겠지만 믿고 싶지 않았다. 천국과 지옥. 현세와 내세. 실재와 가상. 이 두 관념적인 세상을 이렇게 함부로 오간다는 건 보통의 정신으론 버티기 힘든 일이었다.

"안녕하세요."

아직 드래곤 캡슐의 전원은 복구되지 않은 듯했다. 만약 그랬다면 헬멧 유리 틈으로 거대한 모니터 화면이 보였을 것이다. 그 말은, 안나의 교신 역시 과학적인 방법으로 설명할 수 없다는 걸 의미했다.

"안녕하세요. 톰 브라운 국장님."

안나는 아직 눈치를 채지 못했다. 당연한지도 몰랐다. 그녀는 톰을 한 번도 만나본 적이 없으니까.

"반갑습니다. 안나."

"제가 이름을 말씀드렸던가요?"

안나가 적잖이 당황했다.

"아니요."

"우연치고는 놀랍군요. 현재 국장님 우주선의 위치가 항로에서 많이 벗어나 있습니다. 전원이 복구된 상황인가요?"

"아니요."

등받이에 머리를 기댄 채 루크는 아무것도 할 수 없었다. 온몸에서 힘이 다 빠져나간 기분이었다. 살았다는 안도감보다 다시 이 세계로 돌아왔다는 절망감 때문일 것이다.

"곧 있으면 복구될 거예요. 그럼 관제주파수를 118.7Mhz로 변경해주시고…."

"여긴 어디죠?"

몰라서 묻는 게 아니었다. 하지만 꼭 묻고 싶었다.

"왜 그 질문을 안 하시나 했네요. 자세한 건 우주선에 도킹한 이후에…."

"안나, 여긴 어디죠?"

루크는 눈을 감은 채 간절하게 묻고 있었다. 그도 모르게 눈가에는 굵은 눈물방울이 맺히기 시작했다.

"많이 혼돈스러울 거예요. 충분히 이해합니다."
"제가 누군지 모르겠어요?"

다시 이 이해할 수 없는 세상으로 돌아왔다면 이제 자신이 기댈 곳은 안나밖에 없었다. 다시 지구로 돌아갈 때는 그렇지 않았다. 새로운 지구에 가면, 비록 그들이 무의식이라 할지라도 예전처럼 일상을 꾸려나갈 수 있으리라 기대했다. 스스로가 '무의식적 인간'에 대한 편견만 버린다면, 세상은 예전과 다르지 않을 것이라 믿었다.

하지만 루크가 경험한 지구는 그렇지 않았다. 어떻게 알아차렸는지는 모르겠지만, 모든 무의식적 존재들은 자신에게 적대적이었다. 마치 인체에 침입한 세균과 바이러스처럼 그들은 자신을 공격하고 배척해서 없애는 것이 유일한 목표인 것처럼 보였다. 그건 그의 마음에 다시는 예전처럼 온전한 생활을 할 수 없을 것이라는 절망의 암운을 드리웠다.

"안나, 저는 톰이 아닙니다."

루크는 감았던 눈을 뜨며 말했다.

"무슨 말씀이죠? 분명 EA-2014193 지구에서 오신 것으로…."

안나가 당황하며 모니터를 확인했다. 화면에는 지구들의 번호와 그곳의 '주인'을 나타내는 리스트가 빼곡하게 적혀 있었다.

"EA-2014193, 톰 브라운 국장님."

"안나, 아직도 모르겠어요?"

"톰… 아니….'

그제야 안나가 이상하다는 걸 눈치챘다.

"설마, 루크 쇼…?"

루크의 허탈한 헛웃음이 뒤따라 나왔다.

"루크, 지금 혼자인가요?"

안나의 목소리가 눈에 띄게 작아졌다.

"아니요, 네."

루크가 고개를 돌려 뒷좌석을 보았다. 비어 있다는 걸 잘 알면서도.

"원래는 셋이었는데, 둘이었다가, 지금은 혼자군요."

루크는 농담처럼 말했지만, 상대는 그렇지 않았다.

"루크, 아니, 톰, 장난치는 건 아니죠?"

"왜요? 내가 하인츠도 안다고 해야 믿을 건가요?"

"루크, X-79A 전투기는 어떻게 된 거죠? 그걸 타고 지구로 갔잖아요."

"뭘 타고 갔는지가 중요한가요? 예정대로 다시 돌아왔는데."

"아니요, 그렇지 않아요."

헤드셋 너머로 또각또각 안나의 발걸음 소리가 들려왔다.

"얼른 나를 유도해줘요. 지금 헬멧이 박살 나서 앞이 보이지 않아요. 전원만 들어오면…."

"루크, 잘 들어요."

곧이어 문을 닫는 소리가 들렸다.

"어떻게 한 거죠?"

"뭘요?"

"어떻게 지구를 탈출했어요? 톰 브라운 국장은요?"

"하나씩 물어봐요. 우주선 출입문도 날아가 버렸으니까."

이때까지만 해도 루크는 자신이 처한 상황의 심각성을 눈치채지 못하고 있었다.

"루크, 장난칠 때가 아니에요. 시간이 얼마 없어요."

"그쪽은 늘 급하군요."

"루크! 어서 대답해요. 톰 브라운 국장은요?"

"이 우주선 안에서 나를 죽이려고 했어요. 난생처음 겪는 사투 끝에 그를 내보낼 수밖에 없었고요. 의도한 건 아니… 아니요, 의도했어요."

"그러니까 지금 그 우주선에 톰이 없다는 거죠?"

"네, 애석하게도."

"다크홀을 통과하지도 않았고요?"

"보이지 않아서 모르겠지만, 반대 방향으로 날아갔어요. 추진체도 없어서 아마 이곳으로 들어오지는 못했…."

"루크! 잘 들어요."

안나의 목소리가 단호하고 급했다. 정색하는 그녀의 얼굴이 보이는 듯했다. 루크도 지금 심상치 않다는 걸 직감했다.

"당신은 지금 라마에서 가장 큰 규칙을 위반했어요."

"그게 뭔가요?"

"다른 의식적 존재를 인터셉트^{intercept} 하는 것."

"어려운 용어군요."

"라마 역사 이래 단 한 번도 일어나지 않은 일이에요."

"그런데 왜 규칙으로 정해놨죠? 일어나지도 않은 일을."

"그게 이 세계를 유지하는 근본이니까요."

"이해할 수가 없군요."

루크는 신경질적으로 미간을 찌푸렸다.

"제 말이 기억 안 나세요? 라마는 새롭게 이주한 사람들을 '생명의 탄생'으로 여긴다는 걸."

"그랬죠. 왜 내 목숨은 소중히 여기지 않았나 모르겠지만."

"농담이 아니에요. 당신은 지금 영아살해보다 더 큰 죄를 저지른 거라고요."

"잠깐만요. 이치에 맞지 않잖아요. 이주민 신분은 그냥 죽여도 된다면서요. 하인츠가…."

"그건 달라요. 당신은 자발적으로, 아니, 운명적으로 자신의 세상을 탈출한 사람을 제거했어요. 그리고 그 자리를 빼앗았죠."

"끔찍하게 들리는군요. 그렇게 말하니까."

잘 이해되지는 않았지만 안나의 다급한 목소리는 분명 그 심각성을 충분히 대변하고 있었다.

"루크, 동기나 과정은 중요하지 않아요. 이대로 라마에 도킹했다가는…."

안나가 조심스러워하며 잠시 말을 멈추었다.

"그대로 추방되고 말 거예요. 저도 자크도 어떻게 할 수 없어요."

"애석하군요. 정말 힘들게 왔는데."

루크가 조심스럽게 교신 다이얼을 돌리며 대답했다.

"잠시만 기다려요. 방법을 찾아볼게요."

"잠깐만, 안나. 한 가지만 물어볼게요."

"네, 간단히."

"저한테 최신 전투기를 주면서 지구로 돌아가라고 했잖아요."

"그랬죠. 어디다가 두고 왔는지는 모르겠지만."

"그럼 다시 돌아올 걸 기대하지 않았단 말인가요?"

"아니요, 그렇지 않아요."

"그런데 왜 제가 규칙을 위반했다고 하는 거죠?"

안나도 답답했지만 지금 루크를 이해시킬 상황이 아니었다.

"당신이 X-79를 타고 다크홀을 통해 귀환했다면 문제가 되지 않아요. 그런 사례가 아직 없긴 하지만."

"그런데요?"

"이번 다크홀 탈출은 온전히 톰의 기회였어요. 그러니까 톰이 자신의 지구를 탈출할 필연적 결과였다고요. 당신이 그 인과관계를 깨트린 거예요."

"그래서요?"

"그래서라니요."

"인과관계를 깨트렸지만, 라마도 멀쩡하고, 당신도 이렇게 나를 기억하고 있잖아요."

루크가 대수롭지 않다는 투로 말했다.

"…"

안나는 한동안 침묵했다.

"루크, 라마의 예언서에 따르면…."

57
혼돈 (Chaos)

"안나. 예언서는 듣고 싶지 않아요."

루크가 말을 끊은 건 그걸 듣는 게 괴롭기 때문만은 아니었다. 몇 초 전부터 선바이저를 뚫어낸 붉은 점 하나가 헬멧 안을 이리저리 흘러 다녔다.

"안나, 혹시 라마에서 신호를 보내고 있나요?"

"아니요, 왜 그러죠?"

"톰이 소화기로 내 헬멧을 내리치는 바람에 유리가 완전히 박살 났어요. 곁눈질로 간신히 사물을 분간하는 정도고요."

"그건 걱정하지 않아도 돼요. 전원이 복구되는 대로…."

"혹시 라마에서 유도를 위해 레이저나 뭐 그런 걸 발사…."

쿵! 콰과광!

공기가 없는 우주에서 모든 일은 순식간에 일어난다. 설령 공기가 있다 하더라도 상대가 발사한 미사일은 음속보다 빨라 미리 알 알아차리는 게 불가능했을 테지만.

"망할!"

루크는 그것이 폭발임을 알아차렸다. 적어도 폭발이 일어났다는 걸 인지하는 것만으로도 자신은 아직 살아있는 게 명백했다.

***

관제실 옆 작은 회의실 문이 열리더니 안나가 다급하게 뛰어 나왔다.

"루크! 무슨 상황인지 곧…."

코너를 돌아 관제실로 다시 들어가려는데, 안나는 거대한 장벽 같은 것에 쿵, 부딪히고 말았다.

"안나 프루스."

상대가 누구인지 알아차리는 것은 어렵지 않았다.

"하인츠… 교수님."

라마의 관제실은 단순하고 평범한 공간이었다. 수십 개의 콘솔이 나란히 배열된 지구의 것과 달리, 안나의 일터는 그저 작은 책상과 모니터 그리고 통신을 위한 장비가 전부였다.

"문제가 좀 생겼나 보군."

홀로 서 있는 하인츠는 일부러 보란 듯 기분 나쁜 미소를 지었다.

"무슨 일이죠?"

안나는 애써 태연한 척했다.

"내가 알기로는 오늘…."

하인츠는 일부러 고개를 내밀어 창밖을 보았다. 길거리의 전광판에는 톰 브라운의 탈출을 축하하는 문구와 함께 그가 활짝 웃는 사진이 큼지막하게 떠 있었다.

"톰 브라운 국장이 온다고 들었는데. 그는 지금 어디 있지?"

"교신 중이에요. 우주선에 문제가 좀 있는 것 같아서."

안나가 하인츠를 피해 관제실로 들어가려고 했지만 그가 몸으로 막아섰다.

"무슨 문제?"

"늘 있는 일이에요. 업무와 관련된 사항은 말씀드릴 수 없어요."

"내가 윤리위원회의 수장이라는 사실을 또 잊었나 보군."

"그건 이주민이 안전하게 도착한 후에⋯."

"애석하게도 그러지 못한 것 같군."

안나는 짜증 섞인 표정으로 하인츠를 올려다보았다. 상대는 어쩐지 이미 모든 걸 알고 있는 듯했다.

"톰의 의식이 불완전하다는 보고가 들어왔어. 어쩌면 저기 타고 있는 자가 톰이 아닐 수도."

하인츠가 안나와 코끝이 맞닿을 듯 허리를 스윽 숙였다.

***

섬광이 번쩍거린 건 분명했다. 하지만 열기 같은 게 느껴지지 않았다.

"안나! 안나!"

루크가 다시 교신을 시도했지만 응답이 없었다. 중력은 없는데, 관성은 있다. 벨트 하나로 의자에 묶인 루크는 지금 사방팔방으로 빠르게 회전하고 있었다.

외부 산소 공급이 중단되었습니다. 내부 모드로 전환합니다.
예상 유영 가능 시간. 1시간 21분

우주복 컴퓨터의 알림을 듣고서야 루크는 상황이 머릿속에 들어왔다.
'산소공급 호스가 끊겼고, 제자리를 맴돌고 있다⋯.'
루크는 위치를 파악하기 위해 눈을 부릅떴다. 오른쪽 헬멧 틈으로 보이는 라마의 불빛이 어지럽게 흔들리고 있었다.
"안나, 무언가와 충돌한 것 같아요. 감지되나요?"
공중으로 사라져버린 톰과 마찬가지로 루크에게도 우주유영을 할 수 있는 장비는 없었다. 뿌린 대로 거두는 걸까. 점점 작아져만 가는 라마 우주선의 형체를 보며 루크는 죽음을 직감했다.
"안나, 정확한 위치는 알 수 없지만, 라마에서 계속 멀어지고 있어요. 제가 보이나요?"
더할 수 없이 위급한 데도 목소리는 의외로 침착했다. 어쩌면 할 수 있는 일이 기다리는 것뿐이라는 걸 알아차려서인지도 몰랐다.

***

"톰이 맞아요."
안나는 하인츠의 예리한 눈을 피하지 않았다.
"최일선에서 이주민을 맞이하는 분이 이렇게 감이 없어서야⋯."

"조금 전까지 교신했어요. 우주선의 전원이 들어오지 않는다고 해서 통제 주파수를 알려줬고요."

"톰과?"

"그럼 톰 국장이지 누구겠어요."

"다시는 볼 일이 없을 거야. 내가 이주민 입장을 불허하는 명령을 내렸거든."

안나의 눈이 휘둥그레졌다.

"잘 알다시피 이주민이 극악의 범죄자이거나 그에 상응하는 이력이 의심되는 경우 도킹을 거부할 수 있지."

"하지만 톰의 귀환은 심사위원회에서도 통과를…."

"심사위원들이 틀릴 때도 있어."

"지금 교수님이 독단적으로 그런 결정을 했다는 건가요?"

"안나. 새로운 의식의 탈출 정보는 누가 알려주지?"

"그건…."

하인츠의 질문에 안나는 속절없이 움츠러들었다. 라마에서 새로운 의식적 존재를 맞이하는 일은 엄격하고도 비밀스럽게 이루어지고 있었다. 오래전 이곳에 정착한 원로인들이 각자 지구에서의 경험과 역사를 토대로 80억 인구 중 주요 인물들을 데이터베이스화 해놓았다.

새로운 이주민이 도착할 때마다 그들은 광범위한 설문과 뇌 스캔을 통해 다크홀에 접근할 수 있는 능력치의 인간들을 압축해왔다. 때로는 예상치 못하게 어린 소녀나 노인이 넘어오는 경우도 있었지만 대부분은 이들의 예측대로 탈출이 이루어졌다. 구체적으로 언제, 어떤 방법으로 의식적 존재가 탈출하는지에 대해서는 하인츠를 비롯한 일부 소수의 인원들만 공유하고 있었다.

"그래, 그건 학계 이사장을 맡고 있는 나의 고유 업무지. 자네 같은 말단 직원의 일은 아니야."

"교수님 말은 틀렸어요. 라마에서 모든 업무는 평등하고 수평적이에요."

"교과서를 너무 열심히 봤군."

하인츠가 안나의 어깨를 툭툭 치며 기분 나쁘게 웃었다.

"아무튼 이번 건은 부결되었어. 톰은 분명 훌륭한 인물이지만, 라마에서 생활하기에는 부족해."

"하인츠 교수님!"

하인츠가 등을 돌린 채 멀어지고 있었다.

"이대로 톰을 돌려보내실 건가요? 다시 그의 지구로?"

몰라서 한 질문은 아니었다.

"그럴 리가. 이미 그의 세계는 붕괴되었을 텐데."

하인츠가 멈춰 서서 고개만 돌려 말했다.

"근접방어체계를 이용해 우주선을 완전히 파괴했지. 곧 드론들이 날아가 상황을 확인할 테고. 아무쪼록 파편들이 우리 우주선에 부딪히지 않게 잘 관제해줘."

하인츠가 손을 들어보이고는 다시 가던 길을 갔다.

그가 코너를 돌아가자 안나는 재빨리 관제실로 들어갔다.

"루크, 루크!"

속삭이듯 말했지만, 그녀의 흥분한 마음이 그대로 전해졌다.

"루크! 살아있어요?"

***

하인츠는 완전히 떠난 게 아니었다. 복도 끝에는 하인츠를 따르는 수하 둘이 선글라스를 낀 채 서 있었다.
"어떻게 하시겠습니까?"
하인츠가 손가락을 입에 가져다 대었다.
"확실해."
"죄송합니다. 미처 파악하지 못했습니다."
"아니, 자네들 잘못은 아냐. 우리도 예상하지 못했으니까."
하인츠가 괜찮다는 제스처를 보이며 천천히 걸음을 떼었다.
"아무튼 잘 지켜보자고. 구닥다리 몽상가들이 어떻게 나오는지."
하인츠가 의미심장한 미소를 짓더니 그대로 게이트를 나섰다.

58
기억 (Memory)

"아빠! 일어나요, 어서!"
그날은 따사로운 햇볕이 내리쬐던 봄날이었다.
"어서! 어서!"
아침잠을 깨우는 딸의 목소리가 귀를 간질거렸다.
"엠마, 왜…."
루크가 눈을 찡그리며 자리에서 일어났다.
오레곤^{Oregon}주, 케이프블랑크 국립공원$^{Cape\ Blanco\ State\ Park}$.
가족끼리 온전한 휴가를 보내는 게 3년 만이었다. 유인달기지건설을 위한 비행 스케줄이 끊임없었던 탓에 단 며칠도 가족들과 함께 보낼 수가 없었다. 이렇게 여유가 생긴 건 역설적으로 다크홀의 존재가 세상에 알려지면서부터였다.
 아르테미스달기지건설이 공식적으로 중단되고, 무인탐사선발사가 연달아 계획되면서 루크는 모처럼 여유를 만끽할 수 있었다. 플로리다에서 정반대 편인 이곳까지 여행을 온 건 순전히 엠마 때문이었다. 이제 막 세계지도를 보기 시작한 엠마는 땅과 바다의 경계선에 유독 관심이 많았다. 지금 살고 있는 플로리다도 그랬지만, 더 넓은 태평양과 맞닿아 있는 이곳을 엠마는 '크레용'이라 부르며 동그라미를 쳤다. 왜 그것에 크레용이라는 이름을 붙였는지는 알 수 없었지만, 아무튼 엠마는 절벽이 드리워진 이곳을 무척이나 가보고 싶어 했다.

"아빠! 얼른 나와요! 얼른!"

오래된 캠핑카 문을 잡고, 엠마가 루크를 졸랐다.

"엠마, 무슨 일이야."

옆에 누워 있던 아내는 몸을 뒤척이며 이불을 다시 덮었다.

휴대전화 화면에 뜬 시간은 아침 5시 30분. 아직 어두웠지만, 조양朝陽이 지평선을 따라 띠를 이루었다.

"아빠, 약속했잖아! 얼른!"

엠마가 발을 동동 구르며 루크의 팔을 끌어당겼다.

루크는 하는 수 없이 무거운 발걸음을 끌며 캠핑카 입구로 나왔다. 엠마는 이미 계단을 내려가 어디론가 달려갈 채비를 하고 있었다.

"엠마, 조심해. 아직 어두워."

루크는 정신을 차리려 머리를 몇 번 흔들곤 엠마 뒤를 따랐다. 그렇게 조금 걸어가자 하늘을 가리고 있던 숲이 사라지고 드넓은 절벽이 나타났다.

"아빠! 저거 해 맞아?"

아직 지평선을 넘어가지 못한 달을 보며 엠마가 함박웃음을 지었다.

루크는 아니라는 말을 하지 못했다. 아마 녀석은 며칠 전 유튜브를 통해 본 '태양계 영상'을 기억하고 있는 듯했다.

"아빠가 해는 아침에 나타난다고 했잖아. 낮이 되면 너무 눈부셔서 볼 수 없다고. 저거 해 맞지?"

동그란 보름달이 태양빛을 반사하며 존재를 과시하고 있었다.

"글쎄, 아빠가 보기에는…."

태양은 아직 떠오르지 않았지만 이미 그 엄청난 광량이 주위를 밝히고 있었다. 엠마는 끝없이 이어진 서쪽 수평선을 보며 태양을 찾았다는 기쁨에 흠뻑 빠져 있었다.

"아빠가 태양에 가면 좋겠다."

"뭐?"

"아빠가 태양에 가서 데려오면 좋겠다."

엠마는 자신이 대단한 발견을 한 것처럼 들떠 있었다. 너무나 눈부셔서 볼 수 없었던 '햇님'을 보기 위해 아침 일찍부터 일어난 스스로가 대견해서였는지도 몰랐다.

"아빠가 태양에 가면 무슨 선물을 사와야 하나?"

엠마에게 아빠는 쉬운 존재였다. 출장을 떠날 때마다 자신이 말한 모든 것들을 들고 돌아왔으니까. 어느 때부터인지 그 패턴에 익숙해진 엠마는 더 이상 아빠와 긴 이별의 시간에도 울거나 칭얼대지 않았다. 녀석이 태양으로 출장 가기를 바라는 건 아마도 원하는 게 또 생겨서일 것이다.

"아니, 태양이 멀리 있으니까 잘 안 보이잖아. 아빠가 가까이 가져왔으면 좋겠어. 너무 눈부시지 않게."

"그럴까?"

루크는 과장되게 활짝 웃어 보였다. 딸이 '선물'이라는 단어를 꺼내지 않았다는 것만으로도 부적 커버린 것만 같았다.

"뭐해요?"

뒤늦게 두 사람의 일탈을 알아차린 멜리사가 외투를 가지고 나왔다.

"아직 새벽은 추워. 들어가자 얼른."

엠마의 등 뒤에 점퍼를 살포시 올리고는 루크를 한 번 쏘아보며 딸의 등을 돌렸다.

"당신도 참. 애가 추운데 이렇게 데리고 나오면 어떡해."

"미안."

엠마가 나온 이유를 알려주고 싶었지만, 혹여나 아이의 환상이 깨질까 루크는 입을 다물었다.

"아빠가 태양을 가지고 온댔어. 그럼 덜 추울 거야."

"우리 딸, 그 얘길 하려고 이렇게 일찍 일어났어?"

멜리사가 쭈그려 앉으며 엠마를 꼭 안았다.

"아빠가 태양 가지고 오면 좋겠다. 그치? 그럼 우리 딸이 이렇게 일찍 일어나서 기다리지 않아도 되잖아. 안 들어와?"

"조금만 있다가 갈게."

반팔 차림의 루크는 주머니에 손을 넣은 채 서 있었다.

"추워요. 너무 오래 있지 마."

멜리사가 엠마를 데리고 캠핑카로 향했다. 홀로 남겨둔 아빠가 걱정되었는지 엠마가 슬쩍 고개를 돌려 보았다. 루크는 손을 흔들며 아내와 딸의 뒷모습을 흐뭇하게 바라보았다.

태양이 어느새 수평선 위로 빼꼼히 떠 있었다. 당분간 별다른 임무가 없다는 건 여유로웠지만, 마음은 그렇지 못했다. 무엇보다 아직 현대과학으로 설명하지 못한 다크홀의 존재가 루크의 마음 한구석을 불편하게 했다.

"설명할 수 없다고 해서 존재하지 않는 건 아니지."

루크는 중얼거리며 짧은 상념에 잠겼다.

***

그것은 꿈이 아니었다. 루크는 분명 떠오르는 태양을 바라보고 있었다. 아직 눈이 부실 정도는 아니었지만, 불빛은 이내 눈을 뜰 수 없을 정도로 강렬해졌다.

루크는 지금 우주 공간을 홀로 떠돌고 있다. 단단한 우주복이 열기를 지켜주고 있었지만 금이 쩍쩍 간 헬멧 틈 사이로 계속해서 공기가 새어 나오고 있었다.

우주복 내부 기압 손실. 즉시 여압 공간으로 복귀하세요.

우주복 내부 기압이 0.16atm으로 감소했습니다. 즉시 여압 공간으로 복귀하십시오.

임무컴퓨터의 경보음이 멈출 줄을 몰랐다. 벌써 30여 분째 같은 내용을 반복해서 내보냈다. 루크가 눈부심을 피하려 고개를 이리저리 돌렸지만, 불빛은 점점 더 강렬해져 갔다.

'설마 구조대일까?'

드래곤 캡슐이 폭발한 직후부터 루크는 생존을 포기하다시피 했다. 라마 우주선과 정반대 방향으로 튕겨나갔을 뿐 아니라, 그 속도도 매우 빨랐다. 게다가 이곳은 지구와 가까운 곳도 아니었다. 80억 개의 지구가 발밑에 있지만, 자신의 존재를 인지한 곳은 단 하나도 없었다.

'그럴 리 없어.'

한동안 루크를 겨냥하고 있던 불빛이 갑자기 사라졌다. 어떠한 소리도 들리지 않는 이곳에서 빛은 유일한 소통 수단이었다. 고개를 돌려 광원을 찾았지만, 그것은 다시 나타나지 않았다.

쓱, 탁! 잠시 후, 우주복이 무언가와 부딪치는 소리가 나더니 순식간에 몸을 옥죄어왔다. 발버둥 쳤지만, 그물에 갇힌 물고기처럼 아무것도 할 수 없었다.

"안나! 당신이에요?"

사방에서 불빛이 비치더니, 아주 빠른 속도로 이동하기 시작했다. 적어도 우주에서 객사하지 않게 되었다는 안도감이 들었지만, 그것은 아직 확실치 않았다.

"누구냐고!"

루크가 발버둥을 치자, 그물이 몸을 더 강하게 죄었다. 그리고 강한 전기충격이 우주복의 두터운 방호막을 뚫고 온몸으로 전해졌다. 과거 우주인 훈련 때 테이저건을 맞아본 적은 있었지만 그것과는 차원이 달랐다. 사지의 근육이 뼈를 부러트릴 듯 경직되더니, 루크는 그대로 정신을 잃어버리고 말았다.

59
그날 (The Day)

"아빠는 참 느려, 그치?"

캠핑카 안에서는 아침 요리가 한창이었다. 평소라면 타폴린천막을 치고 바깥에서 식사 준비를 했을 것이다. 아직 3월의 아침 기온은 그러기엔 너무 쌀쌀했다.

"아빠가 해 가지러 가서 그래."

엠마는 한 손에 자동차 장난감을 흔들며 좁은 실내를 분주하게 돌아다녔다.

"그랬구나."

멜리사가 흐뭇하게 엠마를 바라보았다. 곧이어 루크가 캠핑카 안으로 들어왔다.

"해는 가져왔어요?"

열린 문틈으로 막 떠오른 햇빛이 가득 들어오고 있었다.

"아빠! 아빠!"

사선으로 드리우는 햇살이 루크 주위로 빛났다.
"우리 딸!"
루크가 천장에 머리가 닿을 듯 엠마를 높이 들어 올렸다.
"벌써 갔다 온 거야?"
"응?"
루크가 엠마의 코끝을 비볐다.
"벌써 가지고 왔냐고."
"뭘?"
루크가 어리둥절한 얼굴을 했다.
"아빠 뒤에 해가 있는 것 같은데? 진짜 가지고 온 거야?"
그제야 딸의 말을 알아차렸다. 이제 막 키가 110센티미터를 넘은 작은 아이에게 후광을 막고 선 루크는 마치 태양을 가져온 전사처럼 보인다는 것을.
"그럼! 아빠가 우리 엠마가 시킨 대로 얼른 다녀왔지."
루크가 조금 더 높이 들어올리자 엠마가 눈이 부시는지 얼굴을 찌푸렸다.
"너무 밝다. 다시 가져다 놔."
얼굴을 다 가리기엔 작은 손이었다. 루크가 한없이 귀여운 딸을 꼭 끌어안았다.
"우리 딸 너무 눈부시면 아빠가 얼른 제자리에 두고 올게."

***

"루크! 눈 좀 떠봐요, 루크!"

눈을 감고 있어도 견딜 수 없이 밝은 빛이었다. 차마 눈을 뜰 자신이 없어 루크는 몸을 비틀며 신음했다. 온몸을 두드려 맞은 듯 작은 움직임에도 극심한 통증이 몰려왔다.

"병원으로 가야 해요, 당장!"

계속된 자극에도 반응이 없자 누군가 다급하게 소리쳤다.

"이러다 죽어요. 무려 4만 2천 볼트라고요! 우주복이 아니었다면 다 타버렸을 거예요."

높고 또렷한 목소리. 낯설지 않은 구두 소리. 루크는 목소리의 주인이 안나라는 걸 알아차렸다. 그러나 아직 눈을 뜰 수는 없었다.

"병원에도 이미 다 잠복하고 있을 거야. 다른 방법이 없어."

자크는 오래된 통신기기를 든 채 고민했다.

"그럼 이대로 죽게 내버려두자고요?"

안나는 좀처럼 흥분을 가라앉히지 못했다.

"안나, 잠시만."

머리를 바짝 자른 테일러 안토니오$^{Taylor\ Antonio}$가 루크의 손목을 짚었다. 짙은 감색 양복에 검은 넥타이를 한 그는 얼핏 보면 하인츠의 수하처럼 보였다.

"맥박이 강해지고 있어요."

"별 의미 없어요. 의식이 돌아와야 해요."

안나가 금방이라도 떠날 채비를 했다. 격납고처럼 보이는 이곳은 왠지 불안하고 갑갑하게 느껴졌다. 곳곳에 LED등이 들어와 있었지만 사람이 거주하는 곳 같지는 않았다.

"어디로 가려는 거지?"

자크가 짧은 다리로 제자리를 맴돌며 물었다.

"일단 밖으로 데려가야죠."

"하인츠가 금방 눈치챌 텐데."

"죽을 때 죽더라도 해볼 건 다 해봐야죠."

마치 작은 우주선 안과 같았다. 사방이 막힌 이 공간에서 나갈 곳은 천장에 난 작은 해치뿐이었다. 안나가 그곳으로 난 계단에 몸을 실었다.

"안나, 우리는 그들을 감당할 수 없어."

"알고 있어요. 맞서려는 게 아니에요. 그저 루크를 구하려는 것뿐이에요."

안나는 단단히 결심한 듯했다. 그리고 그녀가 해치를 위로 밀려는 순간, 루크가 작은 신음을 내며 몸을 비틀었다.

"으윽…."

그가 의식 반응을 보인 건 두 시간 만에 처음이었다. 그러니까 안나와 자크 그리고 테일러가 그를 구조하고 나서 처음 듣는 루크의 목소리였다.

안나가 서둘러 사다리를 뛰어 내려왔다. 층계를 내려올수록 날렵해지는 움직임을 보면 이곳은 라마의 원통 구조에서 가장 끝부분인 듯했다.

"루크, 정신 차려봐요!"

안나가 루크의 가슴팍을 누르며 외쳤다.

"아… 아파요…."

루크가 잔뜩 찌푸린 얼굴로 안나의 손목을 움켜잡았다.

"눈 좀 떠봐요!"

루크가 안나의 말을 따라 가까스로 실눈을 떴다. 고개를 조금씩 돌릴 때마다 그녀의 얼굴에 가려져 있던 LED등에 눈이 부셨다.

마치 세상에 처음 태어난 아이처럼 루크는 조심스럽게 눈앞의 존재를 인식했다. 아까부터 말소리가 들렸는데, 무슨 내용인지는 기억나지 않았다.

"루크, 정신이 들어요?"

안나가 그의 얼굴을 쓰다듬었다. 그녀의 눈가에 눈물이 맺히는가 싶었는데, 얼른 손등으로 훔쳐냈다.

"어떻게… 된 거…."

이제 조금씩 몸을 움직일 수 있었다. 고개를 돌리자 심각한 표정을 한 채 자크가 입술을 꾹 다물고 있었다.

"자세한 건 나중에 설명할게요. 일단 건강 상태부터…."

루크는 낯선 사람이 하나 더 있다는 걸 알아차렸다. 테일러를 보자 갑자기 경기를 일으킬 듯 몸을 움츠렸다. 유독 검은 피부와 선글라스가 하인츠의 수하를 떠올리게 한 탓이었다.

"괜찮아요. 테일러는 우리 편이에요."

안나가 테일러에게 뒤로 물러나라는 눈짓을 했다.

"여긴 어디죠? 어떻게 된 거죠?"

"우주 공간을 떠돌고 있던 걸 우리가 가까스로 구조했어요."

"기억이…."

루크는 꿈과 현실이 뒤엉켜버린 순간들을 천천히 되새겼다. 갑작스런 폭발. 차가운 우주공간. 그물처럼 펼쳐지던 무언가와 강한 전기충격까지. 생각만으로도 그때의 충격이 다시 느껴졌는지 루크는 몸을 심하게 떨었다.

"살아있는 것만 해도 기적이에요."

그제야 자신이 벌거벗겨졌다는 걸 알았다. 나체는 아니지만 얇은 우주 내의만이 그의 전신을 가리고 있었다. 몸을 일으켜 둘러보니 완전히 타버린 채 찢긴 실외 우주복이 멀지 않은 곳에 놓여 있었다.

"다행히 화상은 없었어요. 조금만 더 늦었어도…."

"당신들이 보낸 건가요?"

단편적인 장면이지만 루크는 그물이 펼쳐지던 순간이 떠올랐다. 자신을 추적하던 붉은 레이저 불빛과 갑작스레 켜진 밝은 라이트까지.

"당신과 교신을 하다 갑작스레 끊겼어요. 그리고 폭발이 있었고요. 라마에서 공격한 게 아닌가요?"

"그건…."

안나가 잠시 머뭇거리다 자크를 보았다.

"하인츠가 자네를 찾고 있네."

자크가 오른손으로 턱을 고인 채 루크에게 다가왔다.

"정확히 말하면 자네의 시신을 찾고 있지. 자네 우주선을 파괴한 것도, 우주 공간에서 포획 그물을 던진 것도 모두 하인츠의 짓이야."

루크는 새삼스럽지도 않다는 듯 맥없이 고개를 끄덕였다.

"사실 이 그물은 인간을 구하기 위한 용도가 아니야. 라마 주위를 떠도는 인공 쓰레기들을 순식간에 태워버릴 용도지."

쓰레기라는 단어를 중얼거리며 루크는 다 타버린 우주복을 다시 보았다.

"우리도 자네가 살아 있으리라고는 확신하지 못했어. 안나가 고집 피우지 않았다면 여기까지 올 일도 없었을 테고."

루크는 팔을 짚고 일어서려다 갑작스러운 중력이 어색했는지 비틀거리며 다시 넘어졌다.

"이곳은 라마의 가장 외곽 공간이야. 원심력이 가장 센 곳이기도 하지."

"우주가 아닌 게 다행이군요."

"아직 라마에 도착한 건 아니에요."

"그럼요?"

둘러보니 사방에 창이라고는 하나도 보이지 않았다. 바깥을 확인하는 건 불가능했다.

"정확히 말하면 라마에 도킹한 상태죠."

안나가 의미심장한 표정을 지으며 설명했다.

"그게 무슨 뜻이죠?"

"당신을 구하기 위해 우리도 모험을 했어요. 제대로 작동하는지도 모르는 이 청소 우주선을 타고 무작정 출발했죠."

"저 두 사람도 동의했습니까?"

루크가 자크와 테일러를 가리켰다.

"동의라기보다는, 반강제였죠."

안나가 허탈한 미소를 지었다.

"어쨌든 다시 라마로 돌아가야 해요."

루크는 이미 이 공간의 특징을 파악하고 있었다. 이곳의 출구는 천정에 난 저 해치가 유일한 것 같았다.

"저기로 가면 되겠군요."

"한 가지 문제가 있어요."

안나가 자크를 쳐다보고는 고개를 한 번 끄덕였다.

"우리가 몰래 도킹한 곳은 박물관의 외부 격납고예요."

"저도 익숙한 곳이죠."

루크가 X-79A를 타고 도망치던 순간을 떠올렸다.

"지금 저 위에서는 전시회가 열리고 있어요. 라마의 항공 역사에 대한."

"사람들이 모르는 게 다행이군요."

"아니요, 그 반대예요."

안나의 표정이 순간 진지해졌다.

"모두가 바깥에서 기다리고 있어요. 우리가 나오기만을."

60
감시자 (Observer)

"무슨 말이에요?"

"말 그대로예요. 이 문을 열면 사람들의 시선이 집중될 거라고요."

"저를 몰래 구하러 왔다면서요."

"네, 이 고물 우주선을 타고."

루크는 안나의 말을 도통 이해할 수 없었다.

"그런데 왜 사람들이 우리를 기다리고 있죠?"

"기다린다기보다는 놀란 거죠. 갑자기 전시회장 발밑에서 쿵 하는 충격음이 울렸으니."

"그럼 들킨 건가요? 하인츠도 알고 있고요?"

"아직 당신이 여기 있는지는 몰라요. 계속해서 숨길 수는 없겠지만."

"잠깐만! 저 우주 공간에서 나를 죽이려 한 게 하인츠 맞죠?"

"그래요, 그가 톰의 입국을 거부했으니."

"당신들이 나를 구한 것도 알고 있을 테고요."

"그건 반반이에요."

"반반이라니…?"

"저의 임무는 이주민이 동의서에 서명할 때까지 그들의 안전을 책임지는 거예요. 비록 우주선이 산산조각났지만 그의 최후를 확인하고 기록할 의무가 있죠."

"그러니까 시체를 수습하러 왔다가 나를 발견한 거군요."

"비공식적으로는요."

"왜 하인츠는 오지 않았죠?"

"무슨 의미죠?"

"나를 그토록 죽이고 싶어 했으니 시체도 확인하고 싶었을 텐데."

루크가 그렇게 말하면서 테일러를 물끄러미 쳐다보았다.

"맞아요, 테일러가 동행하는 조건으로 우주에 나갈 수 있었죠."

"하인츠가 직접 오지 않고요?"

"루크. 그는 80살이 넘은 노인이에요. 당신네 지구처럼 우주에 나가는 건 많은 훈련과 노력이…."

"그럼 당신들이 하인츠와 협력해서 나를 체포한 거군요."

복잡했던 루크의 머릿속이 어느 정도 정리되는 것 같았다.

"테일러는 우리 편이에요. 지금은 거기까지만 하죠."

안나는 테일러에게 고개를 끄덕여주곤 다시 층계에 몸을 실었다. 루크가 자신을 의심하고 있지만 그건 다행스러운 일이었다. 의문을 갖는다는 건 적어도 그의 뇌가 저산소증으로 망가지지 않았다는 의미니까.

"안나, 이제 가야 해."

두 사람의 대화를 잠자코 듣던 자크가 먼저 움직였다.

"루크, 떠오르는 의문들을 마음속에 잘 담아 두게. 곧 진지한 대화를 나눌 때가 올 테니까."

자크가 고개를 끄덕이자 안나가 다시 사다리를 올랐다.

"잠깐만요, 지금 이런 옷차림으로 나를 연행하겠다고요?"

"왜요? 괜찮은데."

안나가 루크를 훑어보곤 해치를 바깥쪽으로 밀었다. 그러자 박물관 격납고에 들어찬 사람들의 웅성거리는 소리가 밀려 들어왔다.

***

라마인들은 원래 타인의 일에 관심이 없다고 했다. 이성적으로 따져보면 '나' 이외의 모든 것은 불필요했다. 불교에서 말하는 깨달음과 진리, 기독교의 선과 악, 힌두교에서 일컫는 아트만과 브라흐만 모두, 결국 나와 내가 아닌 것에 대한 깨달음이었다.

이성의 극단에 있는 라마인들은 지구에서 통용되던 종교들의 가르침을 신뢰했다. 특정 종교를 따르는 건 아니지만, 결코 다른 사람의 행동이나 사상에 간섭하는 일이 없었다. 그것은 모든 인간은 이성적이라는 가정이 기가 막히게 들어맞는 '라마의 사회'에서만 가능한 일이기도 했다. 하지만 지금은 달랐다.

"이쪽이에요."

안나가 자신들을 둘러싼 사람들을 밀어내며 길을 내기 시작했다. 신체 접촉을 극도로 꺼리는 사람들이 안나의 작은 손짓에도 과민반응하며 뒤로 물러섰다.

라마인들이 관심을 가지는 이유는 딱 하나였다. 몇십 분 전부터 전광판을 독차지했던 '톰 브라운'의 사진 대신, 그가 도킹 과정에서 사고로 인해 사망했다는 뉴스가 헤드라인을 장식했기 때문이다. 각자의 지구를 탈출한 의식이 도킹 과정에서 갑작스레 죽는 일은 적어도 라마가 탄생한 이래 처음 있는 일이었다.

이번 사태의 배후에 갑작스레 자취를 감춘 루크 쇼가 있다는 소문이 퍼지면서 라마인들은 점점 더 주변 환경 변화에 예민해지고 있었다.

"이쪽으로!"

안나가 돌아보니 자크와 루크는 아직 발걸음을 떼지 못하고 있었다. 몸에 꼭 붙는 내의 차림의 루크는 단연 사람들의 시선을 끌 수밖에 없었다.

"루크 선장이다!"

"맙소사! 루크야, 루크!"

사람들은 이내 그의 얼굴을 알아보았다.

뉴스에서는 아직 범인을 언급하지 않았지만, 루크는 이미 이 세계의 새로운 범죄자가 될 처지였다.

"지나갈게요. 연행 중입니다."

예상했던 것보다 빨랐다. 하긴 며칠 전까지만 해도 루크는 이 세계의 스타였으니까.

"저 자식이 범인이다! 루크가 톰을 죽였다!"

군중 무리를 거의 다 벗어났을 무렵, 누군가 큰소리로 외쳤다.

"루크 쇼다! 진실을 밝혀라!"

좀처럼 선동되지 않는 라마인들이 조금씩 동요하기 시작했다.

"톰을 당장 데리고 와! 그는 이 세계의 희망이야!"

목소리는 점점 높아졌지만 폭력으로 이어지지는 않았다. 모두들 마음에서 끓어오르는 원초적인 본능을 극도의 이성으로 억누르고 있는 듯했다.

군중을 다 벗어나자마자 안나가 몸을 돌렸다.

"루크가 범인이다! 톰을 죽였다!"

안나는 무리 속에서 계속해 소리를 지르는 자와 눈이 마주쳤다.

빠져나올 때는 몰랐는데, 소리를 지르며 선동하는 사람은 단 한 명뿐이었다.

박물관 바깥의 거리는 어둡고 한산했다. 인공 태양은 반대편 세상만을 환히 비추고 있었다. 길모퉁이에 이르자 낡아 보이는 전기 SUV 두 대에 전원이 들어왔다.

"어서 타요."

이곳의 평범한 교통수단은 아닌 듯했다.

"어디로 가는 거죠?"

"이주민 센터요."

루크는 일말의 불길한 예상을 하기도 했다. 하인츠가 안나와 자크의 위세를 빌어 자신을 연행하는 걸지도 모른다고. 어쩐지 상황이 들어맞는 것 같아 주저했다.

"안 타고 뭐 해요?"

안나가 운전석 문을 잡고 있었다.

"어서 타게. 할 얘기가 많아."

어느새 자크는 뒷좌석에 몸을 기대고 거친 숨을 몰아쉬었다.

"살려줘서 고맙다고 해야 할지, 아니면 화를 내야 할지 모르겠군."

별다른 선택지가 없었다. 설령 두 사람이 자신을 배반했다 하더라도 이해되지 않는 것도 아니었다. 자신이 라마의 질서를 흔들었다면, 안나조차도 용서하지 못하는 게 당연했다. 루크는 그런 현실을 어느 정도 수긍하며 조수석에 올랐다.

"오래 걸리지 않을 거예요. 그래도 좀 쉬어요."

운전대를 잡은 안나의 목소리가 한껏 부드러웠다. 범죄자에게 관용을 베푸는 건 오래된 수사 기법이었다. 한 번 의심을 품고 나니 안나의 말투와 행동 모두 낯설게 다가왔다.

"왜 저를 구한 거죠?"

안나가 핸들을 돌리자 전기 SUV가 빠른 속도로 도로에 합류했다. 낮과 달리, 라마의 밤거리는 차량 소통이 거의 없었다.

안나는 아무런 대답 없이 정면의 도로만 바라보고 있었다. 거리를 비추는 가로등 불빛이 점멸하며 실내를 비추었다.

"톰은 어떤 사람이었나요?"

잠시의 침묵을 깨고 나온 질문이었다.

다리를 꼰 채 앉은 자크의 얼굴에 어두운 기색이 드리워져 있었다. 루크는 턱을 괸 채 창밖을 보았다. 낮 시간을 보내고 있는 라마의 절반 세상이 반달처럼 머리 위를 밝혔다.

"솔직히 말씀드리면 저희도 혼란스러워요."

"어떤 부분이요?"

"당신이 다시 돌아온 것."

"거짓말을 했군요."

루크가 피식 웃었다.

"어떤 부분을요?"

"X-79A를 타고 여기를 떠나던 날, 당신은 분명 나한테 돌아올 수 있다고 했어요. 기억나지 않나요?"

"물론 그랬어요."

안나의 얼굴이 미세하게 떨렸다.

"설마 최신 우주선을 버리고 돌아와서 이러는 건가요?"

"루크, 침착해요."

루크의 목소리가 조금 격앙되었다.

"지금 우리는 당신을 이해하려는 거예요. 라마 역사에서 난생처음 발생한 일을."

어느새 안나가 운전하는 SUV가 이주민 센터의 주차장으로 들어서고 있었다.

"자세한 이야기가 듣고 싶어요. 당신이 톰의 지구에서 겪었던 일들을."

61
취조 (Interrogation)

 이주민 센터의 복도는 평소와 달리 어두웠다. 늘 서 있던 게이트의 경비인력도 오늘은 보이지 않았다.
 "이쪽으로."
 맨 앞에서 안나가 막다른 통로로 방향을 틀었다.
 "어디로 가는 거죠?"
 루크가 멈칫하자 뒤따르던 자크가 그를 지나쳤다.
 "의심이 너무 많군."
 느릿느릿한 걸음걸이였지만 자크의 움직임에는 강단이 있었다.
 "루크, 시간이 얼마 없어요."
 "아까부터 자꾸 시간이 없다고 하는데…."
 "이 밤이 지나면 우리도 정식으로 보고서를 제출해야 해요. 왜 갑작스럽게 청소 우주선을 타고 나갔는지, 추방되었던 루크가 어떻게 다시 돌아왔는지…."

안나가 복잡한 심경을 드러내듯 고개를 저었다. 그러면서 다시 걸음을 재촉했다. 루크도 별다른 대안이 없었다. 자신이 톰을 의도적으로 죽인 게 아니라는 걸 증명해야만 했다. 이들이 자신의 말을 믿어줄 가능성은 제로에 가까웠지만.

조금 더 걸어 환하게 불이 켜진 방으로 루크를 안내했다. 하프미러half-mirror가 있는 것으로 보아 예사로운 공간이 아닌 건 분명했다.

"따로 들어가는 것 아니었나요?"

안나와 자크는 미러 반대편 방으로 가지 않고 루크와 같은 공간으로 들어섰다. 안나가 복도 밖을 살피더니 조심스럽게 문을 닫았다.

"루크, 지금부터는 공식적인 조사예요."

안나가 눈짓한 곳에 여러 대의 CCTV가 붙박여 있었다.

"당신은 지금 1급 살인 혐의를 받고 있어요. 톰을 살해하기 위해 유무형의 계획을 세운."

"전혀 사실이 아닙니다."

"우리가 도와줄 수 있는 건 살인 혐의를 2급으로 낮추어 주는 거예요. 그러니까 우발적인 계획되지 않은 살인이었다는."

안나가 다짜고짜 살인 혐의부터 들이밀자 루크는 씁쓸한 기분을 감출 수 없었다. 예상대로 이들은 하인츠의 지시를 따라 자신을 연행한 게 분명했다.

"적어도 내가 라마에 머무는 기간 동안 2급 살인도 일어난 적이 없어. 그 얘기는…."

"반란군을 직접 두 손으로 처형했다고 자랑스럽게 말하지 않았나요?"

루크가 자크를 내려다보았다.

"자네는 전쟁과 평화의 개념을 잘 모르는군."

자크가 매서운 눈매로 대답했다.

"라마 형법에 따르면, 1급 살인은 무조건적 추방이에요. 2급 살인은…."

"적어도 살려둘 가능성이 있지."

자크가 안나의 말을 끊었다.

"고맙군요. 걱정해줘서."

"루크, 지금 농담하는 게 아니에요. 당신이 계속해서 삶을 이어나 갈 수 있도록 도와주려는 거예요."

"왜요? 도대체 왜?"

루크는 이제 두 사람을 믿을 수 없었다. 끝까지 도와주겠다고 하는 자가 범인이라는 걸 진즉에 깨달았어야 했다.

"루크, 진정하고 그곳에서 있었던 일을 얘기해줘요."

안나가 의자를 꺼내며 말했다.

"그게 살인 혐의와 무슨 관계가 있습니까. 톰과의 사고는 지구나 라마가 아닌 우주 공간에서 일어난 일인데."

"변호인의 입장에서 말하면…."

자크가 테이블에 손을 올린 채 천천히 말했다.

"살인의 대상이 무의식이라고 해볼 생각이네. 그러니까 자네가 죽인 톰은 사실 의식이 아니라 무의식이었다는 주장을 하는 거지."

자크의 말에 루크는 공연히 움찔했다.

"단, 조건이 하나 있어. 톰의 시체가 발견되지 않아야 해. 만약 그렇다면 녀석이 의식이라는 걸 증명하는 셈이니까."

"그건 교신 과정에서 말했어요. 톰이 다크홀 반대편으로 날아갔다고."

루크가 안나와 눈을 마주쳤다.

"저 세계에서 일어난 일을 우리가 알 수는 없지. 어쨌든 톰이 다크홀을 통과하지 못했고, 따라서 무의식이었을 가능성이 높다는 걸 주장해볼 생각이야."

자크의 논리에 루크도 관심이 가기 시작했다.

"무의식에 대한 2급 살인은 어떻게 다르죠?"

루크의 질문에 안나와 자크가 서로 쳐다보았다.

"사실 그 부분에 대한 법 조항은 없어요. 이곳은 모두 의식들만 머무는 곳이니까."

"무의식을 살해한 것은 꿈에서 살인을 저지른 것과 마찬가지로 봐야겠지."

자크가 고개를 끄덕이며 말했다.

"그렇다면…."

"네, 당연히 무죄일 테죠. 하지만 쉽지는 않아요."

안나의 안색이 다시 어두워졌다.

"윤리위원회에서는 이번 이주민은 톰이라고 확신했어요. 그동안 예측이 몇 차례 실패한 적은 있었지만, 아주 드물었죠."

"그 예측 시스템이라는 게 뭐 주술 같은 건가요?"

루크가 조롱하듯 미간을 찌푸렸다.

안나는 허탈해 했지만 자크는 여전히 근엄했다.

"루크, 우리가 자네를 도우려는 건…."

그리고 테이블을 빙 돌아와 루크 앞에 우뚝 섰다.

"결코 자네를 아껴서가 아니야. 원하든 원치 않든 자네와 우리는 연결되어 있어. 이곳을 탈출하기 전부터 지금까지 쭉."

루크는 여전히 자크가 못 미더웠다. 그는 마치 중세 시대의 마법사처럼 비과학적인 말들을 쏟아내곤 했다. 지금처럼.

"자네를 만나고 구하는 과정에서 우리도 상당히 곤란한 처지가 되었어. 하인츠의 개입을 막을 수 없을 만큼."

"그럼, 제가 뭘 어떻게 해야 되는 겁니까?"

자크의 키는 루크의 앉은키만 했다. 두 사람의 얼굴이 위아래서 묘하게 마주쳤다.

"우선 톰의 지구, 아니 EA-2014193에서 어떤 일들이 있었는지가 중요해요. 당신이 그곳에 착륙한 시점부터 로켓을 타고 떠날 때까지 어떤 사람을 만났고, 어떤 일들이 있었는지 알려줘요."

안나의 표정이 그 어느 때보다 진지했다.

루크는 비록 며칠 되지 않았지만 그곳에서 만난 사람들과 장소를 떠올리기가 벅찼다. 그의 마음이 괴로워하는 표정에 고스란히 전달되었다.

"예사롭지 않았다는 걸 잘 알고 있어요. 하지만 당신이 겪었던 일을 있는 그대로 말해주면 우리가 톰의 의식과 무의식을 추적하는 데 많은 도움이 될 거예요."

안나가 자켓 안에서 태블릿을 꺼내 테이블 위에 올려놓았다. 화면에는 호출부호가 붙은 수십억 개의 지구 이미지가 떠 있었다.

"우리는 지구를 탈출한 이주민들로부터 광범위한 데이터를 가지고 있어요. 그들의 인맥, 삶 그리고 심지어 소득까지. 모든 정보를 추적하고 차곡차곡 저장해놓았죠. 이것은 각자의 지구에서 어떤 일들이 일어났고, 다른 곳과 어떻게 연결되어 있는지 추측하는 바탕

이 돼요."

루크는 여전히 못 미덥다는 얼굴이었다. 숫자와 과학. 오류가 없는 방정식. 딱 들어맞지 않으면 안 되는 계기판의 바늘들. 루크의 인생은 한낱 미신 따위가 범접할 수 없는 완벽한 과학의 세계였다.

"원래는 이주 동의서에 서명을 하고 난 다음 진행하는 작업인데, 당신에게는 그럴 기회가 없었어요."

"그걸 지금 하자는 거군요."

"하지만 당신의 지구가 아닌, 톰의 지구를 대상으로요."

태블릿을 움켜쥔 안나의 눈이 다시금 빛났다.

***

시간이 얼마나 지났는지 알 수 없었다. 기억하기조차 힘들 정도로 많은 일을 겪었지만, 루크는 자신이 경험한 것들을 그런대로 자세히 풀어놓았다. 회상이 막힐 때면, 안나는 태블릿에 담긴 인물 관계도를 펼치며 기억의 실마리를 제공했다.

동양의 사주팔자라며 비하했던 라마의 '지구 데이터베이스'는 생각보다 더 정교하고 정확했다. 톰의 지구에서 자신이 '살해'했던 샬롯은, 다른 지구에서도 유명한 인플루언서로 활동 중이었다. 아직 그녀의 의식이 어느 곳에 있는지는 알 수 없지만 그녀는 여러 사람의 '의식'들에게 꽤 잘 알려진 유명인사였다.

"샬롯은 아마 끔찍한 악몽을 꿨겠네요."

루크가 뜨거운 물을 샬롯의 얼굴에 붓는 대목에서 안나는 씁쓸한 표정을 감추지 않았다.

"에단은 어땠나요? 여전히 권위적이던가요?"

"에단은 이곳에 왔던 게 아닌가요?"

안나의 질문에 루크가 흠칫 놀란 표정이 되었다.

"왜 그렇게 생각했죠?"

"에단 클라인. 당신이 내게 준 우주선에 그의 이름이 적혀 있었으니까."

"오해할 만하군요."

"그럼 에단은 아직 라마에 오지 않았나요?"

"그 우주선은 에단의 첫 번째 아내가 타고 온 거예요. 박물관에 기체를 기증할 때, 남편을 기린다며 명패를 새겼죠."

"잠깐만요. 그 우주선은 아주 먼 미래의 것으로 보이던데."

"맞아요, 그녀의 지구는 시간이 빠르게 흘렀어요. 80억 개의 지구 중 불과 1만여 개에서 그런 현상이 관찰되죠. 다크홀을 통과했을 때가 120살이었나 그럴 거예요."

"맙소사."

루크가 놀라움을 금할 수 없다는 듯 눈을 지그시 감았다.

"루크."

지켜보기만 하던 자크가 팔짱을 풀며 자리에서 일어섰다.

"이야기는 잘 들었네."

불빛에 드리워진 자크의 얼굴이 심상치 않았다.

"그런데 말이야…."

62

환영 (Illusion)

자크의 얼굴에서 루크는 알 수 없는 불안감을 느꼈다. 주름진 그의 피부 사이로 음산한 기운이 스며 나오는 듯했다.

"자네 진술에는 큰 모순이 있어."

"무슨 말이죠?"

실컷 다 털어놓았는데 이제 와 모순이라니. 루크는 그의 의도를 알아차릴 수 없었다.

"자네는 EA-2014193 지구를 방문했어. 그곳은 톰의 의식이 살고 있는 곳이지. 물론 추정이지만."

자크가 루크 앞에 털썩 앉았다. 안나는 거리를 둔 채 두 사람의 대화를 지켜보았다.

"그 숫자는 당신네들이 붙인 거죠. 나는 그저 가장 가까운 곳에 착륙한 것뿐이에요."

사실대로 말하고 있었지만 왠지 모르게 루크의 심장이 빨리 뛰고 있었다.

"그래, 그럴 테지."

자크가 품속에서 시가를 꺼내더니 천천히 입에 물었다. 라이터를 켰지만, 불이 붙지 않았다.

"그러니까 자네 말에 의하면, 누군가의 의식이 활발하게 활동하는 지구에서 여러 번의 위기 상황을 이겨내고 탈출에 성공했다는 거군."

"그게 모순이라는 건가요?"

루크가 양손을 들어 보였다. 자크가 눈을 게슴츠레 뜬 채 재차 라이터를 켰다.

"이봐."

마침내 불꽃이 일더니 시가에 불그스름하게 불이 붙었다.

"의식과 무의식은 어떤 관계인지 알고 있나?"

그의 입에서 뿜어져 나오는 짙은 연기에 루크는 얼굴을 찌푸렸다.

"무의식은 의식을 지배하지. 의식은 마치 자신이 주연인 양 으스대지만, 사실은 무의식의 노예일 뿐이야."

어느새 작은 방 안이 매캐한 연기로 가득 찼다. 문에서 쿵 하는 소리가 들렸지만, 연기 때문에 눈앞도 분간할 수 없을 정도였다. 그래도 안나는 기침 한 번 하지 않았다.

"프로이드의 고전 이론일 뿐이죠. 과학적으로는 검증할 수 없어요."

"그게 자네의 가장 큰 문제야."

자크가 시가를 든 손으로 루크를 가리켰다.

"툭 하면 과학부터 들먹이는 놈들은 말이야…."

그리고 몸을 돌려 안나를 쳐다보았다. 안나는 무표정한 얼굴로 고개만 끄덕였다.

"과학으로 설명할 수 없는 현상을 만나면 그냥 얼어버리지. 마치 이 단단한 책상처럼."

자크가 주먹으로 책상을 쾅 내려치자 시가 끝에 길게 남은 재가 툭 떨어졌다.

"뭐 하는 겁니까 지금!"

루크는 이런 상황이 의도적인 것만 같아 주눅 들지 않아야겠다고 생각했다. 자크는 왠지 원시적인 심리전을 펼치려는 것 같았다.

"의식은 무의식을 이길 수가 없어. 그나마 자신의 무의식을 통제할 수 있는 건 오직 스스로의 의식뿐이지."

"그래서요. 의식들만 살고 있는 이곳에서 의식을 찬양하는 건가요?"

"찬양이라기보다… 자네가 거짓말을 늘어놓고 있다는 걸 일깨워주는 거지."

자크는 반쯤 타버린 시가를 맨손으로 비벼 끄더니 갑자기 자리에서 일어나 품에서 기다란 칼을 꺼냈다.

루크가 반사적으로 의자를 뒤로 밀었다.

"가만있어!"

칼끝이 향한 곳은 루크가 아니었다. 문 옆에 서 있던 안나의 목에 시퍼런 칼날이 드리웠다.

"자크! 지금 도대체!"

"네 놈이 톰의 지구에 갔다는 게 사실이라면, 무의식으로 가득한 세상에 몰래 침입한 거겠지."

"그게 문제입니까? 바로 당신이 그렇게 하라고 했잖아요!"

루크가 안나를 보며 소리쳤다. 안나는 어쩐지 모든 걸 포기한 듯한 표정이었다.

"아무리 강한 바이러스라도, 한 개로는 인간의 면역 체계를 뚫을 수 없어!"

"그건 또 무슨 소립니까!"

계속되는 자크의 기행에 루크는 좀처럼 갈피를 잡지 못했다.

"자네는 그곳에서 살아남을 수 없어. 여러 무의식들을 차례로 처치했다는 대목에서 깨달았네."

자크가 손에 쥔 칼날이 안나의 목덜미를 파고들기 시작했다. 선명한 붉은 피가 새어 나오더니 칼날을 따라 흐르고 있었다.

"자크, 아니, 박사님. 진정하세요. 설령 제가 거짓말을 했다 한들, 안나가 무슨 상관입니까? 저는 있는 그대로 제가 경험한 것들을 모조리 다 말씀드렸어요. 그게 당신이 원한 것 아닌가요?"

자크는 입을 꾹 다문 채 루크를 노려보기만 했다.

"제가 거짓말을 왜 하겠습니까? 그럼 우주선을 타고 우주 공간을 떠돌다가 그냥 라마로 돌아왔다는 건가요? 가보지도 않은 지구의 일을 소설처럼 지어냈고요?"

"이제야 실토하는군."

"박사님!"

안나의 목에서는 상당한 양의 피가 흘러나오고 있었다. 바닥에는 이미 그녀의 몸에서 흘러나온 피가 흥건했다.

"박사님, 그녀가 죽으면 아무것도 할 수 없어요. 아니 저도 박사님도 다 죽어요. 살인, 그러니까 살인이잖아요. 그것도 1급 살인. 도대체 왜 이러시는 겁니까?"

루크는 마땅한 방법이 떠오르지 않았다. 우주에서 일어나는 위기는 어느 정도 대처가 가능했다. 그러나 인질범과 협상하는 기술은 전무했다.

"자네가 거짓말을 했기 때문이야. 우리는 모든 걸 걸고 자네에게 기회를 주었어. 그런데 돌아온 건 유치한 증언과 사기꾼의 허언뿐이지."

"내가 똑똑히 이 두 눈으로 다 경험하고 왔다고요!"

루크의 목에 핏대가 가득 섰다.

"증거는?"

"증거? 당신네들이 내 우주복을 다 태워놓고 무슨 증거를 바랍니까. 아니, 증거품을 챙길 생각도 안 했어요. 사방에서 나를 죽이려 달려드는데, 그런 것까지 걱정하게 생겼습니까?"

루크는 억울했다. 자신의 말을 믿어주지 않아서가 아니라, 자신 때문에 안나가 죽게 되는 이 상황이. 천천히 파고든 자크의 칼날로 인해 안나는 의식을 잃어버린 채 고개를 푹 숙이고 있었다.

"자크, 골든타임이 얼마 없어요. 지금이라도 출혈을 막아야 해요."

"자네가 진실을 말해야만 안나가 살 수 있어."

자크는 안나의 상태를 알면서도 미동도 하지 않았다.

"진실? 무슨 진실?"

"지금이라도 다크홀을 통과한 적 없다고 고백하게. 그럼 안나는 살 수 있어."

"통과했어! 내가 내려가서 그놈의 좀비 같은 무의식들을 다 죽였다고! 톰은 죽일 생각이 없었어! 그게 네 놈이 원하던 답이잖아!"

루크의 목소리가 쩌렁쩌렁 방안을 울렸다. 거짓으로라도 안나를 살릴 수 있었지만 자크의 제안을 믿을 수는 없었다.

자크가 오른손을 꾹 움켜쥐었다. 천천히 칼을 안나의 목에서 떼기 시작했다. 칼날의 압력에 눌려 있던 경정맥이 열리면서 더 많은 피가 쏟아져 나왔다.

"안나!"

루크가 그녀에게 다가가려는 순간, 자크가 칼을 높이 쳐들더니 안나의 심장을 향해 내리꽂았다. 일말의 신음도 없이 안나의 왼쪽 가슴에 긴 칼날이 꽂혔다.

루크는 아무것도 할 수 없었다. 안나는 그렇게 가슴에 칼이 꽂힌 채 선홍색 피를 쏟아내며 바닥에 널브러졌다.

"당신이 안나를…."

분노가 가슴 깊은 곳부터 밀려 올라왔지만, 감정이 터져 나오지 않았다. 극도의 슬픔이라고 하기에는 허무감이 너무나 컸다.

"그러게 기회를 줬을 때 실토했어야지."

자크는 그대로 의자에 주저앉더니, 두 번째 시가를 꺼내 입에 물었다.

"도대체 왜…."

의자를 들어 자크를 내리칠 수도 있었지만, 루크는 행동으로 옮기지 못했다. 도대체 왜. 왜 그녀가 죽어야 했는지 그 이유에 대한 의문이 머릿속을 담배 연기처럼 꾸역꾸역 채우고 있었다.

"아직도 변함이 없나? 자네가 경험한 것들에 대한 믿음. 진실."

"당신은 완전히 미쳤어. 아니, 당신들 모두."

자크는 더 이상 무기를 들고 있지 않았다. 마음만 먹으면 그를 물리력으로 죽일 수도 있었다. 그러나 루크는 그러지 않았다. 그냥 이 괴물 같은 세계를 떠나야겠다는 생각뿐이었다.

"1급 살인이든, 2급 살인이든 맘대로 해!"

루크가 테이블을 돌아 출입문으로 향했다.

바닥에 쓰러진 안나의 시신이 눈에 들어왔다. 마네킹처럼 굳어버린 안나가 아직 숨을 쉬는지 확인할 용기조차 나지 않았다.

"당신을 살려두는 건, 라마에 주는 내 마지막 저주야. 부디 꼭 멸망하기를."

루크가 문을 발로 걷어찼다. 하지만 어두운 복도로 발걸음을 내딛는 순간, 몇 미터 앞에 서 있는 이를 발견하고는 그대로 멈출 수밖에 없었다.

63
환영 (Welcome)

눈앞에 있었지만 믿을 수 없었다. 옅은 갈색 눈에 뒤로 묶은 금발. 아까부터 입고 있던 하늘색 자켓까지. 아리송한 표정을 짓고 있는 그녀는 살해당한 안나였다.

그녀가 아무 일도 없다는 듯 천천히 루크를 향해 다가왔다. 루크는 자신도 모르게 뒷걸음질을 쳤다. 그러다 방안으로 다시금 들어왔다.

웬만해서는 혼란에 빠지지 않는 정신력을 가지고 있다 자부했다. 하지만 지금은 그럴 수가 없었다. 안나가 자크에게 살해당하던 순간은 너무나 생생하고 강렬했다. 현실과 가짜를 구별할 필요도 없을 만큼.

"루크, 자리에 앉지."

자크가 시가에 불을 붙였다. 아까와는 달리 푸르른 연기가 방안을 채우기 시작했다.

"말도 안 돼. 믿을 수 없어."

아직 바닥에는 안나의 사체가 그대로 놓여 있었다. 그곳을 가득 채운 붉은 피가 말끔히 사라졌지만, 루크는 알아차릴 겨를이 없었다.

안나가 어느새 루크의 오른편에 앉더니 그의 손을 살포시 잡았다.

"루크, 진정해요."

루크의 손은 핏기를 모두 잃어버린 듯 차가웠다.

"농도가 너무 강했던 것 같군. 하긴 나도 오랜만이니."

자크가 멋쩍은 웃음을 터트리며 푸른 연기를 내뿜었다.

"깊게 들이쉬어요, 천천히."

안나가 루크의 손을 꼭 쥐며 말했다.

루크는 여전히 혼란스러웠다. 눈앞에서 죽음을 목격한 게 처음은 아니지만 이번만큼 강렬한 감정을 느낀 적은 없었다.

"루크, 눈을 감고 심호흡을 천천히…"

안나의 지시를 따라 루크는 규칙적으로 숨을 들이쉬었다.

"이 정도면 됐어."

자크가 루크의 눈동자를 유심히 보더니, 시가를 손으로 비벼 껐다. 어느새 방안을 채웠던 푸른 연기가 모두 사라졌다.

"루크, 다시 눈을 떠봐요."

이제야 안나의 목소리가 생생하게 다가왔다.

이건 꿈이라고, 루크는 계속해서 혼잣말을 중얼거리고 있었다. 이마에는 갑자기 쏟아진 땀이 흥건했다.

"루크, 안나 프루스예요. 최면이 너무 강했던 것 같아요. 괜찮아요?"

부드러운 안나의 목소리를 들으며 루크가 천천히 눈을 떴다. 땀이 눈꺼풀 사이로 번지면서 안나의 얼굴이 흐릿하게 드러났다.

"당신은 가짜야. 당신은…."

루크가 바닥을 얼핏 보았지만, 시신은 보이지 않았다.

"루크, 좀 정신이 돌아와요?"

루크가 다시 눈을 감으며 숨을 고르기 시작했다.

자크가 안 되겠다 싶었던지 루크의 뒤로 다가와 그의 어깨를 꽉 움켜쥐었다.

"으악!"

극심한 통증이 온몸으로 뻗어나가는 걸 느끼며 루크가 눈을 번쩍 떴다. 정신이 드는지 미몽 상태의 머리를 세차게 흔들었다. 주위를 두리번거리며 소리쳤다.

"어떻게 된 거죠? 자크, 안나 맞나요?"

방금 경험했던 일들이 환각 같지는 않았다. 하지만 다시금 눈을 뜨고 바라본 이곳은 진짜 현실처럼 생생했다.

"대마의 일종이에요. THC[1] 농도가 좀 들쑥날쑥해서 문제지만…."

안나가 테이블에 널브러진 시거 꽁초를 가리켰다.

"대마? 그럼 설마…."

"걱정 말아요. 최면용으로 허가받은 제품이니까."

그제야 상황이 이해된 듯 루크가 자크를 쳐다보며 설명을 기다렸다.

"최면은 누구나 걸 수 있지만, 의도한 대로 환영을 만들어내는 건

---

[1] 델타-9 테트라하이드로칸나비놀. 대마의 주성분으로 환각작용을 일으킨다.

나만 할 수 있지."

자크가 어깨를 으쓱이며 말했다. 루크가 자리에서 벌떡 일어서더니 자크의 멱살을 잡고 벽으로 밀어붙였다.

"루크, 진정해요!"

안나가 떼어내려 달려들었지만, 그의 힘을 이겨낼 수는 없었다.

루크의 분노가 달아올랐지만 자크는 반항하지 않았다. 몸에서 힘을 뺀 채 맥없이 휘둘렸다.

"루크, 정상적인 절차예요. 흥분하지 말아요!"

안나가 옆에 서서 루크의 팔에 매달리다시피 했다.

"절차? 그래, 안나를 죽여서 얻고자 한 게 뭔데? 내 진술? 거짓말?"

"루크! 제발 정신 차려요!"

딱, 안나가 있는 힘껏 팔을 휘둘렀다. 그리고 그녀의 손바닥은 루크의 오른뺨을 정확히 가격했다. 예상치 못한 따귀에 루크가 어리둥절한 표정을 지었다.

"안나, 나는 괜찮아."

공중에 반쯤 뜬 자크도 당황스러운 모양이었다.

"안나…."

그제야 정신이 들었는지 루크가 천천히 자크를 땅에 내려놓았다.

"아무튼 최면이 강했던 건 미안해요. 모든 이주민에게 시도하는 게 아니어서."

"놀랐다면 나도 사과하겠네."

자크가 하마터면 큰일 날 뻔했다는 제스처를 하곤 다시 의자에 앉았다.

"왜죠? 왜 그런 거죠?"

"뭘 말하는 건가?"

자크가 혼란스러워하는 그를 올려다보았다.

"왜 안나를 죽였나요. 굳이 그렇게 할 필요가…."

"자네에게 지금 가장 소중한 사람이 누구지? 딸 엠마 말고. 지금 이 순간, 이 세계에서 말이야."

"그건….″

"최면의 기본은 의식과 무의식을 관통하는 대상을 찾는 거야. 그래야 가장 깊은 곳까지 갈 수 있지. 그게 안나라고 판단했네. 자네의 현재 정신세계에서 가장 큰 비중을 차지하는 대상을 죽여야만, 감정을 이끌어낼 수 있지."

"그래서 내 눈앞에서 안나를 죽인 겁니까?"

루크는 아직도 안나의 가슴팍에 칼이 꽂히던 그 강렬한 기억을 잊을 수가 없었다.

"엄밀히 말하면 환영을 만들어낸 거지. 최면에 약해진 자네의 상태를 빌어."

"그렇다고 사람을 이렇게까지….″

루크는 여전히 불쾌함을 감추지 않았다. 등받이에 몸을 기대며 허탈하게 물었다.

"그래서 제 최면을 통해 알아낸 게 뭡니까?"

자크의 눈빛이 빛났다.

"자네 진술의 신빙성. 진실은 종종 상상에서 비롯되지."

이제야 비로소 루크는 자신이 환영을 보았다는 걸 짐작할 수 있었다. 어쩌면 방금까지 지속되었던 극도의 흥분과 불안은 그가 환영을 볼 수밖에 없는 발판인지도 몰랐다.
"루크, 지금부터 제가 하는 말을 잘 들어요."
안나의 표정이 다시 진지해졌다.
"그동안 다른 의식 세계에 방문을 시도한 자는 많았어요. 의도했든 의도하지 않았든…. 그 이후에 다시 라마로 돌아온 사람도 몇 있었어요."
"그건 처음 듣는 얘기군."
"하지만 모두 죽은 채였죠. 부검 결과 사망 시점은 최대 한 시간 이내. 그러니까 다크홀을 통과할 때까지는 살아 있었다는 거고요. 당신은 지금 두 가지 일을 해냈어요. 하나는, 다른 의식 세계에서 살아서 돌아왔다는 것. 다른 하나는…."
"그 세계의 주인과 경쟁해서 이겼다는 것."
자크가 안나의 말을 가로챘다.
"루크…."
안나의 표정이 이번엔 독처럼 굳어졌다.
"라마의 예언서에는 이런 경우가 정확히 언급되어 있어요."
"결국 또 예언서군."
루크가 헛웃음을 터트렸다.
"예언서 13장 1절. 이 세계들을 자유롭게 오가는 이가 세상을 구원하리라."
자크가 예언서 구절을 읊었다.
"그리고 다음 절에는 이런 말이 있죠. 그는 의식들의 마음을 움직일 수 있으며, 때로는 세상의 물리법칙을 거스르기도 한다…."
안나가 담담한 표정으로 다음 구절을 말했다.

64
대치 (Confrontation)

"그러니까 저 대마 연기를 뿜으면서 나를 최면에 건 다음, 가당치도 않은 성경, 아니, 예언서 구절을 읽으면서 내가 '그'라고 말하는 건가요?"

루크는 일부러 어이없다는 표정을 해 보였다.

"우리는 진지해요. 당신이 한 일들을 보세요."

"어떤 거요? 우주선 타고 저기 내려갔다 다시 온 것? 어렵지 않아요. 당신도 할 수 있어요. 라마의 모든 사람은 이성적이니, 의식으로 가득 차 있다는 둥 이런 고급스러운 말로 현혹해놓고, 이제 와 흑마법을 부리는 마술사라도 되어 달라는 건가요?"

"루크!"

안나가 버럭 소리를 지르듯이 그를 불렀다. 그녀는 조금은 참담한 심정이었다. 루크의 불신이 너무 강해 무슨 말을 해도 믿어줄 것 같지 않았다. 자크도 그를 어떻게 설득할지 고민스럽긴 마찬가지였다.

"루크, 자네 반응도 충분히 이해가 되네."

"자꾸 제가 무슨 대단한 능력이 있는 것처럼 말씀하시는데, 저는 그저 평범한 인간이에요."

루크의 눈빛이 반항적으로 날카로워졌다.

"그런 이야기를 하는 게 아니었어요. 오해했다면 미안해요."

환영 인사라도 건넬 생각이었는데. 그가 오케이 하기만 한다면 따를 준비가 되어 있었는데. 혼자서만 너무 들떠 있었던 걸까. 안나는 어디서부터 잘못된 것인지 혼돈스럽기만 했다.

"사람들은 늘 구원을 말하죠. 맞아요. 어떻게 보면 저는 구원을 받았어요. 긴 암흑 터널을 지나 여기에 왔으니까. 그런데 여기가 천국인가요? 아니면 지옥인가요? 구원받은 자들이 모여 있는 라마에서 또다시 구원이라뇨. 얼토당토않지요."

루크는 지칠 대로 지쳤다. 당장 여기서 벗어나고 싶었다. 어디로 가야 할지 몰랐지만 여기가 아니란 것만은 확실했다.

"저를 그냥 내버려두세요. 그저 작동하는 우주선 하나만 넘겨주면 다시 지구로 돌아갈게요. 한 번 경험해봤으니, 어떻게 하면 무의식들을 자극하지 않는지 잘 알아요. 그저 그렇게 딸이 사는 집들을 찾아 헤매다 생을 마감할 겁니다."

"루크, 다시 한번…."

안나의 말에 자크가 손을 들어 제지했다.

"그냥 놔둬."

자크 역시 실망감이 큰 얼굴이었다. 이십 년 만에 시도한 심층 최면술이 오히려 역효과를 가져온 것만 같았다.

루크는 의자를 박차고 일어났지만 문 앞에서 잠시 머뭇거렸다.

"그건 그렇고…."

안나는 그의 입만 바라보고 있었다.

"남는 옷은 없나요? 아무리 그래도 이렇게 나다니기는 좀…."

***

인공 태양은 지구처럼 석양을 만들어내지 못했다. 빛과 어둠의 경계는, 마치 전조등 불빛처럼 라마의 땅 위를 명확하게 가르고 있었다. 어둑한 거리는 한산했다. 이따금씩 팟과 차량들이 거리를 내달렸지만, 떠들썩한 인파는 찾아볼 수 없었다.

"사기꾼들."

이주민 센터를 무작정 나서려는 그에게 안나는 새로운 외출복을 가져다주었다. 이주민 후보임을 알리는 푸른색 딱지가 붙어 있었지만 몸에 딱 붙는 속옷에 비하면 훨씬 나았다.

"급한 일이 생기면 이리로 연락해요."

안나는 그에게 작은 휴대용 단말기를 건네주었다. 지구에서의 스마트폰과 같은 형태였는데 크기는 조금 더 작았다. 그게 자신을 추적하기 위한 장비라는 걸 모르지 않았다. 하지만 안나의 마지막 호의까지 거부하고 싶지는 않았다.

안나와 자크가 다시 설득했지만 루크는 뜻을 굽히지 않았다. 며칠 전 X-79A를 제공했던 것처럼 다시 우주 공간으로 나갈 수단만 제공해주면 이곳을 영영 떠나겠다는 마음을.

"고려해볼게요. 우리도 논의가 필요해요."

사실 루크를 이대로 내보내는 건 윤리위원회 규칙에 맞지 않는 것이었다. 1급 또는 2급 살인 혐의를 받고 있는 그는 자유를 누릴 수 없는 용의자 신분이었다.

하지만 자크는 그에게 자유를 허락했다. 이곳에서 최고의 수사 기법인 심층 최면술에서 거짓말이 드러나지 않은 이상 그를 가둘 명분은 없었다. 새로운 이주민들처럼 그에게서 이동의 자유를 빼앗을 수는 없다는 게 자크의 생각이었다.

***

"믿을 수가 없어요."

자크와 안나는 아직 취조실을 떠나지 않았다. 아니, 떠나지 못했다는 표현이 더 알맞았다.

"그는 꿈도 꾼다고 했어요. 경비원들의 마음도 움직였고요. 게다가 수많은 지구 중 아무 데나 내렸다가 무사히 귀환했어요. 더 이상 뭐가 필요하죠?"

안나는 아직도 미련이 남은 듯했다.

자크는 그저 말없이 그녀의 말을 듣고 있었다.

"박사님이 그러셨잖아요. 최면술에서도 진술에 변함이 없으면 윤리위원회도 납득할 거라고. 어떻게 다시 데려왔는데…."

안나가 풀이 죽은 듯 자리에 주저앉았다.

"예언이 다 맞았더라도 가장 중요한 부분이 어긋나면… 모두 허사야."

자크의 말에 안나가 고개를 저었다. 꼭 구원을 바란 것은 아니었다. 라마에서의 삶은 규칙적이고 또 예측 가능했다. 자발적인 질서와 통제. 예측 가능한 미래. 누구도 간섭하지 않는 개인의 삶. 딱히 구원을 바랄 만큼 고통스럽지 않음에도 안나가 '그'를 바랐던 이유는 다른 데 있었다.

뚜두두두. 그때 자크의 통신기에서 단발음이 울렸다. 상대가 누구인지 직감하곤 한숨부터 내쉬었다.

"귀신같이 알아채는군."

자크가 담담한 목소리로 통신기를 들었다.

"취조는 잘 끝났나? 심층 최면술은 나도 어떻게 하는지 잘 기억이…."

하인츠의 말투는 늘 상대를 자극했다.

"글쎄, 아직 우리 협상이 끝난 것 같지는 않은데."

수화기에서 하인츠의 목소리를 듣자 안나는 자리에서 일어섰다.

"이 정도면 나로서는 많이 기다린 셈이지. 충분히 예의를 갖추었다고 생각되는데."

"고맙긴 한데…."

자크가 입술을 꽉 깨물었다.

"2급 살인이 될지, 1급 살인이 될지는 모르겠지만, 어쨌든 그는 우리 라마에 득이 되지 않아."

자크가 별다른 대꾸를 하지 못했다.

"보아하니 자네들이 특별한 증거를 찾지는 못한 것 같더군. 루크는 어린애처럼 거리를 배회하고 있던데."

자크가 인상을 찌푸리며 간신히 말을 뱉어냈다.

"결과 보고서를 작성하려면 시간이 좀 필요해. 오늘 밤은 좀 내버려두지. 별다른 문제를 일으키진 않을 거야."

"젊을 때는 피도 눈물도 없이 방아쇠를 당겨대던 친구가, 유독 이 녀석한테만 감상적이란 말이야. 나이를 처먹어서 그런 거겠지?"

하인츠가 한껏 비꼬았지만 자크는 말려들지 않았다.

"아무튼 이제 공은 우리에게 넘어왔어. 잘 알아서 처리할 테니 그 잘난 보고서나 마무리하라고."

"하인츠!"

자크가 그의 마지막 말에 번뜩 놀라 불렀지만, 하인츠는 이미 통화를 끊어버렸다.

"어떻게 하겠다는 거죠?"

안나의 표정이 걱정스러웠다. 사실 루크가 '그'일 수도 있다는 추측은 두 사람만 하는 게 아니었다. 루크의 행적을 면밀히 알고 있는 몇몇 라마인들은 그의 가능성을 내심 점치고 있었다.

하지만 하인츠 무리들은 달랐다. 한 번 부정당하기는 했지만, 하인츠는 여전히 자신만이 이 세상을 구원할 '그'임을 확신하고 있었다. 점점 그를 따르는 세력들이 조금씩 늘어나면서 라마의 주요 위원회와 결정권들도 하인츠에게로 넘어가고 있었다. 그리고 사실 여부와 관계없이 윤리위원회에서 하인츠를 '그'라고 선포하는 순간, 모든 게 깔끔하게 정리될 터였다.

라마인들이 어릴 적부터 세뇌당한 역사서와 예언서에는, '그'가 라마의 미래와 세계를 새롭게 구축할 것이라 정의되어 있었다. 그렇게 평형을 이루던 권력이 하인츠에게로 넘어가는 순간, 라마는 전체주의처럼 잘 통제된 독재체제로 변할 것이라는 걸, 자크는 누구보다 더 잘 알았다. 그리고 그의 세상에서 제일 먼저 추방될 인물은 자신과 자신을 따르던 제자들이 될 터였다.

# 65
라인 (Line)

무작정 걷다 보니 어느새 라마에도 익숙한 밤이 찾아왔다. 이곳에서의 밤은 지구와는 달랐다. 하늘과 땅 모두 어둠에 잠기던 지구와 달리, 라마의 밤은 잘 포개진 책장 같았다. 그러니까 어둠이 내리깔린 거리 너머로 인공 태양이 비추는 '절반의 라마'가 고스란히 드러나 있었다. 마치 스포트라이트를 받고 있다는 듯 활발하게 움직이는 낮의 세상이 영화관의 스크린처럼 비추었다.

그 위로 펼쳐진 80억 개의 지구 배열을 보며, 루크는 자신이 가야만 할 지구를 찾고 있었다. 하지만 모두가 똑같이 회전하는 지구들 속에서 딸 엠마의 의식이 살고 있는 곳을 특정하는 것은 불가능에 가까웠다. 아무런 단서도, 근거도 없이 무작정 내려가는 방법이 유일했다.

루크는 땅으로 고개를 처박고 발이 닿는 대로 계속 걸었다. 안나에게 아직 확답을 받지는 못했지만 어떻게든 이곳을 떠날 생각이었다. 걸음이 역사박물관으로 향한 것도 결코 우연이 아니었다. 그녀가 허락하지 않는다면 아무 우주선이나 훔쳐 다시 우주로 나갈 계획이었다. 문득 서서 고개를 들자 역사박물관 진입로에 드리워진 검은 선이 루크의 주의를 끌었다.

***

"루크를 따라가야 해요."

이주민 센터 복도를 느릿느릿 걷는 자크의 뒤를 안나가 바짝 뒤따랐다.

"지금 어디지?"

"예상했던 대로요."

안나의 손에는 통신기가 들려져 있었다. 화면에는 루크의 위치를 나타내는 붉은 점이 천천히 깜박였다.

"탈출하려는군."

"네."

안나가 무뚝뚝하게 대답했다. 벌써 몇십 분째 별다른 결정을 내리지 않는 자크가 그녀는 원망스러웠다.

"현재 박물관에 작동 가능한 우주선은 없어요, 하지만…."

"하지만?"

자크가 고개를 슬쩍 돌렸다.

"그는 이 분야 전문가예요. 어떻게든 방법을 찾을 거예요."

"아무리 전문가라도 텅 빈 연료통을 채울 수는 없지."

자크가 꺾인 길목을 돌자 드넓은 로비가 나타났다.

"그에게도 시간이 필요할 거야."

"박사님!"

안나가 자크 앞을 가로막았다.

"보고서를 제출하면 끝이에요. 하인츠가 위원회를 장악한 이상, 최소 2급 살인 혐의를 씌울 거고요. 그렇게 되면…."

"우주복만 입힌 채 추방하겠지."

자크는 하인츠의 협박과 안나의 우려 사이에서 마땅한 묘수를 찾지 못하고 있었다. 루크를 자유롭게 풀어놓기는 했지만 그것은 명목일 뿐이었다. 자신들과 마찬가지로 하인츠 역시 루크의 일거수일투족을 쫓고 있을 것이 뻔했다.

"오늘 밤은 따라가지 않는 게 좋겠어."

자크가 결심을 내린 듯 다시 걸음을 재촉했다.

"괜히 하인츠 일행과 충돌하게 되면 더 골치 아파져. 보고서를 작성한다고 시간을 벌었으니, 조금 더 방법을…."

"안나, 안나. 들리나요?"

그때 안나의 손에 쥐어진 단말기에서 루크의 목소리가 들려왔다.

"루크, 지금 어디죠?"

안나의 목소리가 미세하게 떨렸다.

"역사박물관 근처요. 그런데 말이에요. 저를 반기지 않는 이들이 마중 나온 것 같군요."

***

백여 미터 거리를 둔 채 한 명의 남자와 수백 명의 인원이 대치했다. 루크는 그 수백 명이 하인츠와 그의 추종자임을 알아차렸다. 그들은 미동도 하지 않은 채 역사박물관 입구를 가로막고 있었다.

"루크, 그들의 인상착의는요?"

통신기를 통해 안나의 우려가 그대로 전달되었다.

"말할 필요도 없어요. 늘 보던 이들입니다."

"잠시만요."

안나가 자크와 무언가를 상의하는 듯했다.

"루크, 더 이상 다가가지 말고 다시 이주민 센터로 돌아와요. 절대 대치하지 말아요. 당신은 미결수예요. 문제가 생기면 결코 유리한 판결을 받아낼 수가…."

그때였다.

"아직도 그들에게 의존하고 있나?"

하인츠가 나타난 곳은 예상 밖의 방향이었다. 어느새 루크의 옆에 우뚝 선 그가 선글라스를 끼며 같은 곳을 바라보았다.

"오랜만이군요."

루크는 당황하지 않았다. 아니, 가까스로 버티고 있었다.

하인츠가 비스듬히 몸을 돌리더니 루크에게 악수를 건넸다. 하지만 루크는 손을 내밀지 않았다.

"자크는 오래된 사기꾼이야. 하찮은 심령술 따위로 우리 세계를 뒤흔들려고 하지."

하인츠는 내밀었던 오른손을 거두지 않았다.

"라마는 겉보기에 안정된 것처럼 보이지만 매우 외로운 곳이야. 모두가 작은 구슬들처럼 서로를 튕겨내기만 하지."

"보기보다 감상적이군요."

루크가 팔짱을 끼며 악수를 거부했다.

"듣던 중 고마운 말이군."

그러자 하인츠도 천천히 손을 거두었다.

"라마에는 나 같은 사람이 필요해. 이성이 지배하는 것을 자랑스럽게 떠벌려왔지만, 아무런 도움이 되지 않았지. 비록 몇 번의 우여곡절을 겪긴 했지. 그래도 예언서의 일들을 착실히 이루어갈 생각이네."

하인츠의 말투가 부드러워졌다. 마치 협조를 구하는 것처럼.

"당신이 '그'라는 예언 말인가요?"

"의외군. 자크가 이미 다 가르쳐줬나?"

"뭘 말입니까?"

루크가 그런 하인츠를 물끄러미 바라보았다.

"내가 유력한 후보라는 걸. 곧 윤리위원회에서 심사를 진행하게 될 거야. 이 세계를 새롭게 이끌어갈 지도자를."

이곳의 정치 따위는 루크의 관심사가 아니었다. 무엇 때문인지 알 수 없었지만, 하인츠는 매우 만족한 얼굴이었다.

"일부 사이비 세력들이 '그'가 다른 사람일 수도 있다는 의견을 내고 있지만 그건 반대를 위한 반대일 뿐이지. 자네 생각은 어떤가?"

하인츠가 갑자기 웃음을 뚝 멈추며 정색했다.

"자네 생각은 어떤가 말이야?"

"저는 이주민 후보, 아니 미결수일 뿐입니다. 제 의견이 중요한가요?"

루크의 비협조적인 태도에 하인츠는 미간을 찌푸렸다.

"이런, 제대로 이해한 줄 알았는데…."

하인츠가 왼손을 슬며시 들어 어디론가 신호를 보냈다. 그러자 일렬로 서 있던 수백 명의 인원들이 걸음을 맞추어 앞으로 나서기 시작했다.

"내가 일개 범죄자한테 협조를 구하는 줄 착각하는 건 아니겠지?"

하인츠가 루크의 귀에 속삭이듯 말했다.

하인츠가 다시 손을 들자 수십 미터 앞에서 인원들이 멈추었다.

"이곳은 마음대로 왔다가 가는 곳이 아니야. 새로운 세계의 비밀을 보고 들었으면 최소한의 예의는 지켜야 하는 것 아닐까?"

하인츠가 비열한 표정으로 루크를 바라보았다.

"자네가 나에게 협력하기만 하면 이곳에서 편안한 삶을 보장하지. 굳이 누군가를 피해 도망칠 필요도, 이주민 센터를 들락날락 하면서 고생할 필요도 없어. 원하는 직업, 원하는 곳에 머물며 자네가 원하는 시간을 보내게 해줄 수 있어."

"제가 원하는 건 이곳을 떠나 다시 지구로 돌아가는 겁니다."

루크가 오른손으로 라마 바깥에 드러난 지구들을 가리켰다. 인내심이 바닥났는지, 하인츠가 고개를 크게 가로저었다.

"일개 이주민 후보에게 이런 조건을 내건 적은 없었네. 나는 곧 이 세계의 지도자가 될 거고, 자네는 그 후광을 그대로 받으면 되는 거야. 도대체 뭐가 부족하지?"

"어제까지는 죽일 듯 달려 들어놓고서는 오늘은 사탕발림을 하는군요."

"어제의 적이 오늘의 친구일 수 있지."

"오늘의 친구가 내일의 배신자가 될 수도 있을 테고요."

하인츠의 얼굴에 불편한 기색이 노골적으로 드러났다.

"도대체 원하는 게 뭔가? 자크가 무슨 조건을 내걸었지? 그의 밑에서 무슨 수작을 부리는 거냐고?"

하인츠의 조바심이 그대로 드러나고 있었다.

"저는 그냥 지구로 돌아가게만 해주면 됩니다."

"그건 절대 안 돼. 네 녀석이 지구를 들락날락하면서 이곳의 질서를 흔들고 있으니까."

하인츠의 눈에 다시 독기가 차오르고 있었다.

66
가짜 (Fake)

"그 질서는 당신들이 정한 거겠지."

하인츠의 쭈글쭈글한 손이 루크의 시선을 끌었다. 원하는 바를 얻지 못한 하인츠는 더 이상 그를 살려둘 생각이 없어 보였다.

"사람은 절대 변하지 않고,"

44구경 매그넘 권총이 서서히 루크를 향했다.

"똑같은 실수를 반복하지."

총구가 루크의 머리와 일자로 정렬했다. 리볼버 탄창에는 시퍼런 탄환이 가득 담겨 있었다. 이런 식의 협박이 처음은 아니었지만 예전과는 달랐다. 살기 가득한 눈빛과 곧장 방아쇠를 당길 듯 잔뜩 굽은 손가락. 루크는 시간이 얼마 없음을 직감했다.

"그래서 내 머리통을 날리면 당신의 그 잘난 계획이 완성되나?"

하인츠가 왼손으로 안전장치를 푼 다음 꼭 쥐고 있었다. 이번에는 지난번과 같은 실수를 하지 않겠다는 결의였다.

"자네 머릿속은 지금 복잡하겠지. 어떻게 하면 이 격발을 멈출 것인가. 아주 난감할 거야."

하인츠가 방아쇠를 당기자 공이가 뒤로 물러서기 시작했다.

"라마인들은…."

루크가 재빠르게 고개를 숙였다. 그 자세로 하인츠를 향해 돌진했다.

"너무 말이 많아."

하인츠가 곧장 조준선을 낮추었지만, 이미 루크에게 끌어안긴 뒤였다.

타탕! 탕!

연달아 두 발의 탄환이 발사되었다. 총알은 바닥에 튕겨져 근처에 주차된 차량을 뚫어버렸다.

바로 눈앞에서 명중을 실패한 하인츠는 재차 방아쇠를 당겼다. 하지만 공이와 슬라이드 사이에는 이미 루크의 손가락이 끼어 있었다. 공이는 앞으로 튕겨 나가지 못한 채 제자리에서 딸깍거렸다.

"나를 정말 죽이고 싶었다면…."

루크가 그대로 하인츠의 올라탄 다음 그의 손을 비틀었다.

"으악!"

체구는 훨씬 거대했지만, 나이에서 벌어진 힘의 차이를 극복할 수는 없었다. 곧장 하인츠의 손에 들려 있던 매그넘 권총이 바닥에 떨어졌다.

"그놈의 말을 주절거리기 전에 방아쇠를 당겼어야지."

루크가 틈을 주지 않고 하인츠의 얼굴을 가격하기 시작했다. 제대로 된 저항 한 번 하지 못한 채 주먹질을 당한 하인츠의 광대가 벌겋게 부어오르기 시작했다.

"나쁜 자식!"

광기만이 가득한 순간이었다. 80세 노인네는 젊은이의 체중이 실린 주먹 몇 번에 그대로 정신을 잃고 말았다. 상대가 완전히 제압당한 것을 확인하자 루크는 서서히 몸을 일으켰다. 바닥에 널브러진 하인츠는 고개가 돌아간 채 완전히 의식을 잃었다.

"루크."

비틀거리며 자리에서 일어났을 때 등 뒤에서 익숙한 목소리가 들렸다. 루크는 등골이 서늘해지는 걸 느꼈다.

"주먹을 휘두르는 솜씨가 영 초보군."

연달아 장전하는 클릭 소리가 들려왔다.

"아무리 그래도 힘없는 노친네를 그렇게 죽일 듯이 패면 쓰나."

분명 방금 자신이 쓰러트린 하인츠의 목소리였다.

천천히 돌아서자 멀쩡한 하인츠와 그의 추종자들이 V대형을 이룬 채 루크를 조준하고 있었다.

"어떻게…."

루크가 다시 고개를 돌려 아래를 내려봤다. 방금까지 쓰러져 있던 하인츠는 온데간데없고 바닥에는 주인 잃은 옷가지만 남아 있었다.

"허공에다 주먹을 휘두르는 것도 우스운데, 바닥까지 때릴 줄이야."

하인츠의 농담에 추종자들이 비웃음을 터트렸다. 루크가 자신의 오른 주먹을 보자 벌겋게 멍이 든 채 피가 새어 나오고 있었다.

"그래도 내가 한 말 깡그리 부정하진 말라고. 내 마음을 조금은 담았으니까."

두 손이 자유로운 이는 하인츠뿐이었다. 백여 명에 이르는 추종자들의 어깨에는 총열이 긴 소총들이 줄지어 들려 있었다.

"비겁하군. 환영 따위는 자크만 만드는 줄 알았는데."

루크가 손을 털며 하인츠를 노려보았다.

"비열하다니, 아주 탁월한 능력이지. 고도의 정신을 가진 자만 할 수 있는…. 그래도 다행이야. 정말 제안을 받아들이면 어떡하나 했어. 떡 줄 사람은 생각도 않는데 말이지, 하하하."

하인츠가 먼저 크게 웃음을 터트리자 추종자들이 앵무새처럼 따라 웃었다.

"설마 우리 훌륭한 친구들도 가짜라고 생각하는 건 아니겠지? 그러다간 몸에 수백 발의 총알이 박히고 말 거야. 그편이 고통도 덜하겠군."

"원하는 게 뭐지?"

루크가 밀집한 추종자들의 대열을 조심스레 살폈다. 자신을 겨누고 있는 소총의 방향과 웃음을 터트리는 동작까지, 마치 복사와 붙여넣기를 한 것처럼 무언가 부자연스러웠다.

"뭘 원해서 온 게 아니야. 부조리를 막으려 온 거지."

"이렇게 총을 들고 설치는 게 부조리 아닌가?"

"1급 살인 혐의를 받고 있는 용의자를 놔둘 만큼 우리는 관대하지. 유죄 평결 전의 모든 범죄자는 무죄다. 이 오래된 지구의 규칙을 따르려는 거야. 자네를 위해."

"그래서 법의 심판 대신 총으로 평결하겠다고?"

루크가 천천히 옆으로 걸음을 옮겼다. 그러자 수십 개의 총구가 동시에 그를 따라 움직였다.

"법의 판단이 나기도 전에 도망갈 생각부터 하는 용의자가 있다면 마땅히 그래야겠지."

하인츠의 시선도 정확히 루크를 쫓고 있었다.

"조용히 떠날 테니 비켜줘."

"지금 뭐라고 했지?"

"자네가 이곳의 리더가 되든 말든 관심 없으니까 길을 비켜 달라고."

하인츠가 몸이 뒤로 넘어갈 듯 크게 웃었다. 그런 그의 행동이 갑작스러웠는지, 이번에는 추종자들이 따라 웃지 않았다.

"고작 생각해냈다는 게,"

한참이나 웃어젖히던 하인츠가 숨을 고르며 말했다.

"자네가 온전히 라마를 떠나도록 우리가 길을 비켜 달라는 말이지?"

하인츠가 추종자들을 돌아보며 고개를 끄덕였다.

"그래. 그럼 그 부탁을 들어주지. 잘 가게나, 친구."

하인츠가 옆으로 한 걸음 빗겨 서는 순간, 루크는 대열에서 이상한 점을 발견했다.

환영은 빛으로 이루어진다. 허상은 빛을 만들어 내지만, 외부의 것을 반사하지는 못한다. 하인츠가 비키면서 내리꽂힌 가로등 불빛이 오직 한 명의 추종자에게서만 반짝였다. 그 주위로 늘어선 이들의 경계는 가로등 불빛이 만들어낸 음영에 그대로 묻혀 있었다.

'그래서 검은색 양복을 입고 있었군. 빛을 숨기기 위해.'

순간적이었지만 루크는 진짜와 가짜를 구별할 수 있었다. 하인츠의 건너편에 서 있는 녀석만이 실제 소총을 들고 있는 진짜 추종자였다. 하인츠가 그 녀석을 보며 신호를 보내는 순간, 스프린터처럼 순식간에 튀어나간 루크의 몸이 방아쇠를 당기려는 녀석을 덮치는 데 성공했다.

타타타탕!

연발로 되어 있던 소총이 허공에 불을 뿜었다.

당황한 것은 하인츠였다. 거리가 충분한 건 아니었지만, 수십 개의 총구가 자신을 향하고 있는 상황에서 녀석이 섣불리 달려들 것을 예상하지 못한 터였다.

"견적서는 네 주인한테 청구해."

추종자 위에 올라탄 루크가 손을 쫙 펴고 녀석의 목을 정타로 가격했다. 의식을 잃어버린 상대의 몸이 축 늘어지자 루크가 소총을 빼앗아 하인츠를 조준했다.

"어때, 내 예측이."

숨을 헐떡이고 있었지만 루크의 얼굴에는 득의의 미소가 감돌았다. 어느새 하인츠가 만들어 낸 99개의 환영들은 깨끗이 사라지고 없었다.

하인츠가 공연히 주위를 두리번거렸지만, 자신을 도와줄 조력자는 아무도 없었다.

"그렇게나 거들먹거리더니, 추종자가 고작 이놈 하나뿐이었나?"

루크가 장전 상태를 확인한 다음, 그대로 몸을 일으켰다. 내내 거들먹거리던 하인츠의 얼굴에 당황한 기색이 역력했다.

하인츠가 품 안으로 손을 집어넣었다.

"네 녀석은 처음부터 라마에 오지 말아야 했어!"

자신의 보잘것없는 밑천이 모두 드러나서였을까. 하인츠는 수치

심과 당혹스러움에 이성을 잃어버린 듯했다.

그의 손에는 이미 리볼버가 들려 있었다. 방금 그의 환영이 자신의 머리를 조준했던 것과 같은 거였다.

"갈 때 가더라도 보고 들은 건 모두 지우고 가야지."

하인츠가 떨리는 손으로 공이를 뒤로 당겼다. 루크는 손에 바짝 힘을 준 채 하인츠의 머리통을 겨냥하고 있었다.

"하인츠, 잘못된 판단이야. 나는 당신을 죽일 생각이 없어!"

"과연 그럴까? 나는 이곳에서 단 한 번도!"

마침내 하인츠가 레드라인을 넘고 말았다.

"죽음을 두려워한 적이 없는데."

그리고 그의 총구가 올라오는 순간, 루크는 망설임 없이 방아쇠를 당겼다.

타타타탕!

미처 단발로 격발위치를 바꾸지 않은 탓에 여러 발의 총알이 뿜어져 나왔다. 그대로 머리를 관통당한 하인츠가 맥없이 그 자리에 쓰러졌다.

67
심연 (Deep)

거리는 다시 고요해졌다.

라마인들이 멀리서 지나치기는 했지만 바닥에 널브러진 두 사람에겐 시선조차 주지 않았다. 루크는 한동안 자리를 뜨지 못했다. 급소를 맞은 추종자는 목이 부러진 듯했다. 피가 흐르지는 않았지만 얼굴에는 더 이상 생기가 없었다.

당황스러운 건 그의 추종자가 아니었다. 5.56밀리미터 탄환 여러 발이 머리통을 관통했는데도 하인츠의 주변에는 피가 나오지 않았다. 뒤통수가 남아 있지 않을 정도로 무자비한 총격이었는데도.

영화에서 보던 강렬한 붉은빛. 어쩌면 죽은 이가 한때 살아 있었음을 증명하는 그 피가, 지금 하인츠에게는 보이지 않았다.

루크는 자리에 그대로 주저앉았다. 이번엔 직접적인 살인을 저질렀다. 그런데 이 감정은 죄책감인지 무엇인지 정확하게 알 수 없었다. 자신이 죽인 대상이 무엇인지 몰라 혼란스럽기만 했다.

"루크! 루크!"

머리가 어지러울 지경인데, 근처에서 자신을 부르는 다급한 목소리가 들렸다. 고개를 푹 숙이고 있던 루크가 서서히 눈을 떴다. 한달음에 달려온 안나가 루크의 어깨를 감쌌다.

"어떻게 된 거예요?"

루크가 고개를 돌려 안나를 바라보았다.

"맙소사. 루크. 이건…."

그제야 바닥에 쓰러진 두 사람을 발견하고 주위를 두리번거렸다.

"당신이 한 건가요?"

이마에 총탄 흔적이 가득한 하인츠는 눈도 감지 못한 채였다.

"어쩔 수 없었어요."

루크가 안나의 시선을 피했다.

살인. 두 건의 살인. 사람들이 오가는 거리에서 벌어진.

안나는 지금 이 사건의 유력한 용의자를 마주하고 있었다.

"자크!"

안나가 통신기를 들어 자크를 호출했다.

"지금 가고 있어."

통신기 너머로 헐떡이는 숨소리가 들려왔다.

"박사님, 상황이….."

"알아. 총소리가 심상치 않더군. 자네가 연락한 걸 보면…."

"루크가… 그랬어요."

더 이상 답이 들려오지 않았다.

안나가 정신을 가다듬으며 루크를 일으켰다.

"이제 저는 어떻게 되는 거죠?"

루크는 별다른 저항 없이 자리에서 일어섰다. 안나가 지나가는 라마인들을 의식하며 목소리를 낮췄다.

"일단 상황을 정리해봐야죠. 하인츠의 추종자들은…."

바닥에 널브러진 검은 양복 사내가 시선을 끌었다.

"한 명이요. 나머지는 모두 환영이었어요."

"그랬군요. 그럴 줄 알았어요."

다행인지 불행인지 안나가 연거푸 숨을 들이쉬었다.

"루크, 지금부터는 침착해야 해요. 당신이 살아남았지만 꼭 가해자라는 법은 없어요. 정확한 사건 경위를 파악하고…."

"나를 도우려고 애쓰지 않아도 돼요."

루크는 이미 결심이 선 듯했다.

"추방이 가장 큰 벌이라 했죠? 어차피 그럴 운명이었으니."

"루크, 속단하지 말아요. 하인츠는…."

안나가 하인츠의 시신을 슬쩍 바라보다가 다시 말을 멈추었다.

"어떻게…."

그제야 안나 역시 이상한 걸 눈치채고 말았다. 그가 죽은 건 확실한데, 주변이 너무나 깨끗했다. 머리에 난 구멍들이 사인으로 보였지만, 출혈이 없는 것은 이해할 수 없었다.

"저 총으로 살해했어요."

루크가 바닥에 떨어진 소총을 가리켰다.

"머리를 조준했나요?"

"연발로."

"혹시 살해 후에 현장을 훼손하거나 정리하진 않았고요?"

안나가 루크와 하인츠를 번갈아 보았다.

"그게 무슨 말이죠?"

"그러니까 피를 닦는다거나 시체를 옮긴다거나…."

"아니요, 그대로예요. 총소리가 나고 그는 바로 쓰러졌어요. 얼마 후에 당신이 달려왔고요."

안나는 루크를 경계하듯 뒤로 물러서며 하인츠의 시신으로 다가갔다. 마치 육체에서 모든 액체가 빠져나간 듯 하인츠의 몸은 잔뜩 쪼그라들어 있었다.

"말도 안 돼…."

시신을 직접 본 건 처음이지만 이건 일반적인 경우가 아니었다. 피도, 체액도, 아무런 죽음의 흔적도 찾아볼 수가 없었다. 자크가 그제서야 숨을 헐떡이며 나타났다.

"이놈의 망할 몸뚱이."

도착한 자크는 허리가 저절로 꺾였다. 그가 숨을 들이쉴 때마다 쌕쌕거리는 거북한 소리가 크게 들려왔다.

자크는 양손으로 무릎을 짚은 채, 하인츠가 쓰러진 곳으로 천천히 다가갔다.

"어떡해야 하죠?"

안나가 현장을 확인할 수 있도록 자리를 비켜주었다. 숨차하면서도 자크는 날카로운 눈매로 죽은 하인츠를 훑어보았다.

"루크, 자네가 죽였나?"

"총으로요. 머리에 사입구가 여러 개…."

안나가 끼어들었다.

"그건 나도 알아. 목을 꺾거나 급소를 강타한 건 아니지?"

자크가 조심스럽게 하인츠의 왼팔을 잡더니 그의 몸을 돌렸다. 2

미터가 넘는 거구였지만, 마치 마네킹처럼 가볍게 돌아 뉘어졌다.
 하인츠의 뒤통수가 드러났다. 여러 발의 총알이 관통했지만, 사출구는 마치 도화지에 구멍을 뚫은 것처럼 깔끔했다.
 "망할 자식."
 시신을 확인한 자크가 씩 웃으며 하인츠의 팔을 놓았다.
 "박사님, 어떻게 된 거죠?"
 자크가 숨을 고르며 하인츠의 눈을 응시했다.
 "완전히 속았어."
 자크가 바닥에 떨어진 소총을 가리키더니 덥석 집어들었다.
 "아직 한 발 남았군."
 자크가 장전해 총구를 옆에 누운 추종자에게 향했다.
 탕! 자크는 스스럼없이 방아쇠를 당겼다. 총탄이 하얀 와이셔츠를 관통하면서 추종자의 몸이 한 번 들썩였다.
 총을 다시 바닥에 던져두고 자크는 추종자의 가슴팍을 응시했다.
 "내 예상이 맞았군."
 그의 와이셔츠에는 피가 스며 나오지 않았다.
 "루크, 알고 있었나?"
 "뭐 말입니까?"
 루크는 적잖이 당황한 모습이었다.
 "이들을 죽이기 전에 감이 있었냐고."
 "아니요, 우연이었어요. 아니, 어쩔 수 없었어요."
 "그랬겠지."
 자크가 다시 하인츠의 시신 옆으로 걸어가더니, 발로 툭툭 쳤다.
 "지구에 다시 갔을 때, 살인을 해봤나?"

"의도하지는 않았지만…."

루크가 눈을 내리깔며 대답했다.

"해봤으면 잘 알고 있을 텐데."

그러고는 다시 시선을 마주쳤다.

"무의식을 죽여본 자들은 필연적으로 알게 되지."

루크가 '톰의 지구'에서 있었던 살인 현장들을 떠올렸다. 둔기로 내려친 샬롯부터 트럭에 치여 죽은 하인츠의 동생. 그리고 무릎에 총알을 맞은 에릭까지. 그제야 공통점을 발견한 루크의 눈이 휘둥그레졌다.

"설마…."

"이 녀석은 진짜 하인츠가 아니야. 죽어서도 피를 흘리지 않는 것은 의식이 아니라고."

"제가 죽인 하인츠가 무의식이라는 말입니까? 그게 어떻게 가능…."

라마는 의식들만의 세계라고 했다. 그 믿음은 안나뿐 아니라 루크에게도 이미 하나의 명제처럼 자리 잡혀 있었다.

"무의식은 의식을 늘 지배하지."

오직 자크만이 당황하지 않았다.

"박사님, 믿을 수가 없어요. 그러면 그동안 우리가 만났던 하인츠가 가짜란…."

"가짜라는 말은 어울리지 않아."

자크가 의미심장한 미소를 지었다.

"무의식이 의식의 세계를 침투한 거지. 우리만 오랫동안 모르고 있을 뿐이었고."

68
정리 (Organization)

"박사님…."
안나의 볼이 옅게 떨리기 시작했다.
"소문으로만 들었지만…."
뒤늦게 한기라도 몰려오는 듯 자크가 팔짱을 끼고 몸을 떨었다.
"소문이요? 무슨 소문."
"일단 수습부터."
자크가 하인츠에게 다가가더니 그의 두 다리를 번쩍 들어올렸다.
"뭐 해, 돕지 않고?"
멀뚱히 서 있던 루크가 안나와 자크를 번갈아보았다.
"잠깐만요, 박사님! 지금 뭐 하시는 거죠?"
"안나, 이럴 시간이 없어. 이곳에 무의식이 침투했다는 사실이 알려지면, 으샤."
자크가 양 겨드랑이에 하인츠의 발목을 껴 넣었다.

"서로가 서로를 믿지 못하는 대혼란이 벌어질 거야."

뒷걸음질을 치며 하인츠의 시신을 길 가장자리로 끌어내기 시작했다.

"루크, 저 친구는 자네가!"

그제야 루크도 몸을 일으켰다.

"이래도 되는 건지 모르겠군요."

안나를 지나쳐 가며 귓속말을 했지만, 자크가 못 들을 리 없었다.

"범죄 현장을 지운다고 생각해. 완벽하지는 않겠지만."

자크가 하인츠의 시신을 인도 위로 올려 맨홀 뚜껑 옆에 내려놓았다. 추종자의 시신을 어깨에 들쳐맨 루크도 그 옆에 서 있었다.

"이런 표현이 맞는지 모르겠지만, 무의식은 의식보다 가벼운 것 같군요."

루크가 어깨를 으쓱했다.

"그렇다면 새로운 발견이군."

자크가 맨홀 뚜껑을 힘겹게 들었다. 노쇠한 육체가 감당하기엔 너무 무거워 보였다.

"설마 여기다 아무렇게나 숨기려는 건가요?"

안나가 멀찍이 지나가는 행인들을 의식했다.

"그래도 어쩔 수 없어. 곧 윤리위원회에서 출동할 거야. 하인츠가 사라졌으니 시간이 좀 걸리겠지."

가까스로 맨홀 뚜껑을 열어젖히고 자크는 안을 유심히 살폈다. 라마의 하늘에서 쏟아진 인공 빗물들은 지름 1미터의 이 우수관을 통해 우주선의 중앙으로 모이도록 설계되어 있었다. 시스템에 문제가 생기면 관리인이 직접 우수관에 들어가 이물질을 제거할 수도 있는 구조였다. 따라서 건장한 체구의 성인 남성 두 명을 숨기기엔 부적절한 장소였다.

"다음 강우는 이틀 후에나 있을 거야. 부피가 제법 나가니까 중앙 탱크까지 흘러가는 데는 며칠 더 걸리겠지."

"박사님, 이건 옳지 않아요."

안나는 여전히 못마땅한 기색이었다.

"안나, 옳고 그름의 문제가 아니야."

그런 안나를 자크가 물끄러미 바라보았다.

"생존과 멸망의 문제지."

하인츠의 몸을 우수관 안으로 밀어넣은 후 자크가 손짓하자 루크는 어깨에 멘 추종자의 시신을 따라 넣었다. 격렬한 전투가 벌어졌던 거리는 어느새 무슨 일이 있었냐는 듯 고요했다.

"차라리 이주민 센터로 데려가는 게 낫지 않나요? 무의식자에 대한 부검 기록은 없지만, 완전한 검증이 필요하잖아요. 그토록 중요한 일이라면."

안나는 여전히 신중하기를 원하는 것 같았다. 단지 피가 흘러나오지 않았다는 이유만으로 라마의 근간을 뒤흔들 '무의식의 입성'을 받아들이는 게 도통 이해가 되지 않았다.

"어리석은 소리야."

"도대체 왜죠?"

"이번이 처음은 아니니까."

자크의 말에 안나의 눈이 휘둥그레졌다.

"일단 가면서 얘기하지. 점점 보는 눈이 늘어날 테니."

늦은 저녁이었지만 길거리의 행인들은 점점 늘어나고 있었다. 자크가 길을 거슬러 오르기 시작했다. 망설이던 루크도 곧이어 그의 뒤를 따랐다.

***

세 사람이 다시 모인 건 얼마 되지 않았다.
"말도 안 돼요. 믿을 수 없어요."
가장 늦게 합류한 건 안나였다. 홀로 남아 사건 현장을 서성이던 그녀는 라마에서 좀처럼 보기 힘든 붉은색 차량을 발견했다. 파란색 경광등을 단 윤리위원회의 차량이었다.
지구의 경찰에 해당하는 윤리위원회는 자체적인 경비력을 가지고 있었다. 하지만 수십 년 동안 단 한 건의 범죄도 일어나지 않은 곳에서 그것을 보는 것은 드문 일이었다.
경비병들은 살해 현장을 한 번 쓱 둘러보고는 그대로 떠났다. 바닥에서 몇 개의 탄피를 주운 다음 루미놀 시약이 담긴 스프레이를 뿌린 게 전부였다. 아스팔트 바닥 어디서도 혈흔 반응이 나타나지 않았기에 별다른 조치 없이 현장을 떠났다.
라마에서, 그것도 공개된 장소에서 살인사건이 벌어진다는 건 상상할 수도 없는 일이었다. 자크와 생전 하인츠처럼 비공식적으로 환영을 만들어 내는 이들이 존재했기에 윤리위원회는 이번 일을 또 하나의 해프닝 쯤으로 여기는 듯했다.
"믿고 안 믿고의 문제가 아니야."
벽에 기대어 선 자크가 느긋하게 대답했다.
"그럼 왜 역사서에 기록되지 않은 거죠? 그러니까 박사님과 하인츠 교수만⋯."

"기록할 수 없었지. 증거가 없으니까."

"그럼 반란군 주동자 5명 중 3명이 무의식이었다는 건 어떻게 알게 된 겁니까?"

"처음에는 몰랐네. 하인츠의 지시를 따라 나는 직접 그들의 머리통을 날려버렸지. 2명은 피를 흘리며 쓰러졌지만, 3명은 그렇지 않았어. 마치 이미 몸속의 모든 혈액이 빠져나간 것처럼 쪼그라들기만 했다고. 지금처럼."

"그럼 그때는 무의식이라는 추정은 못 한 거군요."

"아니야. 그렇지 않아. 그렇게 반란군을 진압하고 라마에 평화가 찾아온 지 몇 년 지났을까. 이주민 센터에 한 남성이 도착했네."

"그럼 그 사람이⋯."

"맞아. 내가 직접 처치한 반란군 부대장이었지. 이름과 외모 모두 동일했다네."

"저는 들은 바 없어요."

"자네가 이곳에 오기 전 일이니까."

"그래서 어떻게 했죠?"

"그때만 해도 하인츠와 사이가 썩 나쁘지는 않았으니까. 뇌파와 뇌스캔 모든 검사에서 그는 정상이었네. 의식적 활동을 또렷하게 보였지."

"그러니까 이곳에서 살해했던 반란군 부대장이 몇 년 후에 멀쩡하게 이주를 신청했다는 말이죠?"

"그렇지. 그는 평범한 철도 운전원이었네. 터널을 지나다가 다크홀을 만났고, 자신도 모르게 이곳으로 탈출에 성공한 거지."

"그가 무의식일 수도 있잖아요."

"그랬지. 하지만 하인츠는 냉정했어. 의식과 무의식이 헷갈린다면, 둘 다 죽이면 된다는 간단한 논리를 펼쳤지."

"설마…."

"맞아, 모든 시험이 끝나고 녀석을 의식적 존재라고 확신한 순간 하인츠가 그 자리에서 녀석의 목을 따버렸네. 피가 분수처럼 쏟아져 나왔고, 우리는 그때 알게 되었지."

"의식적 존재가 맞다…."

루크의 말에 자크가 고개를 무겁게 한 번 끄덕였다.

"자네도 톰의 지구에서 경험을 해보았을 거야. 의식과 무의식의 차이를. 이론으로 정할 수도 증명할 수도 없지만, 암묵적인 구별 방법이지."

자크가 품에 손을 넣더니 등산용 칼을 꺼냈다.

"어때, 증명해볼 텐가?"

그러고는 칼을 뒤집어 손잡이를 루크에게 건넸다. 루크는 그저 멀뚱히 칼끝을 쳐다보았다.

"박사님!"

당황한 안나가 손을 뻗었지만, 자크가 슬쩍 피했다.

"농담이야, 안나."

짓궂게 씨익 웃어 보이고는 다시 칼을 품에 집어넣었다.

"아무튼 하인츠는 스스로 이론을 증명하고 만 거야."

"그럼 이제 어떻게 하실 거죠? 구별 방법이 생겼으니, 모든 라마인들을 불러 확인하실 건가요?"

루크가 비아냥거리듯 말하자 자크는 헛웃음을 쳤다.

"내겐 그럴 권한도 힘도 없어."

"의식들만 사는 고귀한 세계에 알고 보니 무의식들이 설치고 있었다. 그래도 세상은 무너지지 않고 잘 유지되고 있다는 것 아닌가요?"

"그렇게 볼 수도."

"달라진 건 아무것도 없잖아요. 하인츠도 말끔히 사라졌고요. 오히려 박사님한테는 좋은 것 아닙니까?"

루크가 어색한 미소를 지으며 안나와 자크를 지그시 바라보았다. 두 사람의 표정은 여전히 시큰둥했다.

"그게 그렇게 간단하지가 않아."

자크가 벽에서 천천히 몸을 뗴었다.

"오랫동안 군림하던 하인츠가 무의식이었다는 건…."

"그의 의식이 아직 저기 어딘가에 건재하다는 뜻이니까."

자크가 창밖으로 드러난 수십억 개의 지구를 가리키며 대답했다.

69
제거 (Elimination)

"이런…."

루크는 눈을 꼭 감았다. 저 수많은 지구는 아무리 봐도 도무지 익숙해지지 않았다. 의식과 무의식. 실재와 꿈. 현실과 비현실. 라마를 처음 발견했을 때 느꼈던 혼돈들이 다시금 되풀이되는 것만 같았다.

"무의식이 어떻게 여기에 올 수 있는 겁니까? 제가 경험한 바로는…."

루크가 천천히 눈을 뜨며 물었다. 루크가 경험한 세상에서 무의식들은 다크홀을 통과하지 못하고 사라져버렸다.

"두 가지 가능성이 있지. 다크홀 이외의 통로가 있거나, 아니면…."

"아니면?"

"상대가 전의식^{preconscious}이었거나."

"전의식이요?"

안나가 고개를 푹 숙였다.

"박사님, 그건….”

"알아, 이론일 뿐이라는 걸.”

자크가 눈을 감고 집중하는가 싶더니 허공에 환영을 띄웠다. 곧이어 프로이드의 빙산 모형이 덩그러니 나타났다.

"이런 것도 하시는군요.”

"아주 필요할 때만.”

모형에는 물 위로 드러난 의식과 수면 아래 무의식 그리고 둘 사이에 옅게 끼인 전의식이 출렁이고 있었다.

"전의식은 조금 애매한 개념이야. 기억과 본능은 대부분 무의식의 영역에 머물지만 노력이나 계기를 통해 의식으로 올라오기도 하지.”

"늘 억압되어 있던 기억들이요.”

"그렇지. 대부분을 그렇게 무의식에 묻혀 있던 것들이 전의식을 통로 삼아 의식으로 올라올 때가 있는데, 녀석들은 이 애매한 단계에서 다크홀을 드나들었을 수 있어.”

"그러니까 다크홀도 전의식 단계를 의식으로 헷갈렸다?”

"굳이 말을 가져다 붙이자면 그렇지.”

"박사님의 추정일 뿐인 거고요?”

루크가 환영을 지나치며 물었다.

"라마에서 맨 처음 의식과 무의식에 대한 해석이 등장했을 때, 전의식에 대한 질문도 쏟아졌지. 학자들은 그걸 부정했어. 굳이 전의식 없이도 두 가지 상태만으로 세상을 설명할 수 있다고 여겼으니까.”

"만약 하인츠가 그 제3의 상태였다는 게 증명된다면….”

"라마의 세계관에 많은 영향을 미치겠지.”

"그럼 결론이 났네요. 프로이드의 이론은 그저 이곳의 트렌드인

걸로. 고대 지구 사람들도 오랫동안 지구를 거대한 거북이가 떠받치고 있다고 생각했잖아요. 그 패러다임이 바뀌었다고 해서 지구가 달라지진 않았죠. 안 그래요?"

"무슨 의미지?"

"의식, 무의식, 전의식 다 쓸데없는 현학이라는 말이에요. 마치 라마가 그러한 이론을 바탕으로 만들어진 것처럼 세뇌시키지만 실상은 그렇지 않았던 거죠. 잘됐어요, 이참에 아주 라마인들에게 진실을 알려서…."

루크는 라마의 균열을 반기듯 조금 흥분해 있었다. 이곳에 처음 왔을 때부터 의식 이론은 영 마음에 들지 않았다. 1900년대 이론가일 뿐인 그것도 과학으로 입증되지 않은 가설을 가지고 세상을 이러쿵저러쿵 해석하는 것이.

"루크, 그렇지 않아요. 우리는 그에 대한 방대한 데이터를…."

"그랬겠죠. 당신들도 저 80억 개의 지구를 설명해야 했으니까. 그럴듯한 패러다임이 필요했을 테고, 누구도 검증하기 힘든 이론을 하나 가져온 겁니다. 많은 사이비 종교들이 하는 짓이고요."

루크의 목소리에 점점 더 힘이 들어갔다.

"처음에는 저도 혹했어요. 그렇지 않고서는 이 괴기한 세상을 이해할 수 없었으니까. 당신들은 모두 속아왔고, 철저히 세뇌당한 거예요. 그걸 하인츠가 죽음으로 증명해줬죠!"

"루크…."

안나 역시 혼돈스러웠다. 의식 무의식 이론은 이곳에서는 뉴턴의 만유인력법칙처럼 잘 들어맞았다.

"모든 과학 이론은 일종의 도전을 필요로 해요. 비록 설명하기 힘든 현상을 마주했지만, 박사님 말씀대로 또 다른 해석이 가능하고요."

"아니요, 저는 더 이상 믿지 않습니다."

루크가 당장이라도 떠날 준비를 하듯 엉덩이를 들썩였다.

"오히려 잘 되었어요. 그깟 무의식 이론 때문에 마음이 찝찝했는데."

몸을 일으킨 루크는 회의실 문을 향해 터벅터벅 걸어갔다.

"루크, 잠시만요."

"안나, 그동안 고마웠어요. 이제 하인츠와 그 추종자들도 사라졌으니, 저는 자유롭게 이곳을 떠날 수 있겠군요."

루크가 문을 밖으로 활짝 열었다.

"어디로 갈 텐가?"

자크가 팔짱을 낀 채 퉁명스레 물었다.

"지구가 80억 개 있다는 것도 이제 믿을 수가 없어요. 당신네들, 혹은 유사한 부류들이 만들어낸 환영일지도 모르죠. 저는 역사박물관으로 가서 가장 그럴듯한 우주선을 하나 집어탈 겁니다. 그리고 하나씩 하나씩 다 탐사할 거예요. 그러다 보면 진짜는 몇 개 안 되겠죠. 어쩌면…."

"어쩌면?"

"제가 떠나온 지구도 그대로일지 모르잖아요. 내 딸은 온전히 나를 기다리고 있을지도 모릅니다."

루크가 밖으로 나서 걸음을 내딛을 때마다 텅 빈 복도 위로 LED 등이 밝게 깜박였다.

"루크, 잠시만요!"

안나가 빠른 걸음으로 쫓아왔다.

"미안해요, 안나."

"잠깐만요. 이렇게 갈 수는 없어요."

안나의 눈에는 어쩐지 눈물이 고여 있는 것 같았다. 그게 갑작스러운 이별 때문인지, 아니면 연이은 혼돈 때문인지는 알 수 없었다. 어느새 자크도 회의실을 나와 두 사람을 향해 터벅터벅 걸어왔다.

"자네 의견을 존중하네. 전의식 가설은 그저 해본 이야기일 뿐이야."

"그깟 가설 하나 때문에 이러는 게 아닙니다."

더 이상 자신을 쫓는 자도 없는데 루크는 왠지 모르게 더 다급해졌다.

"딸 때문인가?"

"처음부터 지금까지… 저는 딸을 만나러 돌아가는 게 유일한 목표였어요."

"만약 80억 개의 지구가 환영이 아니라 실재라면?"

"상관없어요. 하나씩 다니다 보면 만나겠죠. 무의식이어도 상관없어요."

루크의 표정이 결연했다. 안나는 더 이상 어쩌지 못한 채 서 있을 뿐이었다.

루크가 다시 발걸음을 떼려는데 자크가 손을 뻗었다.

"딸의 이름이 엠마라고 했나?"

엠마라는 이름이 나오자 루크의 얼굴이 살짝 일그러졌다. 그동안 딸 이야기를 여러 차례 하기는 했지만 이름을 말한 기억은 없었다. 괜히 불길한 기분에 사로잡혔다.

"미안하지만, 엠마의 의식이 머물던 지구는 이미 사라졌네."

루크의 심장이 미친 듯이 요동쳤다. 딸이 죽었다고 함부로 말하는 것만 같았다. 이성을 잃어버린 루크는 그의 멱살을 잡고 흔들어 댔다.

"루크! 진정해요!"

"어디서 뚫린 입이라고 함부로 지껄이는 거야! 당신이 뭔데! 당신이 뭔데 함부로 내 딸 이름을!"

루크가 이토록 분노하는 것을 두 사람은 본 적이 없었다. 온갖 역경 속에서도 루크를 지탱하게 했던 것은 딸의 '의식'을 만날 수도 있다는 가능성 때문이었다. 지금의 분노감은 그 가능성이 사라졌기 때문이 아니라, 생각 없이 말을 내뱉는 자크에 대한 원망 때문이었다.

"다시는, 다시는 내 딸 이름을 입에 올리지 마! 한 번만 더 그랬다가는 이 지랄 맞은 우주선을 다 날려버릴 테니!"

루크는 흥분을 멈추지 못하는데, 자크는 차분하기만 했다.

"루크, 진정하고 내 말을 들어."

목이 조여와 자크의 목소리가 기어들어갔다. 자크의 낯빛이 창백해지자 루크는 가까스로 흥분을 가라앉히고 그를 던지듯 내려놓았다.

"원한다면 자네 딸의 의식이 머물던 지구의 좌표를 알려주겠네. 직접 두 눈으로 확인해도 좋아."

루크가 다시 달려들려다 말았다. '좌표'라는 단어 때문이었다.

"어쩌면 기록이 남아 있을지도 모르네. 십수 년이 지나서 확실하진 않지만."

"무슨 소리를 하는 거야. 내가 여기 온 지 얼마 되지도 않았는데."

"꼭 그렇진 않아. 의식이 자신의 세계를 탈출하고 난 뒤에도 무의식적 잔재들은 각자의 지구에 머무는 경우가 있으니까."

"그래도 말이 안 되지. 내 딸은 고작 7살이었어. 십수 년 전 지구를 탈출할 수가 없다고."

"저 수많은 지구 사이에는 시간이라는 게 딱 들어맞지는 않더군."

자크가 의미심장한 미소를 지었다.

"안나, 나를 붙잡으려고 이런 헛소리를 하는 거죠?"

루크가 고개를 돌려 안나를 노려보았다. 그녀는 차마 눈을 마주치지 못했다.

루크가 떠나지 못하고 있는 것은 좌표에 대한 미련 때문이었다. 객기를 부리기는 했지만, 80억 개의 지구를 일일이 탐사하는 건 불가능했다. 혹여나 그 좌표에 대한 정보를 조금이라도 얻을 수 있다면 엠마를 찾는 과정은 훨씬 수월할 수 있었다.

"자크 박사님 말이 맞아요."

"안나, 그게 무슨…."

"당신 딸 엠마는 아주 어린 나이에 다크홀을 통과했어요. 라마에 온 최연소 아이였죠."

"맙소사! 그럼 지금 어디에…."

다시는 이들의 말을 믿지 않겠다고 다짐했건만 루크의 마음이 속절없이 흔들렸다.

"지금 어디에 있나요? 설마 라마에 머물고 있는 건…."

"그건 우리도 알 수가 없네. 이곳에 오자마자 하인츠가 데려갔으니까."

자크의 말에 루크의 얼굴이 분노로 일그러졌다.

70
분노 (Anger)

심장 뛰는 소리가 고막을 울렸지만, 루크는 들리지 않았다. 하인츠라니, 하인츠가 그토록 찾던 엠마를 데려갔다니.

"그게 무슨 말입니까."

루크가 가까스로 말을 내뱉었다. 심장이 요동치는 탓에 목소리가 한껏 떨려서 나왔다.

"미안하네. 우리도 얘기하려….."

"그걸 지금 말이라고!"

루크가 두 주먹을 불끈 쥐고 벽을 내리쳤다. 단단한 대리석으로 이루어진 벽면이 포탄을 맞은 듯 움푹 파였다.

"루크….."

안나는 그 자리에 얼어붙은 채 어쩔 줄 몰라 했다.

루크는 이제 멱살을 잡을 힘조차 없었다. 딸의 소재를 알고 있을 유일한 자를 죽인 건 다름 아닌 자신이었다.

"하인츠가 엠마를 데려갔다면, 지금은 어디에 있는 겁니까?"

루크느 더 못 참고 절규하듯 울음을 쏟아냈다. 눈에서 쏟아진 눈물이 코와 입을 통해 터져 나왔다.

한편으로 엠마의 의식이 라마에 있다는 소식은 사실 그리 나쁜 게 아니었다. 80억 개의 지구를 뒤지는 것보다 100만 명의 라마인들을 수소문하는 게 나을 테니까. 하지만 문제가 그리 간단하지 않을 거라고 루크는 짐작하고 있었다.

"하인츠가 데려간 건 확실합니까?"

루크의 눈은 벌겋게 충혈된 채 눈물로 어려 있었다.

"네, 그 당시의 이주민 센터는 하인츠가 관리했어요."

"그럼, 좋아요. 그렇다면 엠마가 지금 이곳에 있다는 거군요. 그렇죠?"

루크가 정신을 차리기 시작했다.

"미안하게도 그건 확실하지 않네."

자크가 안쓰러운 얼굴로 루크를 응시했다.

"자네가 지구 탐험을 시도했던 것처럼 하인츠와 그의 추종자들도 몇 차례 시도했었지. 일곱 살의 어린 나이에 라마에 온 엠마는 신격화하기에 딱 적당했네. 모두들 엠마의 이주를 반겼고, 사랑으로 보살폈네."

"믿을 수 없어요."

"어떻게 들릴지 모르겠지만 하인츠도 엠마를 딸처럼 귀하게 키웠지. 여느 아이들처럼 학교를 다니고 공동체에 잘 적응했고."

"그럼 박사님은 엠마를 직접 봤겠군요?"

루크의 목소리가 여전히 길게 떨리고 있었다.

"어땠죠? 갈색 눈에 금발 머리는 그대로인가요? 웃을 때 오른쪽 보조개가 들어가는 것도 보셨나요?"

대답을 바라며 울먹거리는 루크는 간절한 얼굴이었다.

"미안하네, 잘 기억이…."

자크는 그런 루크의 시선을 애써 피했다. 그의 반응에 루크도 그만 고개를 숙이고 말았다.

"그럼 가장 최근에 만난 건 언제였죠?"

"열 살 되던 때, 갑자기 행방이 묘연해졌네. 실종된 건 아니지만 공식적인 장소엔 나타나지 않았지. 하인츠가 다시 지구로 돌려보냈다는 얘기도 있고, 아직 라마에 머문다는 설도…."

"지금 그걸 말이라고!"

절망과 희망, 슬픔과 분노의 파도를 타는 루크의 심장이 다시 들끓었다. 멱살을 잡지는 않았지만 위협감은 한층 더 높았다.

"우리도 더 이상은…."

"그러니까 어린 여자아이가 갑자기 사라졌는데도 라마인들은 그저 보고 있었군요? 그놈의 이성 운운하면서?"

"그런 건 아니에요, 모두들 엠마를 살펴보고 있었지만…."

안나가 자크의 눈치를 보며 말끝을 흐렸다.

"그럼 왜 지금 어디 있는지 모르죠? 좋아요, 문제는 더 간단해졌어요. 100만 명이라고 했나요? 이곳 인구가?"

"루크, 잠시만."

자크 역시 그가 무슨 말을 할지 뻔히 알고 있었다.

"하루에 만 명씩, 아니, 천 명씩만 만나도 3년이면 해결됩니다. 라마인들을 모두 만나게 해주세요. 엠마가 지금 몇 살이든 나는 단번에 알아볼 수 있습니다. 안나, 여기 주민 리스트 같은 것 있죠?"

희망을 발견한 듯 루크의 말이 빨라지기 시작했다.

"루크, 그건 불가능해요. 라마인들은 낯선 이들을 만나려 하지 않을 뿐더러, 그럴 경우 윤리위원회의 강한 제지가…."

"윤리위원회요? 왜요? 내가 나가서 사람들에게 말할게요. 하인츠는 가짜였다. 지금 라마에는 의식이 아닌 자들이 설치고 있다. 어때요, 그럼 사람들이 좀 인정할까요?"

루크의 항변에 두 사람은 침묵했다.

"도대체 당신들은 진실된 게 뭐가 있습니까? 말도 안 되는 빙산 그림이나 띄워놓고 현학적으로 떠드는 것 말고!"

루크의 거친 숨소리가 복도를 타고 울렸다.

"백번 양보해서 내가 당신들 말을 믿는다고 칩시다. 그럼 하다못해 증거라도 보여줘야죠. 그것도 안 됩니까?"

증거라는 말을 들은 자크가 안나에게 눈짓을 보냈다.

"있어요, 당신이 말한 자료가."

안나는 뭔지 모르게 께름칙한 얼굴이었지만, 루크는 지금 그런 걸 따질 처지가 아니었다.

"당신이 믿어주기만 한다면."

안나는 걸음을 떼더니 복도 반대편으로 걷기 시작했다. 그리고 환상에 이끌리듯 루크가 그녀의 뒤를 따랐다.

***

여러 개의 게이트와 경비원들을 거친 후에야 이곳에 이를 수 있었다. '통제구역'이라고 적힌 푯말을 3개 지날 때마다 안나는 홍채와 지문 그리고 목소리까지 복잡한 인증 과정을 거쳤다. 마지막 게이트에서 경비원이 루크의 출입을 이상하게 여기긴 했지만 특별한 제지는 없었다.

이주민 기록 관리소
1998~2007
2008~2017

두꺼운 철문을 지나자 연도가 적힌 여러 개의 쪽문이 양쪽으로 나타났다.

2018~2027

몇 걸음 더 걸었을까. 10여 년 전의 연도가 적힌 문 앞에서 안나가 멈추었다.
"하인츠가 살아있었다면 당신을 여기 데리고 오는 건 꿈도 못 꾸었을 거예요."
안나가 자크와 눈을 한 번 맞추더니 문을 안으로 밀었다. 여러 대의 서버랙이 줄지어 있는 방 중앙에는 조그마한 모니터 하나가 덩그러니 놓여 있었다.
"엠마의 기록이 여기 있나요?"
정말로 딸의 모습을 볼 수 있다는 생각에 루크는 떨리는 가슴을 진정시키기가 어려웠다. 입술을 굳게 다문 채 안나는 모니터 위에 손을 얹었다.

이주민의 이름을 입력하세요.

곧이어 메시지가 떠오르자 차분하게 알파벳을 눌렀다.

E.M.M.A. S.H.A.W.

엔터키를 누르자 한 명의 이름이 리스트에 떠올랐다.

EMMA SHAW, F/7, 2027

"2027년에 이곳에 온 거군요."
아직 글자만 떠올랐지만 루크는 흥분을 감추지 못했다.
"네, 당신의 지구와는 시간이 조금 달랐겠죠."
루크는 화면을 뚫어져라 보았다. 안나가 화면을 터치하자 라마에서 외부를 촬영한 듯한 CCTV 화면이 재생되기 시작했다. 곧이어 우주선도 인공물체도 아닌 빛에 둘러싸인 무언가가 라마를 향해 서서히 다가왔다.
"초자연적인 현상으로 도킹을 시도한 건 엠마가 처음이었어요. 그래서 더더욱 화제가 되었죠."
"그런 건 중요하지 않아요."
빛나는 구형 막 안에는 어린 여자아이로 보이는 형상이 아련했다.
"정상적인 도킹이 불가능하다고 판단하고 우리 쪽에서 구조선을 보냈어요. 이건 그 이후의 화면이죠."

안나가 버튼을 누르자 화면이 바뀌었다. 작은 구조선 안에 보안 담요를 덮은 여자아이가 사람들에게 둘러싸여 있었다.

흐릿한 형체였지만, 루크는 그것이 자신의 딸임을 단번에 알아보았다. 엠마가 이 나이 때 가장 아끼던 하트 모양 푸른색 머리핀이 선명하게 떠올랐다.

"말도 안 돼."

루크가 자신도 모르게 얼굴을 감쌌다. 어쩔 수 없이 두 사람을 따라왔지만 그들이 거짓말을 하는 거라 생각했다. 동영상이 켜질 때만 해도 자신을 붙잡아두고 이용하려고 자크가 환영을 만들어내는 거라 의심했다.

"오, 엠마."

엠마가 고개를 돌렸다. 조금 불안해 보였지만 밝은 얼굴을 한 소녀의 얼굴은 영락없는 엠마였다.

"엠마…."

루크는 그 자리에 그대로 주저앉았다. 스크린에 오른손을 올려놓은 채로.

71
수용 (Acceptance)

엠마는 분홍색 원피스를 입고 있었다. 학교에서 발표회가 있을 때면 제일 먼저 꺼내 입던. 손에는 작은 그림이 들려 있었다. 자세히 보이지는 않았지만 아마도 늘 즐겨 하던 색칠 놀이 중인 듯했다.

"엠마는 처음에 많이 두려워했어요. 구조선 밖으로 나가는 걸 한사코 거부했죠."

"엠마…."

눈을 떼지 못하는 루크의 얼굴에 눈물이 흘렀다.

"시간을 두고 천천히 달랜 후에야 이곳으로 데려올 수 있었어요. 리즈컵캔디를 손에 꼭 쥐고 있더군요."

안나는 뭔가 떠오르는 게 있는 듯 살짝 미소를 지었다.

"당신, 당신이 엠마를 맞이했나요?"

"아니요."

안나가 바로 정색했다.

"엠마의 이주 과정은 좋은 교육 자료였네. 예상치 못한 이주민이 발생했을 때 어떻게 대처해야 하는지를 잘 보여주고 있지."

자크가 조심스럽게 끼어들었다.

"맞아요, 엠마가 맞아요."

영상이 재생을 멈추자 루크가 고개를 숙였다.

"다른 것들은 없나요?"

"있어요, 이주민 센터에 머문 2주 동안의 기록이 전부 여기에…."

"아니요, 됐어요. 이걸로 충분합니다."

루크가 화면에서 몸을 돌렸다. 엠마의 존재를 확인한 것만으로도 루크는 벅차오르는 감정을 주체할 수 없었다. 자크와 안나의 말이 거짓이 아니라는 걸 알았으니 그걸로 충분했다.

"당신들이 거짓말을 한다고 생각했어요."

루크가 구석에 놓인 낡은 의자에 앉았다.

"당신은 가짜도 만들어 내니까."

"이렇게 정교하지는 못하지."

자크가 허탈하게 쓴웃음을 지었다.

"좋아요, 엠마가 여기 온 걸 잘 알겠어요. 나보다 더 일찍. 지구마다 시간은 조금씩 다르다니 그렇다고 칩시다."

루크는 고민스러웠다. 아니, 도대체 어떤 결정을 내려야 할지 갈피를 잡을 수가 없었다.

"제 요구 사항은 아주 간단해요. 엠마를 만나는 것."

"…."

"당신들이 진실을 알려준 덕분에 내 계획은 명확해졌어요. 한 가지만 확인해줘요. 엠마는 지금 여기에 있나요, 아니면 다른 곳에 있나요?"

"그건 단정할 수 없네."

"좋습니다. 여기 없다면, 어디에 있죠? 또다시 지구로 돌아갔나요? 그 어린아이가 홀로? 아니면 하인츠를 따라 지하세계 어딘가를 헤매고 있나요?"

슬픔과 기쁨, 절망과 희망이 넘나들며 교차했지만 루크는 최대한 차분하려 노력했다. 평소 같으면 위로의 말이라도 건넸을 안나는 웬일인지 침묵하고 있었다.

"좋아요, 당신들은 모른다고 하겠죠. 그럼 내가 라마를 자유롭게 돌아다니면서 엠마를 찾을 수는 있나요? 이주민 동의서에 사인하고 윤리위원회서 승인하면 되는 건가요?"

"이제는 어려워요."

루크가 안나를 뚫어져라 쳐다보았다.

"잘 알잖아요. 당신은 용의자 신분이에요. 게다가…."

"게다가?"

"하인츠 사건으로 윤리위원회가 더 엄격해질 거예요. 당분간은 실종된 하인츠를 찾기 위해 분주하겠죠. 라마인들이 사라지는 게 아주 드문 일은 아니에요. 시신을 남기지 않고 없어지는 일은 종종 있지만…."

"이번 사건에는 시신이 남아 있지."

자크가 끼어들었다.

"네, 당신이 어설프게 우수관에 처넣었으니까."

"하인츠에게 체액이 없다는 걸 숨기기 위한 의도였어. 며칠 동안 비가 쏟아진 다음 발견되면 녀석의 시체에 피 한 방울 없어도 어색하지 않을 거야."

루크가 고개를 저었다.

"어쨌든 하인츠의 시신이 발견되기 전까지는 시간이 있다. 그 말이죠?"

"네, 며칠 동안은."

"좋습니다. 그럼 며칠 내로 엠마를 찾아낼게요."

루크는 결심이 선 듯 자리에서 벌떡 일어섰다.

"루크, 잠시만!"

안나가 그의 앞을 가로막았다.

"잠시만 다시 앉게."

두 사람 사이로 자크가 조심스럽게 끼어들었다.

"하인츠."

자크의 말이 잠깐의 적막을 깼다.

"하인츠를 만나야 하네."

"그게 무슨…."

"엠마가 어디에 있는지, 어떻게 지내고 있는지를 알려면 하인츠를 찾는 수밖에 없어."

"그는 죽었다고요."

"아니, 무의식 말고 의식."

"…."

안나는 자크의 계획을 이미 알고 있는 건지 미동도 하지 않았다.

"녀석을 만나면, 순순히 불 거라 생각하시는 건가요?"

"루크."

자크가 루크 앞으로 나왔다. 키 차이가 20센티미터는 났지만, 당당한 눈빛으로 그를 올려보았다.

"엠마를 인질로 삼아 미안하지만 솔직히 말하겠네."

루크는 여전히 혼란스럽고 못미덥다는 표정이었다.

"자네가 엠마를 찾는 것만큼 우리는 하인츠를 완전히 제거하는 게 중요해. 80억 개의 무의식 중에 일부만 사라져서는 별 의미가 없어."

"그건 당신네들 세력 싸움일 뿐이죠."

"아니, 하인츠는 질서를 핑계로 이곳을 장악하려 하고 있어. 전체주의, 일인 독재. 그게 하인츠가 바라는 바지."

"일개 무의식도 못 당해놓고 의식을 제거하겠다고요?"

"하인츠 정도라면 무의식이 하는 중요한 일들을 의식이 알아차렸을 거야. 자네가 죽인 하인츠는 전의식 단계에 있었으니 더더욱."

"그래서 하인츠가 주인인 지구에 내려가서 녀석의 머리통을 날리라는 말인가요? 엠마를 미끼로?"

"하지 않을 겁니다. 내 방식대로 내 스타일로 엠마를 찾을 겁니다."

루크가 가던 길을 가려 발을 뗐고, 자크가 다시 막아섰다.

"루크, 방법은 하나뿐이야."

"왜요? 박사님이 직접 가면 될 텐데. 하인츠에 대한 원한도 더 클 테고."

자크가 답답한지 말없이 고개를 저었다.

"다른 이의 지구에서 살아 돌아오는 것은 아무나 할 수 있는 일이 아니에요."

안나의 목소리가 애원하듯 떨렸다.

루크가 자크를 밀치듯 걸음을 내디뎠다.

"안나, 미안합니다."

그는 더는 망설이지 않고 서버실 밖으로 나갔다.

설득에 실패했다는 사실에 안나는 눈을 꼭 감았다. 자크는 그가 나선 곳을 응시한 채 망연자실했다.

"저대로 라마를 돌아다니면 온전치 못할 거예요. 하인츠의 실종 소식이 퍼지면 윤리위원회의 경비도 강화될 거고…."

이런 상황에서도 안나는 어쩔 수 없이 루크의 안위를 걱정했다.

"돌아올 거야."

자크는 눈을 부릅뜨고 문밖을 쳐다보았다.

***

루크는 혼란스러웠다. 우주선을 타고 그깟 지구로 돌아가는 건 어렵지 않았다. 의식적 존재인 하인츠를 대면하고 싸우는 일도 두렵지 않았다. 정작 그의 발목을 잡은 건 엠마가 바로 이곳, 라마에 있을지도 모른다는 사실 때문이었다. 같은 공간에 있는 딸을 두고 새로운 세상으로 떠난다는 게 도저히 내키지 않았다. 하지만 앞선 의욕만큼 마땅한 대안이 떠오르는 것도 아니었다.

더구나 하인츠와 그의 추종자들이 아닌 라마의 정규세력과 맞선다는 건 분명 불가능한 일이었다. 복도 끝까지 와서 루크는 결국 멈췄다.

"젠장."

그는 몸을 돌려 다시 서버실로 걸음을 놓았다.

***

발소리가 커질수록 자크의 굳은 얼굴도 조금씩 풀렸다.

"돌아오는군."

"설마…."

안나는 아직 믿을 수 없었다. 어쩌면 못다 한 불만을 마저 쏟아내려고 돌아온 걸지도 몰랐다.

"하인츠의 의식이 어디 머무는지는 알고 있나?"

"그건 아직…."

"내가 알고 있네. 자주 꾸던 악몽에 그의 얼굴이 등장했거든."

이윽고 루크가 문 앞에 나타나자, 자크가 옅은 미소를 지었다.

"박사님."

루크가 결연한 얼굴로 자크를 불렀다.

"EA-1124174. 하인츠의 의식이 머무는 후보지네."

"아직 간다고 말 안 했습니다."

"괜찮아, 이번에는 동행자가 있으니."

"박사님 몸으로는 무리일 텐데요."

"듣던 중 고마운 소리군."

자크가 천천히 고개를 돌려 안나를 바라보았다.

"안나가 자네와 함께할 걸세."

루크는 당황했지만 안나는 이미 예상한 얼굴이었다.

"그녀는 하인츠에 대해 잘 알고 있어. 자네를 올바른 방향으로 인도할 거야."

자크가 천천히 다가와 오른손을 내밀었다.

72
그들의 지구 (Their Earth)

가랑비가 내리는 저녁이었다. 구름마저 얕게 깔려 눅눅한 기분이 더했다.

"여기가 맞나요?"

비에 젖은 X-79A의 표면에서 수증기가 피어올랐다.

조종석에 앉은 두 사람은 조심스럽게 바깥을 살폈다. 하지만 짙은 연무 탓에 제대로 보이지 않았다.

"EA-1124174…."

루크가 계기반에 나타난 지도를 확인했다.

"맞나요, 여기가?"

"그래야 해요."

안나의 목소리에 두려운 기색이 묻어났다. 그녀는 다른 이의 지구에 와본 적이 없었다.

"도통 모르겠군."

유리창 너머로 드러난 세상은 낯설었다. 풀들이 허리 높이까지 자라 있었지만 지구의 생물처럼 보이지 않았다.

"다시 이륙하는 건 어떨까요?"

안나가 불안한 속색을 내비쳤다.

"안 돼요, 다크홀이 나타나기 전까지는."

루크가 헬멧을 벗으며 내릴 채비를 했다.

"우리는 하나의 온전한 지구에 내렸어요. 올 때는 마음대로 왔지만 갈 때는 그렇지 않아요."

터치스크린을 조작하자 외부대기 조성이 나타났다.

"숨 쉬는 데는 문제 없어요. 일단 나가보기로 하죠."

"잠시만요."

안나가 겁을 먹은 듯 루크의 팔을 잡았다. 안나의 눈이 옅게 떨리고 있었다.

"왜 그 얘기를 하지 않았죠?"

"뭘 말입니까?"

라마를 출발할 때부터 루크는 부쩍 날카로워 있었다. 안나 없이 홀로 가겠다고 했지만 자크는 반드시 둘이 함께 가야 한다고 고집을 피웠다. 행여나 루크가 돌발 행동을 하지는 않을까 하는 우려에서였다.

"다크홀이 생겨야만 탈출할 수 있다는 걸요."

"당연한 거예요."

루크가 조종석 해치 레버를 당기자 공기가 치익, 소리를 내며 빠져나갔다.

"어서 내려요. 시간이 없으니."

"루크, 잠시만요!"

그때 안나의 시야에 작은 선박 하나가 들어왔다. 정글을 질주하는 보트처럼 빠른 속도로 물 위를 내달리는.

"젠장."

루크는 다시 해치를 닫고 무기가 될 만한 걸 찾았다. 우주선 안에는 권총 한 자루도 없었다. 몸을 숙인다고 될 일도 아니었다. 그런다고 비행선이 숨겨지는 것도 아니니.

"우와! 저기 봐! 우주선이다!"

"엄마! 아빠! 우주선이 있어요!"

비행선 근처로 다가온 배 위는 가족 단위의 관람객들이 가득했다. 어린아이들은 배에 달린 물총을 우주선에 조준하고 방아쇠를 당겼다. 물줄기들이 X-79A의 윈드쉴드를 적셨다.

루크가 조심스럽게 몸을 일으켰다. 그가 여러 번 그녀의 이름을 부른 후에야 안나도 머리를 들었다.

"잘은 모르겠지만…."

해치를 열자 습한 공기가 우주선 안으로 밀려들어 왔다.

"놀이공원에 내린 것 같군요."

루크가 우주선 밖으로 내리며 말했다. 발목까지 차오른 물 밑으로 딱딱한 콘크리트 바닥이 느껴졌다.

"이럴 수가."

그제야 안나도 조심스럽게 발을 내디뎠다.

"안개 때문에 몰랐는데 여기는 예전에 한 번 왔던 것 같아요…."

루크가 기억을 더듬듯 미간을 찌푸리며 두리번거렸다. 해파리 모양을 본딴 구조물들이 형형색색 빛나고 있었다.

멀지 않은 곳에서 다시 아이들의 왁자지껄하는 소리가 들려왔다. 안나가 우주선으로 돌아가려 했지만 루크가 말렸다.

"자연스럽게, 아무렇지도 않게."

이윽고 관람용 선박이 궤도에 오르자, 루크는 활짝 웃어 보이며 열심히 손을 흔들었다.

"와! 우주선이다!"

"우주인도 있어! 공격! 외계인 침공!"

어색한 포즈로 반기는 루크와 안나에게 아이들이 물대포를 발사했다. 안나는 본능적으로 몸을 돌렸지만, 이런 상황에서 태연한 척하는 건 루크에게 익숙한 일이었다.

관람객들이 지나가고 그제야 루크는 젖은 얼굴을 쓸어내렸다. 그 모습이 우스꽝스러웠는지 안나가 웃음을 터트렸다.

루크는 일단 강처럼 보이는 길을 가로지르기 시작했다. 얕은 수심과 관람용 선박이 이동하기 위한 레일까지. 이곳은 와본 적도 있는 평범한 놀이공원이 확실했다.

"오히려 잘됐어요. 우주선을 숨길 수 있게 됐으니."

이윽고 '정글 탐험'이라는 푯말을 지나자 널찍한 도로가 나타났다. 우중충한 날씨 탓에 사람들이 많지는 않았지만 그렇다고 보는 눈이 아예 없는 것도 아니었다.

"우주인이다! 엄마, 사진!"

이따금 마주치는 아이들은 루크와 안나를 그냥 지나치는 법이 없었다. 그렇게 여러 번 멈춰서 자신들을 향해 달려오는 아이들과 사진을 찍어야만 했다.

벗어날 방법을 찾던 루크는 작은 건물을 하나 발견하고는 안나의 팔을 이끌었다.

출입 제한: 직원 전용

문을 밀자 다양한 캐릭터 복장들이 시야를 가로막았다.
"시간이 없어요. 얼른."
루크는 사물함 문을 당기며 열린 곳을 찾았다. 그리고 잠시 후 누군가 벗어놓고 간 일상복 몇 벌을 발견했다. 루크는 여성용 청바지와 티셔츠를 한 벌 안나에게 내밀었다.
재빠르게 옷을 갈아입은 루크는 사물함을 뒤지며 돈이 될 만한 것들을 찾았다.
"그렇게 흔적을 남겨도 되는 건가요?"
마침내 지갑을 발견한 루크는 현금을 꺼내 바지 주머니에 넣었다.
"이제 가죠."
변덕스러운 날씨였다. 방금 전까지만 해도 짙은 안개에 휩싸여 우중충하더니 어느새 안개는 말끔히 걷히고 따사로운 햇볕이 내리쬐고 있었다. 높은 습도와 강한 햇빛 탓에 야외에서 거닐기에 좋은 날씨는 아니었다.
"플로리다였군."
멀지 않은 곳에서 '마이애미 정글 아일랜드'를 알리는 푯말이 보였다.
"잘 들어요, 안나."
놀이공원의 주출입구가 보이고 있었다.
"무의식들은 의식을 견제해요."

"그게 무슨 말이죠?"

"지금은 온순한 것처럼 보이지만 언제 돌변할지 모른다는 뜻입니다."

"우리가 의식인 걸 안다는 말인가요?"

"네, 어떻게 그러는지는 알 수 없지만."

게이트를 지나 나가려는데, 직원 하나가 두 사람을 불러 세웠다. 루크는 도망을 치려다 생각을 고쳐먹고 걸음을 멈췄다. 그러고는 태연히 돌아섰다.

광대 분장을 한 직원이 성큼성큼 두 사람에게 다가왔다.

루크는 오른 주먹에 힘을 쥐었다. 톰의 지구에서 경험했던 일들이 스쳐 지나갔다. 저렇게 평범해 보이지만 언제 죽일 듯이 달려들지 몰랐다.

"무슨 일이죠?"

"혹시 입장용 티켓 가지고 계신가요?"

직원이 손목을 가리키며 물었다.

"아, 바코드 띠요? 나오기 전에 버렸어요. 애들이나 간직하는 거 잖아요."

"그러셨군요. 반납하시면 다음 번 20% 할인 쿠폰을 드리는데. 괜찮으시겠어요?"

"네, 괜찮아요. 다음에 또….'

루크가 안나를 슬쩍 보았다. 얼굴에 긴장감이 역력했다.

"다음에 또 딸이랑 와야죠."

"네, 즐거운 시간 보내세요."

광대 얼굴을 한 직원이 손을 흔들어주었고, 루크는 다시 걸음을 재촉했다.

"알아차린 걸까요?"

거리가 조금 멀어지자 안나가 조심스럽게 물었다.

"자꾸 접점이 생길수록 그렇게 될 거예요. 우리는…."

루크가 길거리에 서 있는 무인택시를 발견하고는 손을 흔들었다. 택시가 두 사람 쪽으로 서서히 이동해왔다.

"마치 이물질 같은 존재니까."

택시 자동문이 열리자 루크는 안나를 먼저 들어가게 하고 자신도 올라탔다.

73
그들의 지구 II (Their Earth II)

"어디로 가야 하죠?"

무인택시 스크린에는 목적지를 알려달라는 메시지가 계속해서 깜박였다.

"잠깐만요."

루크는 골똘히 생각에 잠겼다. 다시 지구에 돌아오기는 했지만, 여긴 지금 몇 년인지, 어떤 의식이 지배하고 있는지 확실하지 않았다.

"하인츠는 여기 오기 전에 원래 구둣방을 했다고 했어요. 마이애미 남서쪽에서 꽤나 유명한 숍이었다는데."

***

X-79A 탑승을 세 시간 앞두고, 자크는 하인츠와의 일화를 털어놓았다.

"가죽을 다루는 솜씨가 당대 최고수였다고 자랑하던데, 나로서는 확인할 길이 없었지. 한 가지 확실한 건 칼을 다루는 스킬은 영 볼품없었다는 거야."

자크는 오래된 기억을 떠올리며 너털웃음을 지었다. 하지만 루크와 안나는 따라 웃지 않았다.

"조금 더 많은 정보가 필요해요. 그것만으로는 그를 찾을 수 없어요."

이미 한 번 호된 경험을 한 루크는 그 정도로 만족할 수 없었다. 비록 헛발질을 했지만 톰의 지구에서는 그 대상이 명확했다. 마치 이곳의 주인공은 '나'라는 듯, 그곳의 의식적 존재는 자신을 만천하에 드러내며 위세를 뽐냈다.

그러나 하인츠의 지구는 달랐다. 그는 이곳의 유일한, 아니 유일했던 의식임에도 불구하고 셀럽이나 영향력 있는 인물이 아닌 듯했다. 어쩌면 어두운 그의 면모를 반영하듯 외딴 가게에 몸을 숨긴 채 연명하고 있는지도 몰랐다.

"EA-1124174의 주인이 하인츠라는 건 어떻게 확신하죠?"
"자네는 라마의 시스템을 불신하는군."
"합리적인 의문이 든 겁니다."

루크는 집요하게 자크를 쳐다보았다.

"그곳은 하인츠가 탈출한 지구야."
"그렇다면…."

루크는 말이 안 된다는 듯 미간을 찌푸렸다.

"그래, 원래대로라면 붕괴되었어야 할 테지."

그동안 라마에서 배웠던 '이론'에 의하면, 의식이 탈출한 지구는 그 즉시 붕괴되어야 했다. 자신이 톰의 지구에서 필사적으로 탈출하려 했던 것도, 자신의 지구로 돌아가지 못한 것도 모두 이 이론을 찰떡같이 믿었기 때문이다.

"그게 가능하긴 한 건가요?"

불현 듯 일말의 희망이 솟아 나왔다. 만약 의식을 탈출한 뒤에도 그 지구가 온전할 수 있다면, 루크는 미련 없이 선택할 터였다. 이곳에서의 안 좋은 기억을 모두 간직하고서라도 다시 자신의 지구로 돌아가는 것. 그곳에서 아무 일도 없었다는 듯이 아내와 딸과 함께 평온한 일상을 보내는 것. 그것이 루크가 바라는 유일하고도 간절한 소망이었다.

"그때는 아주 예외적인 현상이라 생각했지."

자크가 자리에서 일어나더니 천천히 서성였다.

"엄밀히 말하면, 의식이 탈출한 지구가 붕괴하는 건 귀납론적인 결과야. 우리가 다시 지구를 관측했을 때 그 자리에 없었으니까. 의식들이 탈출한 지구는 아무런 흔적을 남기지 않고 다 사라졌지."

"그런데 하인츠의 지구는요?"

"…."

"하인츠가 탈출한 이후에도 그의 지구가 온전히 남아 있었다면 당연히 의심해야 하는 것 아닙니까? 의식이 아닌 다른 존재가 이곳에 온 걸로."

루크의 목소리가 조금씩 높아졌다.

"그 당시에는 그럴 수가 없었지. 두 가지 이론이 충돌할 때, 현상에 가까운 녀석이 살아남는 법이니까."

"그게 무슨…."

"윤리위원회에서도 논쟁이 없었던 건 아니야. 하지만 의식만이 살고 있다고 확신하는 공간에 무의식 또는 전의식이 잠입할 수도 있다는 걸 인정하는 건 쉽지 않았지."

"최소한 의심이라도 했어야죠."

"결과론적으로는 그렇게 되었네. 주인이 탈출한 뒤에도 지구가 남아 있는 걸 그 당시에는 일종의 길조로 여길 수밖에 없었어. 이 갇힌 세상을 구원할 존재의 귀환 정도로…."

"중세 시대나 다름없어요, 라마는."

루크가 고개를 휘휘 저으며 비웃듯이 말했다. 자크는 아무런 대꾸를 하지 못했다.

"어쨌든 그곳이 하인츠가 탈출한 곳이라는 건 확실해. 어떻게 보면 다행인 게지."

더는 믿음이 가지 않았지만 달리 선택지가 없었다. 그렇다고 EA-1124174를 제외한 나머지 지구로 달려들 수는 없었으니까.

***

"마이애미, SW 39번가."

결제수단을 선택해주세요.

무인택시의 인공 목소리에 루크는 당황했다. 스크린에서 '현금' 탭을 찾았지만 선택지가 없었다.

"현금은 안 돼?"

무인택시는 검증된 결제수단으로만 운영됩니다. 지금 가능한 방법으로는 신용카드, 휴대전화, 아이디카드 그리고 홍채인식이 있습니다.

"홍채인식이라…."
루크는 지난 지구에서의 경험을 떠올렸다.
"아, 오늘이 몇 년도지?"

오늘 날짜를 물으셨군요. 오늘은 2031년 3월….

"좋아!"
루크가 자신감을 가지고 카메라에 눈을 가져다대었다. 자신의 무의식이 이곳에서도 훌륭히 역할을 하고 있으리라는 확신에서였다.

안녕하세요. 루크 쇼 회원님. 반갑습니다.

그의 예상대로였다.
"루크 쇼. VIP 고객?"
안나가 어리둥절한 얼굴로 스크린을 보았다.
"예전에도 비슷한 상황이 있었어요. 무의식이 남겨놓은 흔적을 그대로 이용하는 거죠."
이윽고 무인택시가 도로로 합류하자 루크는 안도한 듯 등받이에 몸을 기댔다.
"그럼 만약 만나기라도 하면….."
"그럴 수도 있겠죠."

루크는 눈을 감은 채 중얼거렸다. 일단 한 가지 문제가 해결된 이상 복잡한 생각은 하고 싶지 않다는 얼굴이었다.

"39번가는 어떻게 정한 건가요?"

이 모든 게 처음인 안나는 궁금한 게 많았다.

"불안한가 보군요."

루크는 여전히 눈을 감은 채 말했다.

"당연하죠. 착륙도 예상했던 것과 달랐고…."

"모든 걸 예측하려 하지 말아요. 그게 불안의 근원이니까. 라마에서 당신들이 경험한 걸 떠올려봐요. 분 단위로 모든 계획을 정해놓았지만, 다 예상대로 되던가요?"

"물론이죠. 우리는 늘 스케줄과 계획대로 움직이는…."

"착각일 뿐이에요. 미래를 예측하려고 하는 건 크나큰 실수예요."

"루크, 우리는 지금 정해진 계획대로 하인츠를 만나서…."

"알아요. 큰 틀에서는 변함이 없을 거예요."

안나의 동공이 불안하게 흔들렸다.

"하지만 세부적인 것들은 고민하지 말아요. 어차피 아무것도 맞지 않을 테니까."

안나는 더 이상 듣기 싫다는 듯 창밖으로 시선을 옮겼다. 라마에서는 경험할 수 없었던 드넓은 하늘이 끊임없이 펼쳐져 있었다.

"당신은 지구에서의 기억을 가지고 있나요?"

1번 국도를 내달리는 무인택시 안에서 루크가 반대편 창을 보며 물었다.

"단편적인 기억들뿐이에요."

"부럽군요."

"뭐가요?"

"내가 이주민 동의서에 사인 했다면, 당신들처럼 기억을 지울 수 있었겠죠? 2주 동안의 훈련을 마치고 동의서에 서명하면, 기억을 지운다고 했으니까."

"그걸 어떻게…."

"당신이 건네준 태블릿에는 생각보다 자세한 내용들이 있더군요. 기억을 지운다는 표현은 없었지만 머리에 무슨 기기를 쓰고 있는 사진이 있었어요. 이주 결정을 기념하는 자리라는 문구와 함께."

안나가 입술을 꼭 깨물었다. 굳이 숨길 필요가 있는 건 아니었지만 아직 이주동의서에 서명하지 않은 루크는 알아서는 안 되는 내용이었다.

"이해는 돼요. 트라우마와 같은 지구에서의 기억들을 가지고 온전히 살아갈 수는 없을 테니까. 라마인들이 그토록 목적지향적인 건 어쩌면 행복한 기억들을 모두 잊어버렸기 때문일 수도 있죠."

"모두가 그런 건 아니에요."

"무슨 뜻이죠?"

루크가 고개를 옆으로 돌렸다.

"이주에 동의한 다음 지구에서의 기억을 지우는 건 일반적인 절차죠. 그렇지 않는다면 여전히 지구에서의 기억들로 서로 누가 잘났는지 싸울 테니까."

"그런데요?"

"하지만 모두가 대상이 되는 건 아니에요. 자크와 하인츠처럼 오래전 이주한 이들, 그중에서도 권력을 가지고 있던 자들은 그 과정을 거치지 않았죠."

"정보의 우위를 점하려는 속셈이었군요."

"그런 이유도 있죠. 라마의 근원과 미래에 대해서 고민할 사람이 필요하니까."

"당신은요? 당신은 어디에 속하나요? 지구에서의 추억을 잃어버린 쪽, 아니면…."

"그 질문에 답할 수는 없어요."

안나는 슬며시 루크의 시선을 피했다.

"그럼…."

루크는 더 이상 집착하지 않았다. 현재는 늘 미래와 과거를 압도하는 법이니까.

"하인츠를 만나 똑같은 질문을 하기로 하죠."

무인택시는 국도를 빠져나가기 위해 속도를 줄이기 시작했다. 목적지까지 도착 시간이 3분 남았음을 알리는 문구가 스크린 위에서 깜박였다.

74
그들의 지구 III (Their Earth III)

택시가 멈춘 건 4차선 도로 건너편이었다. 거짓말처럼 날씨가 개었지만, 거리를 오가는 사람들은 눈에 띄게 줄었다.
건너편에서 분홍색 간판을 확인하고 루크는 자동문 개폐 버튼을 눌렀다.
안나도 그를 따라 내리며 주위를 확인했다. 길을 건너는 루크의 뒤를 물끄러미 바라보며 서 있었다.
"안 갈 거예요?"
길을 먼저 건넌 루크가 간판을 가리켰다.

산타나 가죽 공방

분홍색 배경에 하얀색 글씨가 돋보였다. 아무리 봐도 이곳은 하인츠와는 도통 어울리지 않았다.

"여기가 확실한가요?"

안나가 조심스럽게 다가왔다. 강렬한 햇볕 탓에 가게 안이 제대로 보이지 않았지만, 영업을 하는 건 분명했다.

"확실한 건 아니에요. 다만 마이애미 남서쪽에서 유명한 구둣방은 이곳밖에 없어요. 시간이 없어요. 사실 지금 이렇게 평온한 것도…."

루크가 갑자기 생각난 듯 경계하는 눈빛으로 둘러보았다. 톰의 지구에서 경험한 것과는 사뭇 다른 평화였다. 처음 보는 이들도 좀비처럼 달려들었는데 이곳의 무의식들은 두 사람을 그다지 신경 쓰지 않는 것 같았다.

"안녕하세요. 구두 수선하러 오셨나요?"

그때 가죽 공방의 문이 열리더니 흰머리를 곱게 넘긴 중년의 여자가 나왔다.

"어서 들어오세요."

좁은 유리문을 지나자 너른 가게 안이 드러났다. 가운데 놓인 널찍한 테이블 위에는 수선을 마친 여성 구두들이 가지런히 진열되어 있었다.

"따님분 구두에 문제가 있나요?"

여자가 루크와 안나를 살피다 넉살 좋게 물었다.

여자의 시선이 안나의 낡은 신발에 머물렀다.

루크는 대놓고 가게를 살펴보았다. 안쪽에 작업실로 보이는 공간이 있었지만 어둠에 가려 제대로 보이지 않았다.

"편히 둘러보세요. 제품도 판매하니까. 수리를 마치고 찾아가지 않은 것들이죠. 70%까지 디스카운트 하고 있으니 궁금한 게 있으면 부르세요."

여자가 제 이름이 적힌 명찰을 드러내며 말했다.

"네, 고마워요. 소피아^{Sophia}."

루크는 눈을 가늘게 뜨고 작은 글씨를 확인했다. 소피아는 루크의 눈치를 살피다 이내 작업실 안으로 들어갔다.

"여기는 아닌 것 같아요."

안나는 불안해 보였다. 처음 도착할 때부터 엄습해온 불안감이었다. 인공적인 우주선 라마에 익숙해진 터라 드넓기만 한 '실제 지구'는 어색하고 불편하기만 했다.

"기다려봅시다."

"뭘요?"

작업실 안을 노려보던 루크는 그녀를 구석으로 이끌었다.

"안나, 잘 들어요. 소피아의 첫인상은 어땠죠?"

루크가 작은 목소리로 속삭이듯 말했다.

"그냥 친절하다는 것밖에는…."

"맞아요. 친절하죠. 우리 옷차림을 봐요."

낡은 청바지에 흰 티셔츠. 유행이 한창 지난 브이넥 셔츠.

"여기는 부유한 동네예요. 수선 중인 구두들도 한결같이 유명 브랜드뿐이죠."

안나는 여전히 긴장이 가득한 얼굴이었다.

"과도한 친절. 그게 첫 번째 신호예요. 이곳의 무의식들은 일종의 보초병과 같아요. 우리 같은 이방인들이 오면 제일 먼저 경계하고 확인하죠. 소피아가 왜 먼저 다가왔겠어요."

"우리가 의식들인 걸 눈치챘다…."

"맞아요. 처음에는 저렇게 친절하게 다가오지만, 곧 돌변할 거예요. 그러니까 대비를 해야 한단 말입니다."

그때 작업실을 가리고 있던 커튼이 열리더니 소피아가 환하게 웃으며 나왔다.

"골라보셨어요? 도와드릴까요?"

소피아의 손에는 김이 모락모락 나는 찻잔 두 개가 들려 있었다.

"귀한 손님들인데 대접을 제대로 못 했네."

루크가 안나를 몸으로 막아섰다.

"소피아, 일부러 그러지 않아도 돼요."

루크는 소피아가 작은 움직임에도 신경을 곤두세웠다.

"무슨 말씀이죠?"

소피아가 당황한 듯 멈칫했다.

"하인츠는 어디 있나요?"

"누구요?"

"하인츠 코헨. 이 구둣방의 주인."

루크가 옆에 놓인 하이힐 한 짝을 꽉 움켜쥐며 말했다.

"왜들 그러시죠? 저기요, 아가씨."

소피아가 루크 뒤에 숨은 안나를 찾았다.

"시간이 없어요. 예, 아니요만 말해요."

"이런. 아빠와 딸인 줄 알았는데…."

미소를 잃지 않던 소피아의 얼굴이 일그러지기 시작했다.

"이곳이 하인츠 코헨의 가게가 맞습니까?"

"왜 그러세요. 우리 가게는 그런 곳이 아니에요."

"예, 아니요만 말하면 됩니다. 하인츠 코헨이 여기 있습니까?"

루크가 금방이라도 구두 굽을 내리칠 기세였다.

"루크, 진정해요."

안나가 말리려 했지만 루크는 요지부동이었다.

"원하는 게 있으면 다 가져가세요. 현금은 없어요. 이 구두들이 전부예요. 제발…."

소피아가 손을 더듬어 휴대전화를 찾았다.

"전화는 소용 없을 겁니다. 다시 한번 물을게요. 여기는 하인츠 코헨이 없다는 말이죠?"

"몰라요, 그런 사람 몰라요."

소피아는 금방이라도 울음을 터트릴 것처럼 떨고 있었다.

루크는 일부러 계속 소피아를 자극했지만, 그녀는 돌변하거나 기이한 반응은 보이지 않았다. 어쩌면 정말 이곳은 하인츠와 관련이 없는지도 몰랐다.

"그럼 이 근방에 다른 구둣방이 있습니까? 적어도 십 년 이상 영업한 곳으로."

"잘 몰라요. 저희는 이 가게를 인수한 지 얼마 안 되었어요."

"인수?"

"큰돈이 들어간 터라 정말 수중에 돈이 한 푼도 없어요."

소피아의 눈은 이미 붉게 충혈되어 있었다.

"그럼 이 가게를 판 사람 이름은 뭐였습니까? 하인츠 코헨 아니었나요?"

"잘 기억이 안 나요. 그냥 젊은 여자분이었어요."

소피아가 거짓말을 하고 있는 것 같지는 않았다. 더 이상 이 여자에게 얻을 수 있는 정보는 없을 것 같았다.

"가게를 인수한 지는 얼마나 되었죠?"

루크가 들고 있던 하이힐을 슬며시 내려놓으며 말했다.

"5년이요. 아니, 6년인가? 아무튼 그 정도 되었어요."

흥분이 가신 소피아의 목소리도 조금은 가라앉았다.

"알겠습니다. 경찰에는 신고하지 마세요. 그냥 사람을 하나 찾고 있을 뿐이니까."

콜록, 콜록. 가게를 돌아 나가려는데 느닷없이 안쪽에서 기침 소리가 들려왔다.

당황한 소피아가 커튼을 마저 휙 닫았지만 이미 엎질러진 물이었다. 루크가 천천히 몸을 돌려 커튼으로 가려진 작업실 안을 응시했다.

콜록, 콜록, 콜록. 기침은 좀 전보다 더 심했다. 소리만으로 단정하긴 어려웠지만, 젊고 건강한 사람의 기침은 아니었다.

"아, 아이가 하나 있어요. 손주. 감기에 걸려 학교도 못 가고."

소피아는 당황한 나머지 아무 말이나 마구 쏟아냈다.

루크는 천천히 커튼을 향해 다가갔다. 소피아가 루크를 가로막았지만, 그의 완력을 당할 수는 없었다.

"소피아, 진정해요. 확실히 해두려는 거니까."

커튼을 잡은 루크의 손을 소피아가 안절부절못하며 바라보고 있었다.

콜록, 기침 소리가 한 번 더 들려오자마자 루크는 커튼을 거세게 걷었다.

75
하인츠, 그리고 하인츠 (Heinz, and Heinz)

"하인츠 코헨!"

작업실 안은 작업을 위한 공간이 아니었다. 가죽이 다 헤진 안락의자와 금방이라도 꺼질 것만 같은 조명기구들.

벽에는 가품으로 보이는 유명 화가의 작품들이 삐뚤게 걸려 있었다.

"하인츠, 하인츠 맞죠?"

안락의자에 누워 담요를 덮은 노인은 한눈에도 기력이 다한 것처럼 보였다. 호흡 보조장치를 달고 있는 탓에 얼굴을 확인하는 게 쉽지 않았다. 루크는 선뜻 다가가지 않았다. 행여 예상치 못한 함정일지 모른다는 본능적인 판단에서였다.

"하인츠, 이제 다 끝났어요."

루크는 천천히 다가갔다. 피부가 온통 쭈글쭈글했지만 루크를 바라보는 눈빛은 여전히 날카로웠다.

"자네 드디어 왔군."

노인은 호흡기를 살짝 들고는 힘겹게 말을 내뱉었다.

"맞군, 하인츠 코헨."

그 틈으로 얼굴 윤곽을 확인한 루크는 의미심장한 미소를 지었다.

"이곳 시간은 더 빠르게 가던가? 아니면 그저 환자 코스프레를 하는 거야?"

루크가 바닥에 놓인 호흡 보조장치의 본체를 툭툭 쳤다. 그러자 노인이 심하게 기침을 해댔다.

"말기 폐질환 환자예요. 그렇게 하면 큰일 나요!"

소피아가 울먹이며 말했다.

"두 사람은 어떤 관계입니까?"

루크가 고개를 돌려 물었다.

"우리 아버지예요. 뭘 잘못했는지 모르겠지만, 제발 편안히 돌아가시게 내버려두세요."

소피아의 눈에 눈물이 글썽이기 시작했다.

"우리가 올 것을 알고 있었군."

하인츠가 고개를 한 번 끄덕였다.

"다음 계획은 뭐지? 당신 무의식들을 총동원해 우리를 몰살하는 건가?"

콜록, 콜록, 하인츠는 힘겹게 기침을 하면서도 어쩐지 기쁜 듯이 웃고 있는 것만 같았다.

"오랜만이군, 루크 쇼."

그리고 호흡 보조장치를 떼어내더니 천천히 테이블 위에 올려놓았다. 루크는 하인츠에게서 조금도 눈을 떼지 않았다.

"같이 온 친구는?"

하인츠가 안나를 넘겨다보았지만, 바깥의 밝은 빛에 가려 제대로 보이지 않았다. 하인츠는 손을 더듬어 시가를 집더니 떨리는 손으로 불을 붙였다.

"우측 폐를 완전히 들어냈어. 1개월이면 죽을 걸 3개월까지 늘렸다고 해."

하인츠는 피식거리며 연기를 잔뜩 들이켰다. 순간 자크와의 일이 떠올라 루크는 얼른 손으로 입을 가렸다. 혹여나 시가 연기로 최면을 걸지도 몰랐기 때문이다.

"걱정하지 마. 그런 얄팍한 수는 안 쓰니까."

"다른 건 필요 없어. 엠마를 어떻게 했는지만 말해. 지금 어디에 있지?"

"엠마…."

하인츠는 일으켰던 몸을 다시 기대더니 눈을 감았다.

자신을 조롱한다고 생각했는지 루크는 가까이 다가가 한 손으로 멱살을 움켜잡고 천천히 들어올렸다.

"루크, 그만해요!"

"이러지 마세요!"

안나와 소피아가 양 옆에서 달려들었지만 루크는 손아귀의 힘을 풀지 않았다. 하인츠는 힘에 부친 듯 숨을 들이쉬지 못했다.

"루크, 하인츠가 죽으면 모든 게 다 물거품이 돼요!"

루크의 흰자위로 핏줄이 가득 서 있었다. 이런 류의 인간들은 남의 고통을 즐기는 것에 익숙했다. 시간을 주면 줄수록 그의 환희만 늘어날 뿐이었다.

"망할 자식!"

루크가 다시 멱살을 놓자 하인츠가 털썩 의자에 쓰러졌다. 숨이 터져나오자 연거푸 깊은 기침을 내뱉었다.

"엠마가 어디 있는지 알려주지 않으면 이게 마지막 시가가 될 거야."

루크가 바닥에 떨어진 시가를 주워 들었다.

"엠마 쇼. 참 똘똘하고 귀여운 아이였지."

어느새 호흡을 가다듬은 하인츠는 눈을 감은 채 생각에 잠기는 듯했다.

"엠마는 지금 라마에 있나?"

"라마라…."

"마지막 경고야. 엠마는 지금 어디에 있어? 네 녀석이 어떻게 한 거냐고!"

"그걸 난들 어떻게 알겠나?"

하인츠가 갑자기 눈을 버럭 뜨며 말했다.

"나는 라마에 가본 적도 없는데."

"뭐라고?"

당황한 것은 루크만이 아니었다. 그를 말리던 안나도 황당하다는 듯 하인츠를 빤히 바라보았다.

"참 곱군. 누굴 많이 닮았어."

그제야 안나를 발견한 하인츠는 처음 보는 그녀를 향해 옅은 미소를 지었다.

"내 딸 지금 어디 있어!"

루크가 다시 멱살을 잡았지만 감정이 담긴 강한 악력은 아니었다.

"말했잖아. 나는 라마에 가본 적 없어서 잘 모른다고."

"더러운 육신은 가지 않았겠지만, 네 정신의 일부가 라마에서 활개를 쳤지. 전의식인지 무의식인지 모르겠지만."

루크가 다시금 멱살을 놓으며 기회를 주었다. 혹시나 그가 죽기라도 한다면, 엠마의 소재를 파악하기 힘들 뿐더러 이 지구가 붕괴되어버릴 위험까지 있었다.

"나도 그저 꿈을 통해 라마를 보았을 뿐이야. 아주 생생하고 현실 같은 그 꿈들…."

하인츠가 다시금 눈을 감으며 생각에 잠기는 듯했다.

완력으로는 더 이상 대답을 이끌어낼 수 없다는 생각이 들자 루크는 테이블을 발로 걷어차며 화풀이를 했다.

"왜 나에게 찾아온 건가."

루크의 난동을 지켜보던 하인츠가 고개를 돌리며 물었다.

"말했잖아."

"그래, 딸을 찾는 아빠의 마음은 다 같은 것이지. 소피아는 이미 중년이지만 나에게는 여전히…."

말을 마치지 못하고 하인츠의 입에서 피가 터져 나오기 시작했다.

"아버지!"

소피아가 하인츠에게 달려들었다.

"911, 911을 불러야 해요!"

소피아가 도움을 요청했지만 루크는 고개를 저었다.

"대답을 듣기 전까지는 안 돼요."

"루크, 이러다가 하인츠가 죽을 수도 있어요. 그러면…."

루크도 안나의 우려를 모르는 건 아니었다. 하지만 지금 구급대를 부르면 자신들의 소재와 행적이 고스란히 노출될 수밖에 없었다.

"의식은 그렇게 쉽게 죽지 않아. 내가 경험했듯이."

지금으로서는 하인츠의 정신력이 육체를 이겨내기를 바랄 뿐이었다.

"루크!"

안나의 거듭된 요청에도 그는 단호했다.

"하인츠, 딸 가진 아비의 마음을 안다면 그냥 말해줘. 그럼 아무 일 없던 것처럼 여길 떠날 테니까."

루크가 마지막으로 애원하듯 말했다. 입가에 피가 흥건한 하인츠가 하얀 치아를 드러내며 기분 나쁜 미소를 지었다.

"그걸 왜 나한테 와서 묻느냐고."

루크가 다시금 하인츠를 붙들려는 걸 안나가 막아섰다.

"루크, 진정해요! 제발!"

지친 안나의 눈에는 흥건하게 눈물이 고여 있었다.

"하인츠와의 악연은 제가 더 많아요. 하지만 그건 그의 무의식일 뿐이었어요. 이미 그는 죽었다고요!"

"아니, 그 근원이 여기 버젓이 살아 있는 한 문제는 해결되지 않아!"

루크가 안나의 눈을 똑바로 쳐다보며 말했다.

"보세요. 이미 다 늙어 죽기만 기다리는 노인네일 뿐이라고요. 그렇게 닦달해서는 원하는 걸 얻어낼 수 없어요!"

"안나, 마지막 기회야. 이번에 못 들으면…."

그때 하인츠의 손이 루크의 바짓가랑이로 향했다. 그가 바지춤을 잡아채자, 루크가 재빠르게 다리를 뺐다.

"뭐 하는 거야 지금!"

"의식적 존재…."

하인츠는 금방이라도 숨이 넘어갈 듯 보였다.

"뭐라고?"

"의식적 존재를 죽기 전에 만져보는군…."

피투성이의 얼굴과 달리 하인츠의 표정은 평온해 보였다. 이상한 낌새를 느낀 루크는 그의 코 앞으로 고개를 숙였다.

"다시 한번 말해봐. 뭐라고 했지?"

"나는 늘 꿈을 꾸었지. 때로는 현실과 구분되지 않을 만큼 생생했어."

루크를 바라보는 하인츠의 눈동자는 빛이 바래 있었다.

"꿈에서 무얼 봤지? 엠마는? 엠마의 마지막 기억은?"

"우리 무의식들이 스스로를 무의식이라 자각하는 건…."

하인츠가 말을 하다 말고 숨을 크게 들이켰다. 그것이 임종을 앞둔 사람의 마지막 숨이라는 걸 루크는 본능적으로 알아차릴 수 있었다.

"하인츠, 정신 차려! 하인츠!"

"불행… 한 인… 생의 시작…."

"안 돼, 하인츠! 정신 차려!"

루크가 그를 안락의자에서 끌어낸 다음 바닥에 바로 눕혔다.

"하인츠가 죽으면 안 돼. 얼른 911에 연락해!"

그제야 루크는 도움을 요청하지 않으면 안 되는 상황이라는 걸 자각했다. 이대로 하인츠가 죽고 나면 엠마의 행방은 고사하고 자신과 안나 모두 영원히 사라질 운명이었다.

76
하인츠, 그리고 하인츠 II (Heinz, and Heinz II)

"하인츠, 얼른 눈을 떠! 하인츠!"

루크는 하인츠의 명치를 짓누르며 그를 깨우기 위해 안간힘을 썼다. 옆에서는 소피아가 전화기를 든 채 벌벌 떨고만 있었다.

"왜요? 왜 신고를 안 해요?"

소피아가 망설이는 걸 보고 루크가 소리쳤다. 심폐소생술을 하려다 아직 하인츠가 자발적으로 숨을 몰아쉬고 있다는 걸 확인했다.

"하인츠. 한 가지만 말해요. 엠마, 엠마가 라마에 있나요? 그것만 말해요."

루크가 하인츠의 볼을 두드리며 계속 말을 걸었다.

"엠마…."

정신이 조금 돌아왔는지 하인츠가 느닷없이 중얼거렸다.

"나는 엠마를 직접 본 적이 없지."

"그게 무슨 말이에요. 자크는 당신이 어린 엠마를…."

"자크도 본 적이 없고…."

아무 말이나 지껄이는 것 같았지만 발음은 제법 또렷했다.

"맞아. 당신은 여기 계속 있었으니까. 꿈, 꿈을 통해서…."

"잠시만…."

그제야 소피아가 용기를 내 옆으로 다가들더니 바닥에 떨어진 산소호흡기를 들어 하인츠의 얼굴에 씌웠다.

"천식 발작이에요. 하루에도 몇 번씩…."

하인츠가 산소호흡기를 통해 몇 번 숨을 들이쉬자 안색이 한결 살아났다.

"911에는 신고했나요?"

"아니요."

소피아는 하인츠를 일으켜 다시 안락의자 위로 올렸다. 담요를 덮어주며 담담하게 말했다.

"아버지는 911에 신고하는 걸 극도로 싫어하세요. 이곳이 노출되는 걸 원치 않으시거든요."

어느새 호흡이 안정된 하인츠는 고개를 돌려 낯선 곳을 보듯 눈으로 방안을 살폈다.

"이보게, 젊은이."

하인츠가 천천히 손을 뻗어 누군가를 불렀다. 그의 시선은 루크를 향하고 있지 않았다. 반대편에 있던 안나가 어리둥절한 얼굴을 했다. 갑작스럽게 자신을 지목하자 안나는 당혹스러운 눈치였다.

"그 아이를 많이 닮았군."

하인츠가 이번엔 더없이 편안한 미소를 지었다.

"하인츠, 제발 진실을 말해줘요. 그럼 우리는 조용히 떠날 겁니다."

마음이 급한 루크가 둘 사이에 끼어들었다.

"진실이라…."

하인츠가 두 손을 모으며 허공을 바라봤다.

"당신이 엠마를 어떻게 했는지만 말해주면, 이 지구를 온전히 떠나겠습니다."

쿨럭! 하인츠는 웃어 보이려다가 기침이 터져나왔다.

"문제를 일으키지 않고 가는 것만 해도 감사하게 생각해야 할 겁니다."

루크가 의미심장한 말을 하는데도 하인츠는 기침이 멎지 않아 연신 쿨럭거렸다.

"여긴 내 지구가 아니야."

루크의 심장이 순식간에 요동쳤다. 눈앞의 하인츠를 '의식'이라 단정한 건 아니지만, 설령 '무의식'이라 하더라도, 방금 전의 표현은 무의식의 입에서 나올 수 있는 말이 아니었다.

"어떻게 여기에 오게 되었는지 모르지만 안타깝게 되었군."

루크는 믿을 수 없다는 눈으로 안나를 돌아보았다.

"안나, 이자는 거짓말을 하고 있어요. 스스로 의식이 아니라는 말을 함으로써 자신이 의식임을 증명한 셈이고요. 이로써 우리의 목표는 더욱 확실히…."

"깨달음이라고 하더군."

평온을 되찾은 하인츠의 입에서 나온 말이었다.

"스스로의 존재를 알게 되는 것. 해탈, 깨달음, 득도."

"뭐라고 했어요, 지금."

루크가 하인츠 앞으로 고개를 기울였다. 그것만으로도 충분히 위협적으로 느껴질 만했다.

"내 스스로가 또 다른 나의 무의식임을 알게 되었을 때, 마음이 평온해졌네. 나는 존재하지 않으면서 모든 곳에 존재한다는 걸 느꼈으니까."

하인츠는 마치 기분 좋은 꿈에 취한 것처럼 행복한 표정이었다.

"그럼 당신이 진짜 하인츠가 아니라고?"

"진짜와 가짜를 나누는 건 의미가 없지. 의식과 무의식, 진짜와 가짜. 비슷하면서도 다른 개념이니까."

"그럼 진짜, 아니 하인츠의 의식은 어디에 있지? 이 지구의 주인은 누구야?"

하인츠가 대답 대신 루크 너머를 보았다. 거기엔 걱정스러운 얼굴을 한 소피아가 서 있었다.

"이럴 수가."

"안타깝게도 소피아는 아직 받아들이지 못했네. 어쩌면 이 못난 애비의 그늘에서 벗어나지 못한 걸 수도…."

격정으로 숨이 조금 거칠어지자 하인츠는 스스로 다시 산소호흡기를 썼다.

"그러니까 소피아가 이 지구에서 유일한 의식이고, 무의식인 아버지를 돌보고 있다는 건가? 그게 정말이라면, 자네 가설을 증명하려면…."

루크는 산소호흡기와 연결된 줄을 더듬었다. 작심한 듯 산소통의 밸브 위에 손을 올렸다.

"역설적으로 죽어야만 하겠군."

그러고는 밸브를 천천히 잠그기 시작했다.

"루크!"

"안 돼요!"

안나와 소피아가 동시에 외쳤지만, 루크는 미동도 하지 않았다.

"걱정하지 말아요. 의식들은 본능적으로 죽음을 거부하니까."

"그러다 하인츠가 진짜 죽으면 우리 모두 끝장이에요!"

"잘 알고 있어요. 오래 걸리지 않을 겁니다."

루크가 밸브를 모두 잠그자 방 안에 고요가 찾아왔다.

"자, 말해봐, 하인츠."

하인츠의 안색이 다시 창백해지기 시작했다.

"미안하네. 나는 죽음이 두렵지 않아. 어쩌면 살아있었던 적도 없었을 테지."

산소호흡기 안으로 습기가 가득 차기 시작했지만 하인츠는 여전히 괴로운 기색 없이 평온을 유지했다. 그리고 그의 눈동자가 위로 올라가며 의식을 잃으려는 순간, 루크는 다시 밸브를 빠르게 돌려 열었다.

곧장 산소가 새어 나오는 소리가 들리더니, 하인츠의 얼굴에 붉은빛이 돌기 시작했다. 이런 방법으로는 그에게 원하는 대답을 들을 수 없을 것 같았다. 루크는 머리를 싸맨 채 괴로워했다.

"안나, 당신 뜻을 따르는 게 좋겠어요. 라마로 돌아갑시다."

루크는 결심한 듯 숙였던 몸을 일으켰다. 그의 눈에 두려움에 사로잡힌 소피아가 들어왔다.

"소피아, 놀라게 했다면 미안합니다. 당신 아버지를 해칠 의도는 아니었어요."

만에 하나 소피아가 정말 이 지구의 주인이라면 그녀를 안심시키는 게 무엇보다 중요했다. 남의 지구에 몰래 침투했는데도 별다른 일이 없었던 건 어쩌면 소피아의 온순한 성격 탓인지도 몰랐다.

그녀는 아직 스스로가 이 지구의 유일한 의식이라는 것도, 자신이 세상을 지배할 만큼 유일무이한 정신력을 가지고 있다는 것도 자각하지 못하는 듯했다.

"그리고 아버지 상태가 안 좋아지면 주저하지 말고 911에 전화해요."

더 이상 여기애 있을 의미가 없어지자 루크는 안나에게 나가자는 제스처를 했다.

먼저 밖으로 나서기 전에 바깥을 살피려고 작업실을 가린 커튼을 걷었다. 그러다 루크는 헉, 숨을 들이켰다. 몸이 굳는 듯했다. 가게 창문 밖으로 드러난 광경에 루크는 압도될 수밖에 없었다. 마치 금방이라도 허리케인이 몰아칠 듯 강한 비바람이 거세게 몰아치고 있었다. 그리고 수백 명의 사람들이 마치 좀비처럼 가게 앞을 메운 채 서 있었다.

"소피아?"

루크는 고개를 숙인 채 슬퍼하는 소피아를 불렀다. 소피아는 금방이라도 울음을 터트릴 듯 일그러진 얼굴이었다.

"소피아, 내 말 잘 들어요."

루크가 작업실로 다가가 소피아의 양팔을 잡았다. 안나도 루크가 본 게 궁금해 벽으로 다가가 커튼을 걷어보았다.

"말도 안 돼."

안나가 본 광경은 전보다 더 심각했다. 머릿수를 가늠할 수 없는 인파들이 계속해서 이 작은 구둣방의 유리문 너머로 몰려들고 있었다.

"무슨 일이죠? 어떻게 된 거예요?"

"하인츠의 말이 맞는 것 같아. 소피아, 소피아의 마음 상태가 그대로 전달된 거야. 의식이 극도로 불안해지면 다른 무의식들도 영향을 받게 되지. 의식을 지키기 위한 일종의 방어책 같은 걸 거야."

루크가 소피아를 안정시키려 팔을 쓰다듬었지만 소용없었다. 그녀는 어깨까지 들썩이며 흐느끼고 있었다.

"소피아, 우리는 당신을 해치려고 온 게 아니에요. 당신이 아버지를 사랑하는 것처럼 나도 내 딸을 사랑합니다. 그저 내 딸이 어디 있는지 알고 싶었을 뿐이에요. 그러니까…."

그때 하인츠가 손을 뻗어 루크의 허벅지를 건드렸다.

"하인츠, 당신 말을 믿을게요. 그러니까 소피아를 좀…."

한 손으로 산소호흡기를 잡은 채 하인츠는 다른 손으로 작업실 입구 반대편을 가리켰다. 그곳에는 오래된 텅 빈 책장 하나가 덩그러니 놓여 있었다.

"저기로. 저기로 가게."

77
또 다른 문 (Another Door)

바깥에 점점 더 많은 사람이 모여드는 건 굳이 확인하지 않아도 알 수 있었다. 이제 그들은 유리창을 두드려대기까지 했다.
"책장을 밀어 봐. 영화처럼."
하인츠는 힘겹게나마 미소를 지으려 애쓰는 것 같았다. 답답했는지 안나가 책장을 향해 다가갔다.
"안나, 잠시만!"
안나를 부르는 목소리에서 루크가 얼마나 신경이 날카로운 상태인지 느낄 수 있었다. 책장이 있는 쪽은 도로 방향이었다. 그러니까 설령 쪽문이라 하더라도 바깥과 연결되어 있다는 뜻이었다.
"하인츠, 저 문 너머는 도로인 거죠?"
하인츠는 말없이 고개만 저었다.
"소피아?"
대신 딸의 이름을 나지막이 불렀다. 소피아는 불안해 보이긴 해도 더 이상 격정적이진 않았다.

"아버지 말씀이 맞아요."

"…."

"이럴 적부터 아버지는 제게 의식과 무의식을 가르치셨어요."

소피아가 조심스럽게 입을 열었다.

"사람들을 만날 때마다 그가 의식적 존재인지, 무의식적 존재인지 잘 판단해야 한다고 하셨죠."

"당신도 알고 있단 말인가요?"

루크가 떨리는 목소리로 물었다.

"스무 살이 되던 해, 아버지는 꼭 알려줄 비밀이 있다며 저 책장 앞에 저를 세우셨죠."

비밀을 털어놓는 소피아의 표정은 편안해 보였다.

"그러고는 말씀하셨어요. 의식적 존재들은 이 책장 너머로 자유롭게 세상을 오갈 수 있다고요. 무의식적 존재들은 그렇게 할 수 없지만."

"말도 안 돼."

루크는 소피아가 무슨 말을 하고 있는지 알아차렸다. 그러니까 지금 그녀는 이 책장이 수십 억 개의 지구들을 연결하는 비밀통로라는 말을 하고 있었다.

"그래서 여길 지나갔다고요?"

루크가 책장 위에 손을 짚으며 물었다.

"아니요, 저는 하지 못했어요."

"왜…."

"그냥 두려웠어요."

안나의 입에서 절로 탄식하는 한숨이 나왔다. 하인츠도 아쉬운 듯 혀를 찼다.

"소피아의 말이 사실인가요?"

루크가 하인츠를 돌아보며 확인했다.

"들은 그대로야."

"이건 도무지….."

"루크, 시간이 없어요!"

유리창 너머는 어느새 기괴한 표정을 한 사람들로 가득했다. 맨 앞에 선 사람들은 작업실 안을 뚫어지라 쳐다보며 문을 거세게 두드리고 있었다.

"하인츠가 시간을 끌려는 걸 수도 있어."

루크는 혼란스러웠다. 다크홀도 비현실적이었지만, 그래도 과학적인 탐사와 근거가 있었다. 하지만 책장 뒤에 지구들을 오가는 길이 있다는 건 마법만큼이나 믿기 힘든 일이었다.

문 두드리는 소리가 더 커지더니, 유리창에 조금씩 금이 가기 시작했다.

"한 가지만 물을게요. 당신은 저 너머로 가본 적이 없다고 했죠?"

루크가 묻자 소피아는 말없이 고개를 끄덕였다.

"그럼 누군가 지나다니는 걸 본 적은 있습니까?"

소피아가 눈을 한 번 깜박였다.

"누구요? 다른 지구의 의식들?"

소피아가 이번엔 고개를 저었다.

"확실히 말해줘야 해요."

"아버지요."

소피아가 누워 있는 하인츠를 넘겨보며 대답했다.

"이런…."

루크의 머릿속에 산재되어 있던 퍼즐이 짝 맞춰지는 듯했다.

"하인츠, 당신의 주인, 아니 그러니까 당신 의식이 여기를 넘나들고 있었군요."

루크가 대답을 기다른 대신 다급하게 책장을 밀었다. 책은 한 권도 놓여 있지 않았지만, 생각보다 버거웠다. 안나까지 거들자 그제야 삐걱거리며 옆으로 밀리기 시작했다. 책장 너머로 푸른색 쪽문이 드러났다.

"둘 다 의식적 존재는 맞겠지?"

하인츠가 두 사람을 지켜보고 있었다.

"의식적 존재가 아니면?"

"무의식적 존재들은 그 문을 통과할 수 없어. 그저 끝없는 낭떠러지로 떨어질 뿐이지."

루크는 망설임 없이 쪽문까지 밀었다. 차가운 바람과 함께 깊이를 알 수 없는 검은 절벽이 드러났다.

"중력은 이 모든 걸 연결하는 매개체라네. 중력에 저항하지 않고 살아남는 자만이 그 틈을 넘을 수 있지."

"빌어먹을…."

루크가 발을 내딛으려 했지만 강한 두려움이 그를 짓눌렀다. 안나 역시 쉽사리 발을 내딛지 못했다.

"어떻게 보면 자네들이 부러워. 20년 동안 소피아를 훈련시켰는데 내 딸은 저 틈을 뛰어넘지 못했거든."

유리문을 두드리는 소리가 더욱 거세졌다. 안나가 놀라 바깥 쪽을 보았다가 다시 하인츠를 보며 물었다.

"당신의 주인, 아니 의식은 언제 여기에 왔었죠?"

하인츠가 씁쓸한 표정으로 대답했다.

"당신들이 택시에서 내리자마자…."

그러더니 서서히 자리에서 몸을 일으켰다.

"지체 없이 책장을 열고 뛰어내렸지."

"왜죠? 왜 우리를 피하는 거죠?"

"라마에서 겪었던 아픔을 기억하는 것이 아닐까?"

루크는 절망적인 기분이었다. 그의 말이 맞다면 하인츠는 계속해서 자신을 피해 다닐 것이 분명했다. 물리력과 정신력으로 상대가 되지 않는다는 걸 깨달은 이상, 유일한 목숨을 부지하기 위해 도망치고 있는 셈이었다.

"지금 여기를 뛰어내리면, 당신의 의식이 간 지구로 가는 겁니까?"

"그건 나도 모르지."

강화유리가 산산조각이 나는 소리가 들리더니, 거친 발걸음 소리들이 이어졌다.

"루크! 시간이 없어요!"

결정적인 순간 머뭇거리는 것은 안나가 아니라 오히려 루크였다.

"어서요!"

안나가 절벽 밑을 넋 놓고 보는 루크의 오른손을 꼭 쥐더니 그대로 절벽 아래로 뛰어내렸다. 그녀에게 이끌린 루크의 몸이 중력을 따라 끝없이 아래로 낙하하기 시작했다.

78
중력 (Gravity)

중력의 역설은 그것에 온전히 몸을 맡기면 그 힘을 느낄 수 없다는 데 있다. 우주 공간에서는 익숙한 무중력이었지만 지금은 그렇지 않았다.

"안나, 내 손을 잡아!"

빛도 어둠도 없는 심연을 향해 루크와 안나는 그대로 자유낙하하고 있었다. 손을 맞잡은 그녀의 얼굴은 평온해 보였다. 어딘가를 향해 떨어지고 있지만 그 끝을 알 수 없어서였을까. 안나가 이내 공중에서 몸을 돌려 루크 앞으로 움직였다.

"확실한 거겠죠?"

"뭐가요?"

불안해하는 건 여전히 루크였다. 어쩔 수 없이 절벽을 향해 뛰어내렸지만 출구가 어디인지 알 수 없어 초조했다.

"다른 지구로 가는 통로라는 게."

루크는 대답하지 못했다. 얼마나 시간이 흘렀을까. 두 사람의 머리카락이 다시 아래로 향하더니 발밑으로 느껴지는 게 있었다.

곧 피가 아래로 쏠리며 온몸에 힘이 들어가기 시작했다.

동시에 주변이 환해졌다. 짧지 않은 시간을 어둠 속에 있었지만 조금도 눈이 부시지 않았다.

서서히 불이 켜진 것처럼 두 사람 주위의 풍경들이 나타나기 시작했다. 낯선 거리, 길거리를 오가는 사람들. 함박눈이 내리는 하늘 아래, 두 사람은 마치 연인처럼 손을 맞잡고 있었다.

"가요."

어색했는지 안나가 먼저 손을 뗐다. 하지만 그보다 더 어색한 건 두 사람의 옷차림이었다. 여름의 플로리다에서 도망쳐오느라 아직도 청바지에 흰 티셔츠 차림이었다.

이따금 사람들이 둘을 지나쳐 갔지만, 그다지 신경 쓰는 것 같지는 않았다.

"여긴 어디죠?"

안나가 루크에게 바짝 붙었다. 단지 추위를 느껴서만은 아니었다.

"이러다 얼어 죽겠어요. 일단."

루크는 사거리 모서리에 옷들이 진열된 상점 안으로 들어갔다. 그때까지만 해도 루크는 자신들이 어느 시대로 왔는지 알아차리지 못했다.

"해피 밀레니엄!"

머리에 루돌프 띠를 두른 중년 여자가 밝은 표정으로 두 사람을 맞이했다.

"할로윈도 지났는데 옷차림들이 아주 인상적이네요."

텅 빈 가게 안의 점원은 활달하고 적극적이었다.
루크는 곧장 진열대로 다가가 외투들을 훑기 시작했다.

미국 정부는 밀레니엄 버그에 대비하기 위해 관내 140만 대의 컴퓨터를 전수 조사하고….

라디오에서는 저녁 뉴스가 흘러나오고 있었다. 생소한 단어들이라 안나는 그게 무엇을 의미하는지 알지 못했다. 어느새 루크는 옷을 골라와 카운터에 올렸다.
"이렇게 두 벌 주세요. 가만 보자…."
루크는 일부러 태연하게 연기를 하며 주머니를 뒤졌다.
"현금을 안 가지고 왔네. 홍채 결제로 합시다."
"네?"
점원은 알아듣지 못한 듯했다.
"홍채 결제는 안 되나 보군. 다른 방식은 없나요? 음성이라든가 얼굴 인식이라든가."

아직 밀레니엄이 일주일이나 남았지만, 뉴욕 타임스퀘어 광장에는 끊임없는 인파들이 몰려들고 있습니다. 안전사고를 우려한 뉴욕 경찰은 관람객들의 동선을 분리하고….

그제야 라디오 소리에 귀를 기울이며 루크는 조심스레 가게 안을 둘러보았다. 오래된 카드 회사의 딱지들, 백열전구의 따스한 조명. 어릴 적 들어본 것 같은 오래된 팝송들. 루크는 조금씩 현실로 들어오고 있었다.

"오늘이 며칠이죠?"

루크가 정색하며 물었다. 점원은 한 손에 오래된, 아니, 최신 무선 전화기를 들고 있었다. 이미 두 사람을 경계하는 듯보여서 여차하면 신고라도 할 기세였다.

"오늘은⋯."

점원이 벽에 걸린 달력을 가리켰다.

1999년 12월 24일

달력의 숫자를 확인하자 루크는 허탈한 듯 눈을 감았다.

"아, 죄송해요. 여기⋯."

안나가 청바지 주머니를 뒤지자 다행히 꼬깃꼬깃한 100달러짜리 지폐가 몇 장 나왔다.

"여기요, 이거면 되죠?"

안나가 가격표를 슬쩍 본 다음 그중 한 장을 건넸다. 점원이 덥석 지폐를 받더니 유심히 살폈다.

"손님, 이거⋯."

질감이나 만듦새는 분명 진짜 지폐였지만, 흔히 보던 디자인은 아니었다. 점원이 포스기를 열어 100달러 지폐 한 장을 꺼냈다. 그러더니 두 장을 나란히 놓고 비교했다. 손님에게 받은 지폐가 훨씬 더 세련되고 멋들어졌지만, 분명 처음 보는 디자인이었다.

"미안한데 그거 들고 그냥 가게에서 나가주시면 안 될까요?"

점원은 이상한 손님에서 위험한 손님으로 둘을 여기는 듯했다.

"왜요? 돈이 모자란가요?"

안나가 다시금 주머니를 뒤졌다.

"디자인이 달라요. 여기는 통용이 안 되는 지폐예요."

뭔가를 눈치챈 루크가 나섰다. 안나는 아직 시간이 변했다는 걸 인지하지 못하고 있었다.

"내가 누군지 알겠어요?"

루크가 점원 앞에 슬며시 얼굴을 들이밀었다. 점원은 루크를 전혀 알아보지 못하는 눈치였다.

"루크 쇼. 나사 우주인, 60년 만에 다시 달에 간 미국인."

소용이 없다는 걸 알면서도 루크는 재차 확인해보려 했다.

"달이라면 나는 닐 암스트롱밖에 몰라요."

***

루크는 안나에게 외투를 입히고는 팔목을 잡고 가게를 나왔다. 다시 길거리로 나와보니 눈발이 더 거세졌다. 이제는 수 미터 앞도 제대로 보기 힘들 정도였다.

"안나, 잘 들어요."

루크가 외투 깃을 여미며 반대편 도로로 횡단했다.

"지금은 1999년이에요. 당신이 태어나기도 훨씬 전. 인터넷도 막 보급되기 시작할 때고, 모두들 2000년이 되면 컴퓨터가 다운될 것이라는 공포감에 사로잡혀 있을 때죠."

"무슨 말인지 모르겠어요."

"밀레니엄버그. 1970년대에 개발된 컴퓨터들은 날짜를 두 자리

숫자로만 인식했어요. 그러니까 99년은 1999년, 00은 1900년 이런 식이죠."

"왜죠?"

"그 당시에는 2바이트의 기억용량도 소중했으니까요. 아무튼, 그래서 2000년이 되면 컴퓨터들의 날짜 로직이 1900년으로 바뀌면서 걷잡을 없는 오류를 발생시킨다는 게 밀레니엄 버그예요. 그러니까 1999년에서 갑자기 1900년이 되어버리는 거죠. 우리처럼."

"놀라운 이야기군요."

"그래서 다들 새천년이 오는 것에 들떠 있으면서도, 한편으로는 세상이 망하지는 않을까 두려워하는 거죠."

"비이성적이에요. 예상한 문제니까 충분히 대비를…."

"우리도 원한 건 아니지만 40년 전으로 돌아왔어요."

"아직 단정하기는 이르잖아요. 그 통로가 시간을 이동한다는 말은 없었어요."

"하인츠에게 충분한 설명을 들을 시간도 없었죠."

좁은 골목길을 지나 코너를 돌자 비로소 루크가 예상했던 광경이 나타났다. 커다란 전구들로 테두리를 두른 전자제품 회사 광고판. 밀레니엄 행사를 준비하기 위해 곳곳에 설치된 바리케이드. 이곳의 상징 옐로우캡 택시까지.

"여기가 그 유명한 타임스퀘어."

루크는 자신들이 1999년의 뉴욕으로 되돌아왔음을 알리는, 타임스퀘어의 전광판을 가리켰다.

79
전화 (Phone Call)

 겨울 뉴욕의 저녁은 일찍 찾아왔다. 두 사람이 시간을 확인할 수 있는 것은 타임스퀘어의 전광판이 유일했다.
 "어디 머물 곳을 먼저 정해야겠어요."
 급하게 걸친 싸구려 외투는 추위를 막아주지 못했다. 루크는 이대로 더 버틸 수 없다는 걸 알았다.
 "여기만 한 번 더."
 몇 시간째 길거리을 헤매며 두 사람이 찾는 건 ATM이었다. 1999년 뉴욕에는 아직 ATM이 흔치 않았다. 게다가 이곳의 ATM은 카드와 비밀번호 없이는 접근할 수조차 없었다. 그럼에도 루크가 미련을 버리지 않은 것은 자신의 오랜 계좌번호와 비밀번호를 기억하고 있기 때문이었다.

 카드가 없으신 경우 계좌번호를 입력하세요.

벌써 몇 번째인지 몰랐다. 루크는 한 때 수십억 달러가 들어 있던 그 계좌를 입력했다.

존재하지 않는 계좌입니다. 은행 창구를 방문하세요.

하지만 응답은 동일했다. 다른 은행, 다른 계좌를 모두 시도해봤지만 맞는 것은 없었다.
"난감하군. 이래서는 뉴욕에서 하룻밤도 버틸 수 없어요."
관공서에 도움을 요청할 수도 있었지만 그러다가는 신분이 고스란히 노출될 수 있었다. 사회보장번호가 남아 있는 자신과 달리 안나는 아무 흔적도 없는 '밀입국자'나 다름없었다.
"둘 중 하나예요. 다시 구둣방을 찾아 통로를 통과하든지, 아니면 로켓을 타든지. 어느 게 더 낫겠어요?"
"무슨 말이에요?"
"무작정 로켓을 타는 건 한 번 해봤어요. 그때는 루크 쇼라는 얼굴 덕을 봤지만…."
루크는 이곳에서 자신의 흔적을 찾지 못할 터였다. 그도 그럴 것이, 1999년도에 자신은 고작 10살 먹은 어린애였을 뿐이었다.
"로켓을 타고 다크홀로 도망갈 수 없다면 방법은 하나뿐이에요."
마침 눈이 소복이 쌓인 공중전화 부스가 눈에 띄었다.
"일단 저기로 들어갑시다."
루크가 안나의 손목을 잡고 전화 부스로 이끌었다. 이전 사람이 잔액을 남겨놓았는지, 수화기가 본체 위에 올라 있었다.
"좀 낫군요."

두 사람이 들어가기에 비좁은 공간이었지만, 문을 닫자 찬바람이 잦아들었다.

"하인츠는 왜 이리로 온 걸까요?"

안나의 입에서 입김이 새어 나오고 있었다.

"나도 그게 의문이에요."

하인츠에 의하면 의식들은 이 중력 통로를 통해 지구를 오간다고 했다. 탑승자가 그 목적지를 정할 수 없는 시스템이라면 분명 다른 메커니즘이 있을 터였다.

"떨어지면서 다른 걸 본 건 없나요?"

"네, 완전한 어둠이었어요."

"도중에 우리가 선택할 수 있는 길도 없었고요."

"맞아요."

루크가 안나와 함께 낙하하던 순간을 떠올렸다.

"혹시⋯."

"말해봐요."

"바로 전에 연결된 곳으로 가는 게 아닐까요?"

안나의 말에 루크는 충격 먹은 듯 움찔했다.

"더 말해봐요."

"과학적인 추론은 아니지만⋯."

안나가 비좁은 공간에서 몸을 틀며 말했다.

"통로라는 건 A와 B 세계를 연결하는 거잖아요. 하인츠는 분명 그 통로가 지구들을 연결한다고 했어요. 단일 세계가 아니라."

"무슨 의미죠?"

"그러니까 우리가 지나온 통로는 고정된 터널이 아니라, 시점과 종점이 변화한다는 거죠. 시점과 종점이 무작위라면 어쩔 수 없겠지만, 그렇게 해서는 진짜 하인츠가 자유롭게 오가지 못 했을 거예요. 80억 곱하기 80억은….”

"계속해요.”

"그러니까 이 통로는 유동적이면서 어느 정도 고정되어 있다는 거죠.”

"더 구체적이어야 해요. 근거가 있나요?”

"아니요, 그렇지는 않지만….”

안나의 추리가 거기서 멈추자 루크는 한숨을 내쉬었다.

"하인츠, 그러니까 가짜 하인츠가 그랬어요. 우리가 도착하자마자 진짜가 달아났다고. 그러니까 우리가 지나온 통로는 일정 시간 동안 이곳과 그곳을 연결하고 있는 게 아닐까요?”

"이곳과 그곳이라면….”

"구둣방의 책장이 있던 세계와 1999년의 뉴욕.”

"그러니까….”

"어떻게 하는지는 모르겠지만, 하인츠는 우리로부터 멀리 도망치고 싶었겠죠. 시간과 장소 모두 뒤바꾸면서까지.”

"자신의 무의식이 순순히 자백할 거라고는 생각 못 했겠지.”

"네, 그런 것도 있고, 혹여나 따라오더라도 우리의 손발을 묶어버릴 수 있잖아요. 지금처럼.”

"일리가 있군요.”

"그러니까 우리는 지금 진짜 하인츠와 같은 시간, 공간에 있는 거죠.”

안나는 자신의 추리가 만족스러운지 뿌듯하다는 표정이었다.

"좋아요. 모든 사건에는 의미가 있으니까."

그때 전화기 옆에 놓인 두꺼운 종이책이 루크의 시선을 끌었다. 낯설지만 익숙한 그것을, 루크가 천천히 펼치기 시작했다. 뉴욕시의 모든 연락처가 담긴 전화번호부였다.

"이게 뭐죠?"

종이책이라고는 그림으로밖에 본 적이 없는 안나가 고개를 갸웃했다.

"과거 사람들은 자신의 연락처를 모두 이렇게 공개해놨어요."

루크가 페이지를 빠르게 넘기기 시작했다. 앞부분의 상호 섹션을 지나자 뉴욕에 거주하는 개개인들의 이름과 연락처가 빼곡하게 드러났다. 빠르게 알파벳 'H'로 시작하는 부분을 찾기 시작했다.

"그러니까 여기에 사람들의 휴대전화 번호가 있다는 말인가요?"

"아니요, 아직 휴대전화가 널리 보급되기 전이에요."

"휴대전화 대신 집 전화번호가 적혀 있어요. 이렇게 이름을 찾으면…."

'Heinz'라는 이름을 찾았지만, 비슷한 이름만 수 페이지에 달했다.

"하인츠의 성이 뭐였죠? 아, 하인츠 코헨. 맞아요, 하인츠 코헨."

루크가 손가락으로 작은 글씨들을 훑어 내려갔다.

"여기 있다! 하인츠 코헨!"

그리고 'Heinz Cohen'이라는 이름의 주소 다섯 개가 나란히 나타났다.

루크는 수화기의 숫자를 확인했다.

"이런, 두 통화밖에 못 하겠군."

공중전화기 본체 위로 40센트의 잔액을 알리는 붉은 LED가 깜박이고 있었다.

"의미가 있을까요? 하인츠가 전화를 받는다 해도…."

"의미가 있죠."

루크는 단호했다.

"우리가 온 것을 알려야 해요."

"그럼 또 도망갈 거잖아요. 차라리 이 주소들을 찾아 미행하는 게…."

"아니요, 하인츠는 이 세계의 주인이 아닐 거예요. 누구보다 이 생태계를 잘 아는 놈은 어떻게든 드러나지 않고 숨어 있을 겁니다. 남의 지구에서 나대다가는 호되게 당한다는 걸 알고 있을 테니."

"그래서요?"

"우리가 가만히 있으면 몸을 숨긴 채 자신을 드러내지 않을 거예요. 어떻게든 그의 마음을 휘저어야…."

잠시 망설이던 루크는 첫 번째 리스트에 있는 전화번호를 확인한 다음 다이얼을 돌리기 시작했다.

다이얼을 하나 돌릴 때마다 아날로그 태엽 소리가 사각사각 들려왔다. 일곱 자리의 숫자를 모두 입력하고 나자, 익숙한 전자음이 들려왔다.

"우리가 자신과 같은 공간에 있다는 걸 알려야 해요. 다시 뛰쳐나오도록."

수화기를 든 루크의 눈빛이 이글거리는 듯했다.

"네, 하인츠입니다."

몇 초 지나지 않아 수화기 너머로 상대의 목소리가 들려왔다.

80
전화 II (Phone Call II)

중년 남자의 진중한 목소리였다.
"뭐라고 해야 하지?"
루크가 수화기를 손으로 가린 채 안나에게 물었다. 안나는 양손을 들어 모르겠다며 난색을 했다.
"말씀하세요."
전화를 받지 않을 거라 생각했다. 그러니까 전화번호부에 이름과 번호가 있지만 연결이 되지 않을 거라 예상했다.
"혹시 하인츠 코헨 씨 댁인가요?"
"네, 맞습니다. 무슨 일이죠?"
"늦은 시간에 죄송합니다. 제가 꼭 만나야 하는 사람이 있어서요."
"저를 아시나요?"
"아니요."

"…."

어색한 대화에 한동안 침묵이 흘렀다. 상대가 신사적이지 않았다면 진즉에 통화는 끊겼을 터였다.

"혹시 어떤 일을 하시는지 알 수 있을까요?"

장난 전화로 생각하고 끊을 수도 있었을 텐데, 상대는 헛웃음으로 대화를 이어나가고 있었다.

"경찰입니다."

루크는 순간 당황했다.

"오늘은 비번이어서 집에 있고요. 장난 전화인가요?"

"아, 아닙니다. 한 가지만 더…."

"말씀하세요."

"혹시 최근에 구둣방을 통해 여행을 다녀오신 적이…."

루크의 황당한 질문에 안나가 그만 인상을 찌푸렸다. 위기 상황에 대응하는 데는 능숙했지만, 대화를 이끌어나가는 능력은 부족한 게 분명했다.

"구둣방이요?"

"네, 맞습니다. 분홍색 간판이 있는…."

"이봐요. 목소리를 듣자 하니 어린 친구는 아닌 것 같은데, 장난으로 밤늦게 가정집에 연락하는 거 범죄가 될 수 있어."

루크는 서둘러 통화를 종료했다. 자세한 건 확인하지 못했지만 자신이 찾는 하인츠가 아닌 게 분명했다. 목소리와 말투 그리고 억양까지.

루크는 손가락으로 전화번호부를 다시 훑었다.

"이런 식으로 진짜 하인츠를 찾는 건가요?"

과학적이고 체계적인 심문까지 기대한 건 아니었지만 안나는 조금 당황스러웠다.

"어쩔 수 없어요. 화상 전화가 없는 시대니까."

"줘보세요, 전화번호부. 저한테 주세요."

답답한 나머지 안나가 전화번호부를 뺏어 들었다.

"뉴욕에는 총 다섯 명의 하인츠 코헨이 살고 있어요. 우리는 고작 한 통화만 더 할 수 있고요."

공중전화기의 요금표시기가 20센트를 가리키고 있었다.

"동전은 구해올 수 있어요."

"하지만 이런 식이라면 곤란해요. 나머지도 다 헛발질을 하고 말 테니까."

"뭐 뾰족한 방법이라도 있나요?"

"찾아봐야죠."

안나가 전화번호 리스트를 확인하더니 맨 마지막에 있는 번호로 전화를 걸었다. 다이얼을 하나씩 돌릴 때마다 그녀의 손놀림이 더 빨라지고 있었다. 마지막 숫자를 돌리고 나서 안나는 수화기를 든 채 루크를 물끄러미 쳐다보았다.

"여보세요."

곧이어 상대의 목소리가 들려왔다.

"아빠, 저 소피아예요."

안나의 말투는 자연스러웠다. 심상은 이름에서부터 시작된다. 얼굴과 몸짓을 볼 수 없는 아날로그 공간에서 상대의 존재는 첫인상에서 비롯되는 법이다.

상대는 한동안 대답이 없었다.

"문제가 좀 생겼어요."

안나가 침착하게 다음 대화를 이어갔다.

"잠깐만!"

예상대로 상대는 다급하게 굴었다.

"무슨 문제? 지금 어떤 전화로 연락한 거지?"

의미심장한 말에 안나가 루크와 눈을 마주쳤다. 루크가 말없이 고개를 한 번 끄덕였다.

"타임스퀘어 동쪽 13번가요. 공중전화에요."

"거기는 위험해."

연이어 들려온 말에 루크와 안나 모두 몸을 움찔했다.

"그럼 지금 계신 곳으로 갈게요."

"안 돼!"

단호한 말투였다.

"여기는 노출되면 안 되니까 내가 그리로 갈게."

수화기 너머로 옷을 챙기는 듯 부스럭거리는 소리가 났다.

이어 상대가 먼저 전화를 끊었다. 통화를 마친 루크와 안나 모두 긴장된 얼굴이었다.

"어떻게 해야 하죠?"

"어떻게 한 거죠?"

두 사람 모두 어리둥절하기만 했다. 소피아를 연기해서 하인츠의 반응을 이끌어낸 건 기발한 생각이었지만 그게 잘 먹힐 줄은 몰랐다.

"하인츠가 맞는 거죠?"

안나가 되물었다.

"그럴 테죠. 소피아라는 말에 당황하지 않았으니까."
"일단 피해 있죠."
루크가 전화 부스의 문을 활짝 열었다.
"어디로 가는 거죠? 이리로 온다고 했어요."
"알아요. 일단 가까운 데서 지켜봅시다."
전화 부스와 그리 멀지 않은 곳에서 24시간 간판이 달린 도넛 가게를 발견했다.
"자연스럽게 행동해요. 미래에서 온 사람처럼 굴지 말고."
가게 입구 앞에서 루크가 안나의 옷깃을 여며주며 말했다.

***

벌써 통화를 마친 지 30분이 지났지만 전화 부스에는 아무도 얼씬거리지 않았다. 금방이라도 달려올 것처럼 다급하게 전화를 끊던 상대방은 조심성이 많은 게 분명했다.
"어떡하죠?"
"안 오면 찾아가든지, 나머지 세 명을 노려봐야죠."
"그러기에는 너무 명확했어요."
"네, 나도 그렇게 생각해요."
루크는 창밖에서 거의 눈을 떼지 않았다.
"만나게 되면 뭐라고 할 건가요? 진짜 하인츠가 맞다면, 그 다음 계획이 있나 해서요."
안나가 팔꿈치로 루크를 툭 쳤다.
"우리는 한 가지만 얻으면 돼요. 다시 원래대로 돌아가려면 어떻게 해야 하는지."

"그곳으로 다시 돌아간다고요?"

"엠마의 소재를 파악하는 대로 다시 라마로 돌아갈 겁니다. 어디 있는지만 알고 만나러 갈 수 없다면 그것만큼 불행한 것도 없겠죠."

루크가 셔츠 안으로 손을 집어넣더니 무언가를 조심스럽게 꺼냈다. 목걸이에 연결된 작은 펜던트를 열자 그 안엔 엠마가 활짝 웃고 있는 사진이 나왔다. 안나는 엠마의 얼굴을 처음 보았다. 어린 시절의 모습은 더더욱.

"원래의 지구에서는 몇 살이 되었을지 헷갈리는군요. 2030년과 1999년. 시간을 오고 가는 건 달갑지 않아요."

"그렇지만 영화에서 나오는 시간여행은 아니니까 걱정하지 말아요."

"무슨 의미죠?"

루크의 얼굴이 진지해졌다.

"우리가 미래와 과거를 오고 가는 게 아니라고요. 이전에도 말했듯이, 80억 개의 지구들은 조금씩 시간대가 달라요. 그저 각자의 날들을 보내고 있을 뿐이죠."

"묘하게 들리는군요."

그때 키가 큰 남자가 전화 부스 옆으로 어슬렁거리며 다가왔다. 그를 발견하고 루크가 일어서려 했지만, 안나가 외투를 잡아끌었다.

"아직요, 조금만 더."

81
약 (Drug)

 공중전화 부스는 텅 비어 있었지만 사내는 어쩐지 그 주위를 계속 맴돌았다. 루크와 안나는 가게 안에서 그의 행동을 유심히 지켜보고 있었다.
 "뭘 찾는 거죠?"
 "글쎄요, 적어도 우리는 아닌 것 같은데."
 사내는 부스 주위를 서너 번 꼼꼼히 확인하더니 두어 걸음 물러났다.
 "키가 190센티미터가 넘어 보여요."
 두터운 외투를 입은 탓에 확실하지는 않았지만 체격이 하인츠와 비슷했다.
 "어떡하죠? 저러다 돌아가기라도 하면."
 "그걸 기다리는 거예요."
 루크가 사내에게서 시선을 떼지 않고 말했다.

"만약 하인츠가 아니라면요?"

루크는 쉽게 대답하지 못했다. 그에겐 하인츠에게서 느껴지던 위압감이 없었다. 물론 그동안 만난 하인츠들은 모두 가짜였거나 죽음을 앞두고 있었지만.

"일단 조금만 더 지켜봅시다."

루크의 말이 끝나자마자 사내는 몸을 휙 돌렸다. 그러고는 두 사람이 있는 가게로 걸어오기 시작했다. 마치 둘의 대화를 듣기라도 했다는 듯 걸음이 거침이 없었다.

"어떡하죠? 피할까요?"

대응책을 세우기도 전에 사내는 이미 도넛 가게 문을 열었다. 눈에 띄게 큰 체구라 가게 안의 시선이 일제히 그에게 쏠렸다.

"차가운 커피 한 잔."

무뚝뚝한 말투로 주문하는 그의 옆에서 안나와 루크는 얼어붙은 듯 앉아 있었다.

"차가운 거 맞으세요? 날씨가 엄청 추운데."

점원이 주문을 재차 확인하자 사내는 고개만 끄덕였다.

아이스 커피를 건네받은 남자가 두 사람 옆으로 다가왔다.

망할, 루크가 속으로 외쳤다. 빈 옆자리로 오려는 게 분명했다. 안나는 창으로 고개를 돌리곤 그를 외면했다.

"좀 앉읍시다."

두툼한 털모자를 쓴 사내가 루크 옆에 털썩 앉았다. 날카로운 콧날, 주름진 미간. 그리고 무언가에 찌든 냄새. 흘깃 본 얼굴은 하인츠와 거의 닮지 않았다.

"누굴 기다리시나 봐요."

루크가 먼저 말을 붙였다. 예상치 못한 대응이라 안나는 가슴이 철렁했다. 하지만 상대는 대답이 없었다. 방금 받은 아이스 커피를 벌써 원샷 해버린 뒤였다.

"누구 기다리세요?"

루크는 과감하게 다시 말을 붙였다. 이미 그의 마음속에는 이자가 하인츠가 아니라는 확신이 들었다. 30년의 세월을 건너뛰었다 하더라도 얼굴 윤곽까지 변할 수는 없었다.

"뭐요? 나요?"

계속 물으니 사내는 노골적으로 불쾌한 표정을 지었다.

눈을 마주치자 루크의 확신은 더욱 굳어졌다. 하인츠가 아니라는. 안나도 마찬가지였다. 곁눈질로 상대의 외모를 보곤 그녀 역시 번지수를 잘못 찾았다는 생각이 들었다.

"우리 이제 가요."

안나가 루크의 팔짱을 끼며 일어섰지만 루크는 일어설 생각이 없었다.

"뭘 찾는 거 같아서."

"당신이 뭔 상관인데."

사내의 목소리가 높아지자 일순 가게 안이 고요해졌다.

"상관은 없지만…."

루크가 무리해 상대를 떠본 건 목소리를 듣기 위해서였다. 억양, 말투 그리고 특유의 사투리까지 이자는 결코 하인츠가 될 수 없었다. 확인을 마친 루크는 그제야 자리에서 일어섰다.

"잠깐."

안나에게 이끌려 가게 문을 열고 나가려는데 사내의 목소리가 뒤통수를 때렸다.

"너희들 뭐야!"

사내는 과장되게 껄렁거리며 둘에게 다가왔다.

"네 놈이 뭔데 나한테 말을 걸어."

목소리는 크지 않았지만 위압적이고 묵직했다.

"죄송합니다. 다른 사람과 착각했나 봐요."

루크는 이런 상황이 낯설지 않았다. 남의 지구에 침입한 의식적 존재는 마치 다른 몸에 침투한 세균과도 같았다. 몸을 숨기고 가만히 있더라도 언젠가는 백혈구들에 의해 공격받을 수밖에 없는.

"착각? 이게 지금 누굴 놀리나?"

"소피아, 제 이름은 소피아예요."

사내가 루크의 멱살을 잡으려는 순간 안나가 기지를 발휘했다. '소피아'라는 이름을 듣자마자 사내의 표정이 달라졌다.

"나가서 얘기해요. 여기는 좀."

그렇게 가게 밖으로 나서자마자 안나는 도망이라도 칠 듯이 루크의 팔짱을 꼈다. 소피아라는 존재를 드러내기는 했지만 막상 대책이 있는 건 아니었다.

"이 봐, 너희들!"

욕이라도 할 줄 알았는데, 사내는 친구라도 만난듯이 친근하게 불렀다.

"너 나랑 통화한 사람 맞지?"

사내가 루크를 옆으로 밀어내더니 안나 앞에 우뚝 섰다.

"네, 맞아요. 그런데 착각한 것 같아요. 우리가 찾던 분이 아니네요."

"뭐?"

"하인츠 코헨 씨를 찾는 것은 맞아요. 뉴욕에서 오래전에 헤어졌거든요."

사내가 고개를 갸웃하며 얼굴을 잔뜩 찌푸렸다.

"아버지를 찾고 있었어요. 죄송하지만, 당신은 우리 아버지가 아닌 것 같아요."

안나는 솔직하게 말해야겠다고 생각했다. 물론 이것조차 거짓이었지만.

"어디서 거짓말이야!"

사내는 자신을 속였다고 생각했는지 갑자기 씩씩대며 숨을 고르더니 기다란 외투를 벗어 던졌다. 그 바람에 외투 안에서 비닐봉지에 쌓인 물건이 바닥으로 떨어졌다.

루크는 눈을 한 번 질끈 감았다 떴다. 문제를 일으키고 싶지 않았다. 한 번 무의식들에게 노출되고 나면 이 지구에서의 생활은 분명 엉망이 되고 말 터였다.

사내가 주먹을 불끈 쥐고 다가왔다. 금방이라도 휘두를 것처럼 동작이 컸다.

"약쟁이였군."

루크는 바닥에 떨어진 비닐 덩어리를 흘깃 보며 말했다.

사내의 흰자위는 붉게 충혈되어 있었다. 그가 기다란 팔을 휘둘렀다. 루크는 어렵지 않게 주먹을 피했다.

사내가 몸을 휘청이며 다시 자세를 잡았다.

루크는 이제 잘 알고 있었다. 애당초 의식과 무의식은 싸움이 되지 않는다는 것을. 눈에 보이는 건 허상일 뿐이었다. 상대의 덩치에 주눅 들지만 않으면 되는 것이다.

 사내는 주먹질이 먹히지 않자 주머니에서 등산용 칼을 꺼내 들었다. 그가 재는 동작도 없이 칼을 쭉 뺐다.

 루크는 그의 오른 손목을 툭 친 다음 왼발로 무게 중심을 흔들었다. 장신의 거구가 휘청이는 틈을 타 발을 걸자 힘없이 바닥에 고꾸라졌다. 바로 악, 하는 비명이 터져나왔다.

 싸움이 벌어진 걸 보고 웅성거리는 소리들이 들렸다. 어느새 사람들이 몰려들고 있었다.

 쓰러진 사내는 다시 일어나지 못했다. 루크가 그의 옆으로 다가갔다. 사내가 휘둘렀던 등산용 칼이 자신의 목을 관통했다.

 "곤란하게 됐군."

 하지만 피는 나오지 않았다. 추위에 혈관이 수축되어 그런 거라고 둘러댈 수도 있지만 루크는 이제 그 의미를 알았다.

 "여기 사람 죽었나 봐요!"

 "저 사람! 저 사람들이 범인이야!"

 뉴욕의 밤이 음산하고도 살벌했다. 사람들, 아니 무의식들의 시선은 이제 두 '이방인'들에게로 향했다.

 "얼른 여기를 떠야 해요!"

 루크가 안나를 낚아채듯 잡고는 반대 방향으로 뛰었다.

 "어디로요?"

 골목으로 들어갔다가 다시 대로변으로 뛰쳐나왔다. 루크는 안나를 잠깐 길옆에 세워두고 무언가를 찾는 듯 두리번거렸다. 아, 하며 사람들이 모여 있는 전화 부스 근처로 홀로 달려갔다. 잠시 후 손에 무언가를 든 채 다시 돌아왔다.

"가요, 얼른!"

둘은 다시 어두운 골목 안으로 뛰어들었다.

"어디로 가는데요? 아직 구둣방이 어디인지도 모르잖아요!"

"아직 세 명 남았잖아요. 직접 찾아가 봅시다."

루크가 손에 든 전화번호부를 흔들어 보였다. 한 손에 쥐기에도 벅찰 만큼 두터운 크기였다.

82
노바디 (Nobody)

 루크는 한 손에는 찢어낸 전화번호부 종이를, 다른 손엔 안나를 꼭 쥐고 센트럴파크 북쪽으로 향했다.
 한 번도 와본 적 없었지만 안나는 이런 골목이 안전하지 않다는 걸 본능적으로 알았다. 루크는 괜찮을 거라며 그녀를 다독였다.
 루크도 내키지 않기는 마찬가지였다. 밀레니엄의 열기 같은 건 찾아볼 수 없는 어둑한 골목에 사람의 것인지 동물의 것인지 분간하기 힘든 오물들이 널려 있었다.
 하수구에서 올라오는 역겨운 냄새를 뚫고 루크는 다시 전화번호부를 훑었다.
 "여기쯤이 맞는데…."
 차들이 드문드문 서 있는 골목 너머로 '23'이라는 푯말이 보였다.
 "저기, 저 집이에요."
 루크는 담뱃갑처럼 길쭉한 3층짜리 집을 가리켰다. 길바닥에는 마약을 흡입한 것 같은 사람들이 좀비처럼 기어다녔다. 안나는 그들을 피해 조심스럽게 발걸음을 내디뎠다.

"괜찮아요. 저들만의 세계에 빠져 있으니까."

루크도 마약 중독자들을 직접 마주하는 것은 처음이었다. 그러나 몇 번, 아니 수십 번의 죽음과 삶, 꿈과 생환을 통해 루크는 두려움이 무엇인지 확실히 알게 되었다. 불확실성. 두려움은 그저 불확실한 것에 대한 신체와 마음의 과도한 반응일 뿐이었다. 눈앞의 상대가 모두 '무의식'일 뿐이라는 확신이 있는 지금, 사람도 환경도 그리고 이 지구마저도 루크에게는 두려움의 대상이 될 수 없었다.

23이라는 숫자가 적힌 문 앞에 서자 안에서 시끄러운 음악 소리가 새어 나왔다. 브리트니 스피어스의 최신 노래처럼 들리는 멜로디가 100여 미터 전부터 이 골목 전체를 울리고 있었다. 지금 그 소음의 근원을 마주한 것이다.

루크가 주먹을 쥐고 거세게 문을 두드렸다.

"하인츠 코헨!"

아무리 두드려도 음악 소리에 노크 소리가 먹혀 들리지 않을 것 같았다. 안나는 그냥 가자고 했지만, 하인츠의 얼굴은 확인해야 했다.

루크는 문 손잡이를 비틀었다. 그러자 삐걱거리는 진동과 함께 문이 열렸다. 귀를 찢는 음악 소리가 쏟아져나왔다.

"하인츠 코헨!"

어지럽게 널브러진 전선들과 거실에 널린 스피커들은 마치 폭동이 일어난 클럽을 연상케 했다. 바닥에는 이미 몇 번은 재사용한 것 같은 주사기들이 여기저기 뒹굴고 있었다.

"루크!"

안나가 고개를 저으며 그의 팔을 세게 끌어당겼다. 그제야 루크가 몸을 휘청이며 고개를 돌렸다.

"왜요?"

"돌아가요!"

안나가 입을 오므리며 작게 말했다.

"얼굴은 봐야 한다니까!"

루크는 안나의 손을 강제로 놓고는 안쪽 방을 향해 성큼 걸어갔다.

"하인츠 코헨!"

자칫하면 총이나 칼이 튀어나올 수도 있는 상황이었지만, 루크의 행보에는 거침이 없었다. 그리고 반쯤 열린 문을 발로 찼을 때, 침대 위에는 거구의 사내가 선글라스를 낀 채 잠을 자듯 누워 있었다.

"하인츠!"

온 집 안이 떠나갈 듯 음량을 키워놓곤 정작 사내는 머리만큼이나 큰 헤드폰을 끼고 있었다.

마스크와 선글라스로 얼굴을 가린 탓에 얼굴을 정확하게 확인할 수 없었다. 바닥에 떨어진 주사기와 약물 봉지들을 보니 이미 잔뜩 약에 취한 상태로 보였다.

"루크, 그냥 가요."

음악 소리를 줄인 건 안나였다. 테이블 위에 놓인 앰프의 볼륨 다이얼을 내렸지만 두 사람의 귀에는 여전히 멜로디 환청이 들리고 있었다.

루크가 보기에 이자는 정상이 아니었다. 소피아의 지구에서부터 자신들을 따돌리고 도망친 하인츠라고 보기에 상태가 너무 안 좋았다. 늘 깨어 있어야 할 의식적 존재가 마약 따위에 취해 있다니. 세 번째로 만난 '하인츠 코헨' 역시 자신들이 찾는 사람이 아닌 게 명백했다.

루크는 얼굴만 확인하고 가려고 사내 옆으로 좀 더 가까이 다가갔다. 그때 잠들어 있는 줄 알았던 사내가 헤드폰을 조심스럽게 벗으며 자리에서 일어났다.

"뭐야, 누가 내 음악을 껐어?"

사내는 선글라스를 벗지 않은 채 두리번거렸다. 마치 두 사람이 눈에 보이지 않는다는 듯이.

"하인츠 코헨?"

루크가 개의치 않고 먼저 말을 걸었다.

선글라스 때문인지, 아니면 원래 눈이 보이지 않는 것인지는 명확하지 않았다. 사내는 바로 옆에서 들리는 소리조차 어디서 나는 건지 모르는 듯했다.

"누구야? 토마스?"

사내가 쿵쿵거리며 루크의 냄새를 맡으려 했다.

"당신 이름이 뭐야?"

루크는 문득 벽시계를 바라보았다. 자정이 지나 있었다.

"누군데 남의 집에 들어와 무례하게 구는 거지?"

사내가 자리에서 천천히 몸을 일으켰다. 핏줄이 불끈 튀어나온 팔뚝. 건장하지만 건강해보이지 않는 근육들. 아직 눈을 확인하진 못했지만, 수십 년의 세월을 감안하더라도 하인츠의 젊은 시절로 보기에는 무리였다.

조바심이 난 루크는 사내의 선글라스를 직접 벗겨버렸다. 눈이 부신 건지 아니면 자신의 치부가 드러나서인지, 사내는 허공으로 손을 뻗으며 어쩔 줄을 몰라 했다.
"루크, 이 사람은 아니라니까요."
안나가 서둘러 선글라스를 주워 사내에게 건넸다. 그의 눈은 오랜 백내장을 앓은 듯 뿌옇게 변해 있었다.
"맞아, 내가 하인츠야. 왜 그러는 거지? 음악을 좀 크게 틀었다고 이러는 거야?"
사물은 구별할 수 없었지만 빛과 어둠은 분간했다. 갑작스럽게 찾아든 강렬한 불빛은 귀를 찢는 소리보다 그를 더 당황케 했다.
"아닌 게 확실해."
사내의 민낯을 확인하고 나서야 루크의 표정이 조금은 풀리는 듯했다.
"루크, 그만하고 돌아가요. 어서."
안나가 루크를 밖으로 잡아끌었다.
"또 다섯 페이지를 찢었나?"
방문을 막 벗어나려는데, 아까와는 다른 또렷한 목소리가 귓가에 닿았다. 달라진 것 목소리만이 아니었다. 좀 전만 해도 구부정했는데 이젠 꼿꼿한 자세로 침대에 앉아 있었다.
"뭐라고 했어, 지금."
루크가 손에 든 전화번호부 종이를 꼭 쥐며 말했다.
선글라스를 찾아 낀 사내가 양손을 들며 진정하라는 제스처를 했다. 약에 취한 모습은 온데간데없었다. 그게 모두 쇼라는 듯 단호하고 또 능청스러운 모습이었다.
"하인츠 코헨을 찾고 있지?"

루크의 눈매가 다시 날카로워졌다.
"하인츠를 알고 있나?"
"아니, 자네가 올 줄 알고 있었지."
루크가 금방이라도 달려들 듯 다가갔다. 마치 그럴 줄 알았다는 듯이 사내가 말을 쏟아냈다.
"워, 진정하라고, 친구. 나는 그저 시킨 대로 할 뿐이야."
"누가 시켰는데."
"모르지, 우리 같은 사람은 그저…."
사내가 고개를 돌려 테이블을 가리켰다. 그 위에는 아직 뜯지 않은 마약 봉지들이 놓여 있었다.
"선물을 주는 사람의 뜻을 따를 뿐이니까."
"그게 누구냐고!"
"아마도 당신이 찾는 사람. 한 시간 전에 여길 다녀갔어. 젊은 두 남녀가 올지 모르니 음악을 한껏 틀어놓으라고. 이름은 몰라. 샤넬 향수 냄새가 아주 강하게 났다는 것밖에는."
"그래서? 우릴 죽이라고 했나?"
"아니… 당신들이 들고 다니는 그 종이 쪼가리에는… 자기 주소가 없다고…."
사내가 숨을 헐떡이더니, 조심스럽게 포켓에서 쪽지 하나를 꺼내 건넸다.
"여기로…."
모든 것이 하인츠의 계획 아래 있었다는 생각에 쪽지를 본 루크의 표정이 일그러지기 시작했다.

83
주인 (Master)

"뭐라고 적혀 있죠?"

루크는 쪽지를 손에 든 채 입술을 깨물었다. 쪽지를 본 안나의 반응도 크게 다르지 않았다.

"우리를 가지고 놀고 있어."

빈 쪽지. 구겨진 쪽지에는 아무것도 적혀 있지 않았다.

사내는 그저 허공만 쳐다보고 있을 뿐이었다. 그가 앞을 못 본다는 게 연기처럼 보이지는 않았다.

"아무것도 없어요."

사내는 금단현상이 찾아온 건지 손이 심하게 떨리고 있었다. 더는 못 버티겠다는 듯 테이블에서 주사기를 집은 다음 익숙한 손놀림으로 바로 팔에 꽂았다. 꼭꼭 숨은 정맥을 찾아 대번에 꽂아버린 것이다. 미처 말릴 틈도 없었다.

필로폰의 기운이 혈관을 타고 흐르자 사내는 다시 평온을 되찾고 있었다. 금세 희열의 단계로 넘어가는 듯했다.

"루크, 이제 가요. 더 건질 게 없어요."

"잠깐만! 이놈은 뭘 알고 있어."

루크는 한껏 각성된 그의 팔에서 주사기를 힘차게 뽑았다. 다시금 살아난 두툼한 핏줄에서 검붉은 피가 새어나오더니 푸석한 피부를 타고 흘렀다.

피는 멈추지 않고 계속 흘렀다. 팔목과 손바닥을 따라 바닥에 뚝뚝 흐르고 있었다.

"이런!"

그것이 단순히 출혈을 의미하는 게 아니라는 걸 두 사람은 이제 확실히 알고 있었다.

"완전히 속았군."

사내는 이미 환각에 취한 듯 침대 위에 널브러졌다. 주삿바늘이 만든 작은 구멍에서 흘러나온 피가 노란 시트를 흥건히 적시고 있었다.

루크는 근처에 떨어져 있던 수건을 집어 팔을 꾹 눌렀다. 피는 여전히 수건을 타고 흘러나오고 있었다.

"단순한 약쟁이가 아니었어요."

안나가 숨을 크게 들이쉬며 차분하려 애를 썼다. 루크가 사내의 뺨을 몇 차례 때리며 정신을 차리게 했다.

현실과 꿈. 실재와 환상. 아무도 침범할 수 없는 스스로의 세계에서 헤어 나오지 못한 채 사내는 말 그대로 허공을 유영하고 있었다.

"믿을 수 없지만 이자가 이곳의 의식적 존재인 것 같아. 이 지구의 유일한 주인이 약쟁이라니 믿기지가 않는군."

어느새 피가 나오는 양이 눈에 띄게 줄었다.

"아주 드문 일은 아닐 거예요. 기회가 주어져도 스스로 져 버리는 사람들은 많으니까."

안나 역시 조금씩 상황을 이해할 수 있었다. 80억 지구의 의식 중 극히 일부만 자신의 지구를 탈출하는 데 성공한다. 의식과 무의식들의 대결이라는 월등하게 유리한 조건에서 시작했지만, 대부분의 인간은 그 경쟁에서 패배한다. 주어진 환경, 눈앞의 이득 그리고 찰나의 쾌락과 작은 고통에 이끌리면서 그렇게 삶을 마감하는 게 오히려 대다수였다. 지금 이 사내처럼.

"이러다 갑자기 숨이 멎으면 이 지구도 사라지는 거겠죠."

안나가 불길한 눈으로 반쯤 피로 젖은 수건을 바라보았다.

"그래서 지혈하고 있어요. 어이없이 죽으면 안 되니까."

루크는 출구전략을 세워야 했다. 선명한 붉은 피를 흘리는 이자가 이 지구의 '의식'이더라도 마냥 붙잡고 있을 수는 없었다. 여길 다녀갔다는 자의 소재를 파악하는 것이 더 중요했다.

수건을 살짝 떼자, 어느새 주삿바늘이 뽑힌 자리가 불그스름하게 막혀 있었다.

"그만 가요."

상태가 괜찮은 것을 확인한 안나가 루크를 재촉했다. 루크도 수건을 바닥에 던져놓고 돌아서는데 기절한 듯 있던 사내가 나지막한 목소리로 입을 열었다.

"에… 단… 클….'

작은 소리였지만 루크는 강한 악센트를 놓치지 않았다. 돌아보자 그는 여전히 자리에 누운 채 중얼거리고 있었다.

"에단… 클라인…."
흥얼거리는 노래인지 중얼거리는 혼잣말인지 알 수 없었다.
"지금 에단 클라인이라고 했나?"
루크가 다시 다가서며 물었다.
"내 이름을 물었잖아. 에단 클라인. 죽지 못해 사는 에단 클라인."
사내는 한껏 취한 표정으로 흥얼거리고 있었다.
에단 클라인. X-79A에 새겨져 있던 그 이름. 자신과 함께 사투를 벌이며 다크홀 통과를 다투던 그 무의식. 다른 지구에서 승승장구하며 명성 높은 우주인으로 이름을 날리던 에단 클라인의 의식이 한낱 약쟁이에 불과하다는 사실은 도무지 믿기 힘든 일이었다.
"어떨 때는 하인츠 코헨이었다가, 지금은 또 에단 클라인인가 보군."
체념하듯 중얼거리는데 사내가 갑자기 눈을 번쩍 뜨고 허공을 노려보았다. 의미심장한 미소를 짓더니 천천히 몸을 일으켰다.
"나는 이 주사를 맞을 때마다 우주를 날아다녔어. 검은 구멍이 있고, 최신식 우주선이 있었지."
또박또박 말이 나올수록 루크의 얼굴은 굳어만 갔다.
"신나게 날아가고 있는데 어떤 미친놈이 날아와 나를 낚아채더군. 슝, 하고 말이야."
그리고 허공에 손을 막 휘젓더니 그대로 다시 침대에 털썩 누워버렸다.
"루크, 왜 그래요?"
"아니야, 아무 것도."
사내는 분명 에단과 자신이 다크홀을 앞두고 벌였던 사투를 묘사하는 듯했다.

"어서 가요. 더 이상 여기 못 있겠어요."

다시금 꿈속에 빠져든 그를 보며 루크는 무거운 발걸음을 떼었다.

"뉴욕이라는 도시는….".

현관문에 이른 안나가 숨을 크게 내쉬었다. 도무지 그 근원을 알 수 없는 기분 나쁜 냄새들로 인해 제대로 숨도 쉬지 못하고 있던 터였다.

"믿어지지 않는군요."

"왜요?"

"라마에서 뉴욕에 대해 배운 적이 있었어요. 우리도 도시계획에 관심이 많았으니까. 이런 곳일 줄은 몰랐어요."

안나는 이미 뉴욕이라는 도시에 질려버린 것 같았다.

"모든 도시가, 아니 사물에는 양면이 있겠죠. 우리는 뉴욕에서도 가장 어두운, 그러니까 가장 깊은 무의식에 와 있다고 보면 좀 위안이 될 겁니다."

어디로 가야 할지 정해지지 않았지만 모든 게 연결되어 있다는 생각에 루크는 알 수 없는 압도감을 느끼고 있었다.

운명. 결정론. 예정된 미래. 이미 과학계에서는 모두 부정되어진 이런 낡은 단어들이 다시금 루크의 머릿속을 어지럽혔다.

"누구나 숨기고 싶은 더러운 면을 가지고 있겠죠. 굳이 그걸 볼 필요는 없겠지만."

안나가 밖으로 나가는 현관문을 밀었다. 그리고 눈앞의 광경에 그대로 넘어지고 말았다.

84
크리스마스 (Christmas)

"안나!"

뒤이어 뛰어나온 루크의 얼굴 위로 붉은빛과 푸른빛이 어지러이 교차했다.

"함정이었어요."

안나가 주저앉은 것은 단지 놀라서가 아니었다. 수십 명의 경찰이 마치 수족관의 물고기를 구경하듯 두 사람을 보며 서 있었다.

루크가 안나를 천천히 일으켰다. 현관은 한 층계 위에 있었지만 여러 대의 경찰차들이 보일 만큼 충분히 높았다.

"어쩐지 너무 쉽게 진행된다고 했어요."

다행이라면 아무도 총을 겨누거나 하는 위급한 상황은 아니라는 것이다. 둘은 그럴 필요도 없는 행색이기도 했다.

"우리 때문이 아닐 수도 있어요."

그 말도 일리는 있었다. 두 사람이 현관 밖으로 나왔는데도 경고 방송을 하거나 제지를 하는 이는 아직 없었다. 어쩌면, 에단, 아니, 에단 클라인이라고 주장하는 저 남자의 '마약 거래'를 잡기 위해 출동한 것인지도 몰랐다.

일말의 희망을 가지고 루크와 안나는 층계를 내려갔다.

"루크 쇼와 안나 프루스입니까?"

하지만 그것은 헛된 바람이었다. NYPD 문장이 선명한 팔각모를 쓴 라틴계 남성이 루크를 가로막고 섰다.

"무슨 일이죠?"

루크가 태연한 척 레오를 쳐다보았다.

"안녕하십니까. 레오 경사입니다."

눈의 초점이 미세하게 흔들리는 레오는 웃는 것인지 비웃는 것인지 알 수 없는 표정으로 악수를 건넸다.

"가시죠. 오래 기다렸습니다."

레오의 말이 끝나기 무섭게 다시 집 안에서 커다란 음악 소리가 흘러나왔다. 소음과도 같은 음악 소리에 레오의 표정이 대번에 일그러졌다.

"야, 에단, 음악 꺼!"

"에단?"

음악 소리에 묻혀 잘 들리지 않았지만 루크는 레오의 입 모양에서 '에단'을 놓치지 않았다.

"죄송합니다. 이 구역의 골칫덩이죠."

안나도 알아차린 듯 루크를 올려다보았다.

"에단 클라인, 조용히 안 하면 쳐들어간다!"

확성기를 통해 경고했지만 여전히 음악 소리는 골목을 쩌렁쩌렁 울렸다.
 그제야 루크는 확신할 수 있었다. 방금 자신이 만난 마약 중독자가 에단 클라인이 맞다는 것을. 같은 이름의 '에단'은 흔할 테지만 비슷한 꿈을 꾸는 '에단'은 그렇지 않을 터였다.
 두 번째 경고 방송이 나오고 나서야 요란하던 음악이 갑작스레 꺼졌다. 루크는 모든 것이 운명이라는 생각을 했다. 전화번호부에 적힌 5개의 하인츠 코헨. 약에 취해 꿈을 털어놓았던 에단. 그리고 지금 눈앞에 서 있는 레오까지.
 종일 약에 취해 비틀거리는 이 '에단의 지구'는, 어쩌면 제정신인 나머지 무의식들의 노력으로 유지되고 있는지도 몰랐다.
 "그런데 여긴 어떻게 오셨습니까?"
 레오가 다시 루크를 보며 물었다.
 안나가 주머니에 구겨 놓았던 전화번호부 쪼가리를 꺼내었다.
 "하인츠 코헨을 찾고 있어요. 여기가 그의 집이라고 되어 있었는데, 웬 노숙자가 있더군요."
 레오는 안나가 건넨 찢어진 전화번호부를 대충 훑어보았다.
 "그래서 사장님이 여기서 두 분을 모셔오라고 했군요."
 "시장님이요?"
 "네, 시장님과 동명이인인 사람들이죠."
 다시금 음악 소리가 흘러나오기 시작하자 레오는 신경질적으로 부하들을 쳐다보았다. 이곳의 무의식들은 유독 소리에 민감한 것 같았다. 아마도 주인인 에단 클라인이 장님인 탓도 있으리라.
 시장이라는 말에 놀란 안나가 걱정스런 얼굴을 하고 물었다.
 "그럼 하인츠 코헨이…?"

"네, 저희 뉴욕시의 시장님이죠. 평판도 인기도 높은."

하인츠를 소개하는 레오의 표정이 어린애처럼 순진했다.

분명 좋지 않은 정보였지만 루크는 애써 태연한 척했다. 자신의 존재를 숨기고 어둠 속에 묻혀 있을 거라는 예상과 달리 하인츠는 이곳에서 안정된 터전을 마련하고 있는 듯했다. 아마도 원래의 주인, 그러니까 에단 클라인이 제 기능을 못 하는 틈을 파고들어 자신이 그 자리를 차지하고 있는지도 몰랐다.

"아무튼 가시죠."

"어디를요?"

안나는 반문했다. 그녀와 달리 루크는 그의 입에서 나올 말을 어느 정도 예상한 듯했다.

"하인츠 코헨 시장님이겠죠."

루크는 그럴 거라 짐작하고 고개를 반쯤 끄덕였다.

"네, 시장님이 직접 데리고 오라고 하셨어요."

안나가 걱정스러운 얼굴로 루크를 바라보았다. 그리고 속삭이듯 말했다.

"따라가면 안 돼요."

"달리 방법이 없어요."

"함정이란 걸 알잖아요."

안나가 경찰들을 둘러보며 말했다.

"다른 대안이 없어요."

"잘 들어봐요. 이곳의 주인, 아니 의식적 존재가 에단이라는 걸 확인했어요. 맞죠?"

"그렇죠. 피를 그토록 흘렸으니…."

"맞아요. 그럼 저 경찰과 일행들은 무의식이겠죠? 그러니까 당신의 능력으로 저들을 충분히 따돌리거나 물리칠 수 있어요. 굳이 큰 물리력을 쓰지 않아도."

루크도 동의한다는 듯 말없이 고개를 끄덕였다.

"일단 저들을 돌려보내고 우리는 다시 생각해야 해요. 하인츠 코헨이 정말 시장이 맞는지, 맞다면 그 어둠의 통로를 따라 도망친 그 하인츠인지도 확인해야 해요."

"맞을 겁니다. 우리가 여기 온 걸 알고 있으니."

루크는 이미 작심한 듯했다.

"이대로 하인츠를 대면했다가는 완전히 당할 거예요. 그가 짜놓은 판이 아니라, 우리가 만든 판으로 그를 끌어당겨야만 해요."

안나는 이렇게 질질 끌려다니는 게 내키지 않았다.

"안나, 뭘 우려하는지 알아요."

루크가 안심하라는 듯 안나의 팔을 쓸어내렸다. 라마에서라면 결코 용인될 수 없는 신체 접촉이었다.

"잘 들어요, 안나. 나는 누구보다 과학과 수학 그리고 이성을 믿고 자란 사람이에요. 알죠?"

루크는 두려움이 묻어나는 안나의 두 눈을 똑바로 보았다.

"역설적으로 요 며칠 사이에 나는 운명론을 믿고 있어요. 아니, 믿는다기보다 한 번 테스트해보는 중이죠. 모든 것은 결정되어 있어요. 적어도 이 지구에서는."

그때 갑자기 반대 방향에서 작은 폭발음이 들리더니 폭죽들이 하늘을 향해 솟아오르기 시작했다.

"크리스마스가 시작된 것 같군요."

루크는 안나의 손을 꼭 잡고 레오에게 돌아섰다.
"레오, 이야기가 길어져서 미안해요. 어디로 가는 겁니까?"
"시장님이 식사에 초대하셨습니다."
레오가 경찰차의 뒷문을 열며 친절한 미소를 지어 보였다.
"그거 잘됐군요. 시장하던 참인데."
 친구의 식사 초대라도 받은 것처럼 루크의 얼굴이 왠지 편안해 보였다. 안나는 그 알 수 없는 자신감이 불안했지만 어쩔 수 없이 그를 따라 뒷좌석에 올랐다.

85
만찬 (Dinner)

"다 왔습니다."

안나에게 뉴욕은 마치 끝없이 이어진 바닷가처럼 느껴졌다. 고작 몇 블록을 지나왔을 뿐이지만, 할렘가와 5번가의 풍경은 극과 극이었다. 촛대처럼 위로 뻗은 건물들을 지나 여러 대의 경찰차와 검은 밴들이 센트럴파크가 정면으로 보이는 건물 앞에 멈추었다.

"여긴가요?"

"네, 맞습니다."

레오가 먼저 내리며 대답했다. 아파트로 들어가는 현관문 앞에는 이미 경호원들로 보이는 이들이 줄지어 있었다.

"크리스마스이브를 위한 가족 파티입니다. 시장님께서 특별히 두 분을 초청하셨죠."

"가족 파티요?"

두 사람은 하인츠와 담판을 짓기 위해 이 먼 여정을 떠나온 길이었다. 모를 리 없는 하인츠가 가족들이 모두 모인 자리에 두 사람을 부른 꿍꿍이를 도통 알 수 없었다.

"올라갑시다."

루크가 잠시 머뭇거리다 결심한 듯 현관 층계를 올랐다.

다부진 체격의 경호원이 손을 뻗어 루크를 제지했다. 루크는 검문검색에 순순히 응했다. 요원이 안나의 몸수색을 마친 뒤에야 두 사람은 현관문을 통과할 수 있었다.

***

내부는 아파트 외견보다 화려했다. 외관은 그저 평범하고 오래된 빌딩이었지만, 안은 완연히 달랐다. 마치 2030년의 최신 트렌드를 미리 반영했다는 듯이 세련되고 앞선 인테리어였다.

"하인츠가 시장이 된 이유를 알 것 같아요."

안나가 화려한 인테리어를 살피며 귓속말을 했다.

"어쩌면 그는 이곳의 유일한 시간여행자일 테니까."

루크도 같은 생각이었다. 어쩌면 하인츠는 병든 지구를 찾아 헤매다 이곳에 정착했는지도 몰랐다. 볼품없는 '의식'이 약에 취해 해롱대는 사이, 미래와 현재를 자유롭게 오가며 흔들리는 '무의식'들을 이끌고 그들의 지지를 손쉽게 이끌어냈으리라.

그가 뉴욕의 시장으로 군림하는 것도, 다른 의식적 존재들이 헤집고 다녀도 별다른 동요가 일어나지 않는 것도, 어쩌면 하인츠의 손길에 길들여진 이곳 지구의 특성일지 몰랐다.

그리 넓지 않은 엘리베이터에는 안나와 루크 그리고 레오 세 사람만 타고 있었다. 엘리베이터가 37층에 이르자 레오가 무덤덤한 목소리로 도착을 알렸다. 엘리베이터의 문이 열리려는데, 루크가 닫힘 버튼을 눌렀다.

"뭐 두고 오신 거라도?"

팔각모를 들어 인사를 하려던 레오는 어리둥절했다.

"아니요, 이제 됐어요."

순식간에 벌어진 일이었다. 루크가 손날을 세워 있는 힘껏 레오의 목젖을 강타한 것은.

"루크!"

안나가 엉겁결에 소리를 지르려다 얼른 제 입을 틀어막았다. 루크는 의식을 잃고 쓰러지는 레오의 허리춤에서 글록 17 권총과 탄창을 빼냈다.

안나의 눈이 휘둥그레졌다. 루크는 아무런 대꾸도 하지 않고 엘리베이터의 닫힘 버튼을 계속 누르고 있었다.

***

파티는 조촐했다. 여느 미국 가정의 크리스마스이브와 다르지 않았다. 오래된 크리스마스트리 주위로 여러 개의 선물 꾸러미들이 정성스럽게 꾸며져 있었다. 그리고 3살 남짓한 아이부터 17살이 넘은 소녀까지 족히 십여 명은 넘어 보이는 아이들이 그 주위를 뛰어놀고 있었다.

"오셨군요, 많이 기다렸습니다."

두 사람을 먼저 맞이한 건 온화한 표정의 중년 여자였다. 그가 하인츠의 아내라는 걸 짐작하는 건 어렵지 않았다.

"감사합니다, 초대해주셔서."

루크는 어색한 첫 만남이지만 정중하게 예의를 차렸다. 곁에 있던 아이들은 낯선 두 사람을 스스럼없이 환대했다. 경계심이라고는 조금도 없어 보였다. 달려드는 어린아이들을 보며 안나는 안절부절못했다. 라마에서는 상상도 할 수 없는 일이었다. 이런 아이들을 어떻게 대해야 하는지 배워본 적이 없는 안나는 난처해서 꼼짝도 하지 못했다.

"하인츠 씨는 어디 계시죠?"

"네, 안 그래도 두 분을 기다리고 계셨어요. 이쪽으로."

새하얀 머리를 높게 세운 하인츠의 아내가 두 사람을 옆 서재로 안내했다.

"아직 안 돼요."

루크가 품 안에 감춘 글록 권총으로 손을 가져가자 안나가 속삭이듯 말했다. 드디어 서재의 문이 열렸다.

***

예상과는 전혀 딴판이었다. 머리가 벗겨진 건 그렇다 쳐도 불룩 나온 배에 길게 자란 콧수염까지 보게 될 줄은 몰랐다. 외모에 어울리지 않는 향수 냄새가 코를 찔렀다. 하마터면 산타클로스 역할을 하기 위해 초대한 연기자로 착각할 정도였다.

"하인츠 코헨?"

하지만 서재에 낡은 뿔테 안경을 쓴 저 뚱뚱한 늙은이 이외에 다른 사람은 보이지 않았다.

"그럼 즐거운 시간 보내세요."

하인츠의 아내가 서둘러 문을 닫자 좁은 방 안이 세 사람으로 가득 찼다.

"오느라 고생 많았습니다."

루크의 기억과 유일하게 일치하는 것은 190센티미터가 조금 넘는 신장뿐이었다.

"하인츠 코헨. 당신인가요?"

하인츠가 다가오자 루크와 안나는 저절로 뒷걸음질 쳤다. 총을 꺼낼 필요도 없었다. 상대는 굼뜨고 늙고 힘없는 노인이었다. 어떤 공격적인 자극도 불러일으키지 않았다.

"네, 제가 하인츠 코헨 시장이죠. 이 아름다운 뉴욕을 이끌어 가는!"

하인츠는 두 사람의 거부감을 눈치챘는지, 그 자리에 멈춰서서 습관처럼 멜빵끈을 잡았다.

"우리가 누구인지는 알고 있는 거죠?"

속임수일 거라 확신하면서도 확인이 필요하다고 생각했다.

"그럼요. 루크 쇼 선장님과 안나 프루스 팀장님?"

하인츠가 산타클로스처럼 해맑은 미소를 지었다.

"제정신이 아닌 게 분명해요."

안나가 귓속말로 속삭이듯 말했지만 하인츠가 들을 수 밖에 없을 만큼 방안은 조용했다.

"정말 하인츠가 맞군."

루크가 감추고 있던 글록 권총을 대놓고 꺼내었다. 하지만 아직 하인츠를 겨누지는 않았다.

"오, 루크. 그럴 필요는 없을 텐데요."

하인츠는 정말로 놀란 얼굴이었다. 마치 교실에서 총기를 본 선생님 같은 표정이었다고나 할까.

"의식적으로는 이렇게 착하고 선한 사람 행세를 하지만 당신의 무의식은 더럽고 원초적인 욕망으로 가득하더군."

루크가 서재에 가득한 책들을 하나씩 훑으며 말했다. 자기계발서들과 신앙 서적들이 벽 한쪽을 가득 채우고 있었다.

"루크, 무슨 말을 하려는지는 잘 알고 있네. 하지만 그건 모두 내가 통제할 수 없는 내면이 벌인 일이야. 나도 매번 회개하며 반성하고…."

"반성…."

"자네들을 여기에 초대한 것도 그동안의 오해를 풀기 위함이라네. 그렇지 않고서야 소중한 내 아이들이 있는 내 집으로 왜 불렀겠나."

하인츠는 두 사람이 의심을 내려놓을 수 있도록 연신 미소를 지으며 노력하고 있었다.

"루크, 그의 말을 믿어서는 안 돼요."

안나는 노골적으로 하인츠를 경계했다. 그녀는 루크보다 그를 몇 배는 더 잘 알고 있었다. 그래서 이 모든 모습은 모두 위선으로 느껴질 뿐이었다.

"물론 단 한 마디도 믿지 않아. 오직 이 질문만 제외하고는."

루크는 총구를 서서히 들어 하인츠를 노려보며 말했다.

"길게 말하지 않겠어. 내 딸 엠마를 어떻게 했지?"

86
만찬 II (Dinner II)

"루크, 진정하게. 다 얘기하겠네."

분명 그는 그동안 경험했던 하인츠와는 달랐다. 외형은 살이 오른 하인츠를 연상할 수 있을 정도였지만, 인격과 성품은 완전 딴판이었다.

루크는 조준한 채로 고개만 돌려 방문을 보았다. 문밖에서는 아무것도 모르는 아이들의 웃음소리가 여전했다.

루크가 다시 고개를 돌렸을 때, 하인츠의 왼손에는 10센티미터 길이의 커터 칼이 들려 있었다.

"역시 기대를 저버리지 않는군."

두 사람 사이는 거리가 있었지만, 작심하고 달려들면 충분히 찌를 수 있는 정도였다.

"오해하지 말게. 단지 나를 증명하려는 것뿐이야."

하인츠는 루크에게 향했던 칼날의 방향을 자신에게로 돌렸다. 더 정확히는 칼날이 오른쪽 경동맥을 향하고 있었다.

"루크! 어떻게 좀 해 봐요!"

루크는 얼어붙어 있었다. 그가 스스로 죽음을 택한다는 것은 상상도 해보지 못했다. 그저 딸이 어디 있는지 알고 싶었을 뿐인데, 자신의 목에 칼을 가져대다니. 하인츠는 그렇게 쉽게 포기할 리도 없고, 스스로를 탓할 만큼 자아동조적인 위인도 아니었다.

루크는 어쩔 수 없이 총을 내려놓은 다음 하인츠에게로 달려들었다. 행여나 제 목을 그어버리면, 엠마의 행방을 알려줄 유일한 목격자가 사라져버리는 것이다.

"잠깐!"

하인츠가 루크의 가슴팍을 밀어냈다. 동시에 루크는 오른손을 뻗어 칼을 쥔 하인츠의 손목을 낚아챘다. 하지만, 이미 칼날은 절반 이상 목을 파고든 뒤였다. 피부를 뚫은 칼끝에서 피가 나오자 안나가 포기한 듯 눈을 지그시 감았다.

"도대체 왜!"

이제는 어쩔 수가 없었다. 보잘것없이 작은 칼이지만 지름 1센티미터의 경동맥을 가르기에는 충분했다. 아직 피가 뿜어져 나오지 않는 것은 어쩌면 칼끝이 혈관을 꼭 쥐고 있기 때문일 터였다.

"911을 불러요! 어서!"

"그럴 필요 없네. 진정하게."

정작 하인츠는 촌각을 다투는 이 위급한 상황에서 여유를 부렸다. 목에 힘이 잔뜩 들어간 탓에 목소리는 가늘었지만 목에 칼을 꽂고 있다는 게 믿기지 않을 만큼 차분했다.

"왜 이러는 겁니까! 도대체."

붉게 젖어드는 하인츠의 눈을 보자 루크는 절망스러웠다.
"루크 선장… 잠시만. 잠시만 힘을 빼고 기회를 주게."
"무슨 기회? 내 딸을 숨긴 채 죽음을 택할 기회?"
루크의 눈가에 분노에 찬 눈물이 맺히기 시작했다. 하지만 지금은 상대를 압박할 수도, 그렇다고 내칠 수도 없는 난감한 상황이었다.
"믿어주게. 내가 아는 것을 다 말해줄 테니."
조심스럽게 목을 누르고 있던 힘이 덜어지자, 창백했던 피부에 조금 핏기가 돌아오는 듯했다. 하지만 우려했던 일은 일어나지 않았다. 분수처럼 피가 쏟아져 나오지는 않았다.
"자, 오해하지 말고 나를 잠시 믿어보게."
의학적인 근거는 빈약했지만, 아직까지 하인츠가 살아 있을 수 있는 건 칼날이 경동맥의 절단면을 막고 있기 때문이라고 생각했다. 그런데 그 생명줄을 스스로 끊어버리겠다니. 하인츠는 진심으로 자살을 하려는 것처럼 보였다.
"흥분하거나 돌발 행동도 하지 말아주게. 10초, 아니 3초면 다 끝날 일이니까."
"하인츠!"
안나가 말릴 틈도 없이 하인츠는 목에서 칼을 쑥 빼버렸다.
루크도 뒤늦게 움직였지만 이미 칼끝은 천장을 향한 뒤였다. 놀라운 건 그의 목에 난 1센티미터 길이의 상처에서 아무것도 나오지 않고 있다는 거였다.
"뭐죠? 또 환각을 일으킨 건가요?"
안나는 하인츠가 그랬을 거라 확신했다.
"망할 늙은이!"

그제야 루크도 속았다는 걸 깨달았다. 매번 같은 수법이었지만 당하는 쪽은 늘 놀라기 마련이었다.

"하인츠, 도대체 왜 이러는 거야? 도대체 왜!"

"쉿!"

하인츠가 손가락을 입에 가져다대며 루크를 진정시켰다.

"환각이나 속임수가 아니야. 자네가 직접 해보겠나?"

그러고는 칼을 다시 루크에게 건넸다.

"내가 아무리 마술에 능하더라도 자네의 촉감까지 만들어낼 수는 없겠지. 직접 내 팔과 목 원하는 곳에 이 칼을 그어보게."

"제가 할게요."

하인츠에게 성큼 다가선 안나는 뭔가를 알아차렸는지 칼을 낚아챈 다음 그대로 손바닥을 그었다.

세게 힘을 주어 그었지만 하인츠의 손바닥에서는 피가 나오지 않았다. 더 정확히 말하면 피가 몽글 맺히는가 싶더니 이내 피부 안으로 사라졌다.

"당신 가짜였군."

확신에 찬 안나의 목소리를 듣고 루크는 어리둥절했다.

"그가 의식적 존재가 아니라, 무의식이라고요?"

"지금 그걸 스스로 증명해 보인 거예요. 피가 나지 않으니까."

"말도 안 돼요."

"말이 안 되죠. 무의식이 스스로 무의식이라는 걸 인식한다는 건 모순이니까."

안나가 손에 쥐고 있던 칼날을 꼭 쥐었다. 그러자 그녀의 손안에서 피가 뚝뚝 떨어지기 시작했다.

"안나, 왜 그래요?"

"자, 보세요. 꿈이나 속임수가 아니에요."

안나는 피가 흥건한 자신의 손바닥을 펴 보였다.

"하인츠, 어떻게 된 거지? 당신은 저 세계에서 도망쳐온 그가 아니라는 건가?"

"도망쳤다는 단어는 애매하군."

하인츠는 지친 몸을 일으켜 서재 의자에 털썩 주저앉았다.

"우리는 구둣방의 뒷문을 통해 이곳에 왔어. 진짜 하인츠가 그 통로를 이용해 지구들을 오고 간다고 들었어. 오직 의식적 존재들만이 그 통로를 이용할 수 있다고도 했어."

"안나의 피가 그걸 증명하고 있고요."

하인츠가 서랍을 열어 손수건을 꺼내더니 안나에게 건넸다. 안나가 말없이 받아든 다음 손을 꽉 싸매었다.

"나는 의식적 존재가 아닙니다. 하지만 그것에 대해 불만을 가진 적은 한 번도 없어요. 이 세계에서 이렇게 누구보다 성공하고 행복한 삶을 살고 있으니까."

하인츠가 양팔을 펼치자 다시 문밖에서 아이들의 웃음소리가 들리기 시작했다.

"나는 뉴욕의 3선 시장입니다. 아직 마약 문제를 완전히 해결하지 못했지만, 그건 다분히 의도적이죠. 방금 만나봤겠지만…."

하인츠가 몸을 일으켜 창을 가린 블라인드를 걷었다. 드넓은 센트럴파크의 야경과 함께 멀리 할렘가의 풍경이 드러났다.

"이 지구의 주인은 약에 취해 헤어 나오지 못하고 있거든."

"에단 클라인."

안나가 반사적으로 중얼거렸다.

"맞아요, 이 지구의 의식적 존재."

"그럼 당신이 의도적으로 그를 마약에 취하게 한 다음 여기를 장악했다는 건가? 무의식 주제에?"

"하인츠라면 그럴 수도 있겠네요. 라마도 그런 식으로 침투했으니까."

안나가 맞장구쳤다.

"내가 무의식인지 아닌지는 중요하지 않습니다. 다만 하인츠라는 인격체의 유일한 의식이 아닐 뿐이죠."

하인츠의 얼굴이 조금씩 펴지기 시작했다.

"그러니까 하인츠라는 인간은 의식적 존재가 약한 지구들을 침투해 자신의 무의식을 심어놓은 다음 당신처럼 의식에 준하는 존재로 키워 장악하는 게 주특기군. 마치 바이러스처럼."

하인츠는 그 표현이 마음에 들지 않는 듯 어색한 웃음으로 대답했다.

"아무튼 나는 이 지구에서의 삶에 아주 만족합니다. 12명의 손자 손녀가 있고, 나를 열렬히 지지하는 시민들이 있으니까. 에단과 관계도 나쁘지 않고. 한 가지 문제가 있다면…."

하인츠가 다시 두 사람을 보며 말끝을 흐렸다.

"우린 당신 문제를 들으러 온 게 아니야."

루크가 바닥에 내려놓았던 글록 권총을 다시 집어 들었다.

"나도 한탄이나 하자고 당신들을 초대한 건 아닙니다."

하인츠의 얼굴은 어쩐지 아까보다 더 당당해 보였다. 마치 곧 시작될 협상을 즐긴다는 듯이.

87
협상 (Negotiation)

세 사람 사이에는 꽤 오랜 시간 침묵이 흘렀다. 답을 기다리는 하인츠의 얼굴엔 초조함이 거의 보이지 않았다. 안나는 이따금 루크를 곁눈질로 보았지만, 루크는 창에서 눈을 떼지 않았다. 20세기 마지막 크리스마스이브를 즐기려는 인파들이 거리로 몰려들고 있었다.

똑똑, 침묵을 깬 건 노크 소리였다. 타이밍으로 볼 때 하인츠의 아내일 것이다.

"식사 준비되었어요."

아마 그녀는 안에서 벌어지는 일들을 이미 다 눈치채고 있으리라. 아니, 어쩌면 무의식에 사로잡혀 기계처럼 하인츠를 따르고 있는지도 몰랐다.

"자리를 옮겨서 제안을 들으시겠습니까?"

하인츠가 먼저 일어났다. 안나도 그러는 것이 좋겠다는 눈치였다. 무슨 내용을 들을지 몰랐지만, 두 번이나 피를 본 이곳의 공기는 너무 탁했고, 더는 머물고 싶지 않았다.

***

기다란 원목 테이블 위에는 세 사람뿐이었다. 아이들은 여전히 크리스마스트리 주위를 돌며 자신들만의 놀이에 빠져 있었다. 조금은 이상적이고 또 조금은 전형적이라 오히려 낯설어 보이는 풍경이었다.

"파넬라 치즈를 얹은 스테이크예요. 그루탄이 들어간 샐러드고요."

하인츠의 아내는 마치 고급 레스토랑의 직원처럼 시종일관 미소를 잃지 않았다. 안나의 손에는 피가 묻은 손수건이, 하인츠의 목에는 옅은 생채기가 나 있었지만 그녀는 어떻게 된 일이냐고 묻지 않았다.

"시간이 꽤 지났는데, 밖이 조용하네요."

루크는 테이블 위에 올라온 음식에 손도 대지 않았다.

"무슨 말씀입니까?"

오직 하인츠만이 천천히 배를 채우고 있었다. 그가 음식을 삼킬 때마다 목 부위가 불룩하게 튀어 올랐다.

"제가 이 권총을 어디서 가져왔을까요?"

"루크."

루크가 권총을 테이블 위로 올리려 하자 안나가 막았다. 그녀는 아이들을 신경 쓰고 있었다.

"내 경호원들 것 중 하나겠지요."

하인츠가 대수롭지 않다는 듯 포크를 집어 들었다.
"걱정 안 하셔도 됩니다. 경찰들이 들이닥치는 일은 없을 테니."
"왜죠?"
이곳에 들어온 직후부터 루크는 시간에 쫓기고 있었다. 이 건물의 유일한 엘리베이터가 1층에 도착하면, 바로 그의 범죄행위가 발각될 것이라고 생각했다. 하지만 30여 분이 지나도록 이 펜트하우스는 여전히 평온하기만 했다.
"무의식으로 사는 것은 아주 속 편해요. 의식들처럼 이것저것 신경 쓰고 고민하고 할 필요가 없죠. 마치 뱃속에 들어온 고기를 소화하듯 그냥 주어진 삶을 살기만 하면 되니까요."
하인츠가 덜 익은 고기를 질근질근 씹으며 말했다.
"당신은 그렇지 않은 것처럼 말하는군."
루크는 아직 눈앞의 하인츠가 무의식적 존재라는 사실이 믿기지 않았다. 무의식임을 자각한 무의식이라니. 이것은 '모든 크레타인은 거짓말쟁이'임을 역설한 크레타인과 같은 상황이었다.
"나와 같은 존재를 부르는 용어가 있더군요. 그리 중요한 것 같지는 않지만."
"전의식preconsciousness."
안나가 탄식하듯 말했다.
"전의식? 라마에서 들었던…?"
루크도 기억을 떠올렸다.
"네, 프로이드 이론의 한 부분이죠."
"프로이드 이론을 너무 맹신하지 말아요. 그것으로 설명할 수 있는 것도 많지만, 그렇지 않은 것도 있죠. 그러니까…."

하인츠가 냅킨으로 입을 닦고, 양팔을 벌려 보였다.
"일종의 뉴턴 역학 같은 거예요. 프로이드 이론은 이 세계의 대부분의 현상을 설명하고 있지만, 아직 미비한 부분이 많이 있죠. 그런 것들을 직접 탐구하고 해결하는 일은 또 여러분과 같은 의식적 존재들이…."
루크가 입술을 꽉 깨물었다. 안나가 진정시키려 그의 팔을 움켜잡았다.
"루크, 진정해요."
바로 총구를 들이밀고 싶었지만, 눈앞에서 천진난만하게 놀고 있는 아이들이 그의 분노를 억눌렀다. 하인츠가 왜 이 장소를 협상테이블로 골랐는지 알 것만 같았다.
"식사를 다 하셨으면 본론으로 들어갈까요?"
하인츠가 자리에서 일어나더니 식기들을 주방으로 가져다 놓기 시작했다. 겉으로는 아내를 도우려는 것처럼 보였지만, 두 사람에게 시간을 주려는 속셈이었다.
"어떻게 하실 거예요?"
안나가 그 틈을 놓치지 않고 물었다. 루크는 다시금 무릎에 올려놓은 권총을 꽉 쥐었다.
"일단 우리가 원하는 걸 얻어야죠. 그거 때문에 여기까지 왔으니."
"협상이라고 했어요. 자신이 원하는 걸…."
생각보다 빨리 하인츠가 자리로 돌아왔다.
"그래서 엠마의 소재가 궁금하시다고요?"
하인츠가 헛기침을 하더니 테이블 위에 팔을 고았다.
"아이들은 방으로 들어가게 하죠."

루크는 저 해맑은 아이들이 자신의 마음을 뒤흔들고 있음을 알아차렸다. 엠마 또래의 여자아이가 웃을 때마다 루크는 견딜 수 없는 향수와 감정을 억눌러야만 했다.

"그러시죠. 모든 것에 뜻이 있다고 생각하시는 것 같으니."

하인츠가 몸을 돌려 손짓을 보내자 아이들이 마치 기다렸다는 듯이 안쪽 방으로 우르르 몰려 들어갔다. 순식간에 텅 빈 거실에 적막감이 감돌았다.

"라마에 가본 적이 있습니까?"

한결 조용했지만 그렇다고 마음까지 편안해진 것은 아니었다.

"아니요, 저는 여길 떠난 적이 없습니다."

"거짓말."

안나가 일갈했다.

"제가 왜?"

하인츠가 의뭉스런 얼굴을 해 보였다.

"우리는 다른 지구의 구둣방에서 도망친 하인츠를 따라 여기까지 왔어요. 지구와 지구를 연결한 통로. 의식적인 존재들만 지날 수 있는…. 그럼 아….

안나는 말하면서 어이없게도 스스로 모순점을 찾아내고 말았다.

"이제 제가 거짓말을 하지 않았다는 걸 아시겠나요?"

"당신은 그 통로의 존재를 알고 있나요?"

루크가 물었다.

"그럼요. 물론이죠."

"그럼 당신네들 우두머리, 그러니까 진짜 하인츠는 그 통로를 자유롭게 오가는 거고."

"한때는 그랬죠."

"한때는?"

협상을 휘어잡기에는 정보의 비대칭성이 너무 심했다. 녀석은 이곳의 고인물이었지만, 안나와 루크는 완전 뜨내기였다.

"보셨는지 모르겠지만, 하인츠는 많이 쇠약하고 또 약해졌어요. 이곳을 들르지 않은 지도 몇 년이나 되었죠."

"쇠약한 하인츠는 봤어요. 인공호흡기를 달고 살더군요. 소피아라는 딸의 돌봄을 받은."

안나가 루크를 바라보았다.

"그 친구는 또 다른 하인츠의 무의식이었지. 아직 진짜는 만나지 못했어."

루크가 말을 잠시 멈추더니 아랫입술을 살짝 깨물었다.

"당신이 진짜인 줄로만 착각하고 여기까지 왔지."

"그가 진짜입니다."

"뭐라고?"

"많이 약해지긴 했지만, 여전히 건재한 정신력을 가지고 있죠. 저는 그의 일부로서 그것을 느낄 수 있어요."

"말도 안 돼!"

"소피아의 구둣방에 누워 있던 하인츠가 진짜라고요?"

"네, 그래요."

하인츠가 고개를 한 번만 깊이 끄덕였다.

"의식적 존재는 본능적으로 죽음에 저항하게 되어 있어. 너희 같은 무의식들과는 다르지. 내가 산소호흡기의 밸브를 잠갔을 때, 하인츠는 아무런…."

"그가 죽음에 대한 공포마저 이겨낼 정도로 성숙했다는 생각은 안 해보셨나요?"

루크를 빤히 바라보는 하인츠의 눈매가 예리해졌다.

"그는 죽음을 두려워하지 않아요. 이미 수십억 개의 무의식들을 통해 영생을 얻은 것이나 마찬가지니."

"믿을 수 없군."

루크가 눈을 감으며 탄식했다. 가장 확실한 방법은 피를 흘리는지 확인하는 것이었을 테지만, 너무나 쇠락한 상태여서 차마 그러지 못했던 것이 후회스러울 뿐이었다.

"당신 말이 거짓이라면요?"

"존재를 스스로 증명한 이상 거짓말할 이유가 없을 테죠."

하인츠의 표정은 담담하면서도 자신감에 넘쳐 있었다.

***

두 사람이 하인츠의 말을 믿는 데까지는 그리 오랜 시간이 필요하지 않았다. 피로 스스로의 상태를 증명한 그는, 차분히 하인츠의 '만행'들을 털어놓았다. 자신만의 통로를 이용해 여러 지구를 돌아다닌 그는, 무의식이 생각만큼 성공하지 못할 경우 무자비하게 살해하는 방식으로 지구를 '리셋'하곤 했다.

"그래서 당신은 라마에 가본 적이 한 번도 없고, 그래서 엠마의 존재에 대해서는 해줄 말이 없다. 그런데 무슨 협상을 하자는 거지?"

루크는 벌써 절망감을 느끼고 있었다.

"협상의 단어 뜻을 잘 모르시는군요."

하인츠가 알 수 없는 미소를 지으며 루크에게 몸을 반쯤 숙였다.

"당신이 원하는 정보를 가지고 있어요. 그것도 아주 정확한."

루크가 분에 겨워 테이블을 박차고 자리에서 벌떡 일어났다. 한 손에는 여전히 총탄을 내뿜는 권총이 들려 있었다. 다만 아직 상대를 조준하지 않았을 뿐이었다.

"엠마를 가지고 장난치는 거라면 아무리 아이들이 있다 하더라도 용서하지 않을 거야. 똑똑히 기억해둬!"

한 번 잃어버린 이성은 탄력이 사라진다. 축 늘어진 고무줄처럼 루크는 이제 이성적인 우주인이 아니라, 엠마 얘기만 나오면 쉽게 흥분하는 아버지로 변해 있었다.

"물론입니다. 아무리 이 세계의 왕이 되었다지만 의식적 존재들을 거스를 수는 없죠."

하인츠가 정중하게 그러나 조금은 거슬린다는 듯이 고개를 숙였다. 그의 머리를 내려다보며 루크는 다시 자리에 천천히 앉았다.

"말해봐요. 원하는 걸."

다른 선택이 없었다. 이 지루한 협상을 받아들이는 것. 그것이 지금 그가 할 수 있는 최선이었다.

"사람을 하나 죽여줬으면 합니다."

너무나 담담하고 사무적인 태도라 말하는 내용이 와닿지 않았다.

"지금 뭐라고 했습니까?"

"확실하고도 깔끔하게. 거래 조건은 아주 마음에 드실 겁니다. 엠마에 대해 아는 모든 걸 드릴 테니, 그 이후에 제안을 실행해주십시오."

88
협상 II (Negotiation II)

제안을 들은 루크의 입술이 바르르 떨렸다. 엠마의 소재를 인질 삼아 하인츠는 자신을 농락하는 것만 같았다.
"루크, 그냥 돌아가는 게 낫겠어요."
안나 역시 마찬가지 생각이었다. 청부살인. 암살. 공작. 무엇 하나 예상했던 시나리오에는 전혀 없는 단어였다.
"만약 실행하지 않으면?"
그러나 루크는 협상에 한 발을 걸치려는 것 같았다.
"루크!"
흥분한 안나의 목소리가 더욱 커졌다.
"하인츠는 지금 우리를 가지고 놀고 있어요. 모르겠어요?"
안나가 하인츠를 노려보며 말했다.
"그럴 리가요. 난 지금 누구보다 진지합니다."
"진지하다고요? 손주들이 가득한 집에서 청부살인을 부탁하면서요?"

안나의 목소리는 방까지 들릴 만큼 컸다. 하지만 하인츠는 전혀 거리낌이 없었다.

"엄밀히 말하면 청부살인은 아닐지도 모르죠. 조력자살이라고 해야 할까…."

안나는 더 이상 예측하는 것을 포기했다. 심리전에 능숙한 하인츠답게 그는 안나와 루크의 마음을 들었다 놨다 하고 있었다.

"조금만 더 들어봅시다."

루크가 부르르 떠는 안나의 손을 살포시 내려놓았다.

"누굴 죽여 달라는 말입니까? 설마 시장님을 뜻하는 건 아니겠지요?"

'자살'이라는 단어는 필연적으로 하인츠를 떠올릴 수밖에 없었다. 비록 칼이 경동맥을 관통해도 피가 흐르지 않았지만 그렇다고 '무의식 하인츠'가 불사조라는 것은 아니었다. 그가 정말 죽고 싶다면, 피를 흘리지 않고도 죽을 수 있는 방법은 도처에 널려 있었다.

"대상이 누구인지는 제안을 수락해주어야 말씀드릴 수 있습니다."

하인츠의 눈매가 매섭게 바뀌었다. 라마에서 보았던 그 하인츠의 표정이 드러나고 있었다.

"루크, 말려들지 말아요. 엠마에 대한 정보는 라마로 돌아가서…."

"아니. 더 이상의 실패는 없어."

어쩌면 루크는 그리움에 지고 말았는지도 몰랐다. 어린 딸 엠마에 대한 강한 그리움. 그녀의 소재를 알고 있다고 단언하는 늙은이의 추악한 입에.

루크는 이미 결심한 것 같았다.

"그런 중요한 이야기를 여기서 할 수 있겠습니까?"

먼저 일어선 것도 루크였다. 행여나 아이들이 들을까, 루크는 서재로 먼저 걸음을 옮겼다. 하인츠도 자리에서 망설임 없이 일어났다. 그렇게 서재로 들어가는 두 사람의 뒷모습을 안나는 그저 물끄러미 바라보고 있었다.

***

세 사람이 다시 서재에 모인 건 시간이 꽤 지난 후였다. 루크가 제안을 수락했지만, 하인츠는 아이들이 잠들 때까지 잠시 기다려 달라며 시간을 끌었다. 혹여나 이 정보가 바깥으로 누출이 되면 자신뿐 아니라 '이 지구 전체'가 위험에 빠질 수도 있다는 이유에서였다.

루크는 이 꺼림칙한 제안을 받아들이기로 마음먹었다. 안나는 반대했지만 실행하기 전에 먼저 정보를 얻을 수 있다는 달콤한 유혹을 차버릴 수 없었다. 하인츠가 어떤 함정을 심어놓았는지는 알 수 없었지만, 엠마에 대한 정보를 모두 들은 이후에 판단해도 늦지 않는다는 계산에서였다.

"만약 내가 약속을 지키지 않는다면?"

루크는 이러한 속내를 숨기지 않았다. 하인츠 정도 되는 머리라면 이미 모든 경우의 수를 염두에 두었을 것이다.

"어쩔 수 없을 테지요."

"…."

돌아온 답은 의외였다.

"그러니까 내가 당신으로부터 정보를 다 얻고 나서 약속대로 암살을 하지 않아도 괜찮다고?"

루크가 애써 태연한 척했다.

"괜찮지는 않습니다. 저로서는 가장 최악의 경우니까요."

"최악이지만 가능성이 적지 않다고 판단했을 텐데."

"그런가요?"

서재 책상에 걸터앉은 하인츠는 의외로 무심하게 굴었다.

"무엇 하러 내가 남의 지구에서 살인을 저지르겠습니까. 이 지구의 최고 권력자께서 못 하는 일을 내가 할 수 있다는 것도 웃기고."

"이 지구의 대상이 아니니까."

하인츠의 표정이 자신감에 차 있었다.

"오, 맙소사."

"그리고 남다른 사람도 아니고요."

안나가 불현듯 눈을 감았다.

"설마…."

루크 역시 그가 누구를 죽이기 원하는지 알 것 같았다.

"하인츠. 진짜 하인츠를 죽여주세요."

***

무의식이 부탁한 의식의 청부 살인.

인간은 누구나 권력에 대한 살의가 있다. 프로이드는 그것을 '오이디푸스 콤플렉스'라는 이름으로 아이가 자신의 정체성을 형성하는 과정에서 핵심적인 요소임을 강조했다.

하지만 지금의 부탁은 조금 달랐다. 어느새 주인보다 더 커져 버린 '무의식 하인츠'는 자신보다 볼품없이 쇠락한 '의식 하인츠'를 증오하고 멸시하다 못해 이제는 완전히 제거하고 싶은 욕망을 내비 쳤다. 이것은 그의 말마따나 '조력자살'이자 '자아살해'나 마찬가지 였다.

"이유가 뭐죠?"

사실 이것은 자신들이 라마를 떠나 지구에 온 또 다른 목적이기도 했다. 라마의 평화를 위해 그리고 미래의 위협을 제거하기 위해 하인츠의 씨앗을 말려버려야 했으니까.

"이유랄 게 딱히 있나요."

하인츠의 표정이 무서우리만큼 무뚝뚝했다.

"그는 불청객이에요. 별다른 능력도 없으면서 자꾸 이곳을 드나들죠. 잘 아시다시피 그가 의식적 존재인 탓에, 한 번 왔다가고 나면 뒷수습을 하는 것이 쉽지 않아요. 에단도 약을 더 요구하고, 뉴욕 시내의 범죄율도 치솟곤 했죠."

"그건 우리도 마찬가지 아닌가요?"

안나는 핵심을 놓치지 않았다.

"당신들은 좀 달라요. 그러니까…."

"됐어요. 알겠습니다. 당신 요구는 우리가 다시 이전 지구로 돌아가 산소호흡기를 달고 있는 하인츠를 죽여 달라는 거죠? 하기 싫으면 어쩔 수 없는 거고?"

"하고 싶은지 아닌지는 모르겠지만, 당신들이 라마를 탈출해 온 목적이라고 알고 있습니다."

"목적은 내 딸의 소재를 알기 위해서야."

루크가 하인츠를 노려보며 으르렁거리듯 말했다.

"알겠습니다. 이제 당신 뜻을 들어드리죠."

하인츠의 태도가 바뀌자 루크의 동공이 미세하게 떨렸다.

"아시다시피, 저는 라마에 가본 적이 없습니다. 모두 꿈을 통해 그리고 이곳을 드나들던 진짜 하인츠와의 교감을 통해 보고 들은 것이죠."

"정확한 정보만 말해."

"그 시절 라마에 이주한 이들은 모두 일종의 표식을 받았어요. 등 한가운데, 도착 날짜를 새기는."

루크가 알고 있었냐는 듯 안나를 쳐다보았다.

"처음 듣는 말이에요."

안나는 어이없다는 얼굴이었다.

"엠마는 7월 19일에 라마에 왔습니다. 719라는 숫자가 등에…."

루크가 하인츠의 멱살을 움켜쥐었다.

"엠마가 지금 어디 있는지, 어떻게 됐는지만 말하라고!"

"루크, 일단 더 들어봐요."

안나가 루크의 등에 손을 올리며 흥분을 가라앉히도록 했다. 루크는 집어던지듯 하인츠를 다시 의자에 내려놓았고, 하인츠는 몇 번 컥컥거리고 나서야 다시 말을 이었다.

"엠마는 라마에 오자마자 아빠의 이름을 되뇌었어요. 바로 당신의 이름을. 하인츠는, 아니 라마의 하인츠는 그 이니셜을 숫자 밑에 새기도록 지시했습니다."

"그만! 그만하지."

기대가 커서였을까. 실망감 때문인지 루크의 심박수가 절정을 향해 치솟았다.

"그러니까 엠마가 어디에 있는지는 모른다는 거군."
"말씀드렸다시피 저는 라마에 가본 적이…."
기다리는 순간이 길었던 만큼 포기도 빨랐다.
"이번 협상은 없던 일로 해야겠군."
루크가 손을 저으며 몸을 일으켰다.
"루크!"
안나는 루크가 무슨 짓을 벌일지 몰라 함께 일어났다.
"하인츠. 사람은 연분이라는 것이 있어. 당신과 우리는 의식부터 수십 억 개의 무의식까지 다 안 맞는 것 같군. 사람은 결코 달라질 수 없다는 진리를 내가 간과했어."
루크는 손을 휘휘 내저으며 누군가 살짝 열어놓은 방문으로 다가가 확 열어젖혔다. 문밖에는 소란을 알아차리고 모여든 아이들이 눈을 동그랗게 뜬 채 잔뜩 겁에 질려 있었다.
"얼른 들어가서 자렴."
루크가 억지 미소를 지으며 터벅터벅 현관으로 향했다.
"미안해, 얘들아. 할아버지하고 중요한 이야기를 했단다."
안나가 겁먹은 아이들의 어깨를 쓸어주며 짧은 포옹을 했다.

89
복귀 (Return To Base)

루크는 엘리베이터 앞에서 멈칫거렸다.

"왜요?"

37층. 엘리베이터의 LED 표시등은 그것이 37층에 있음을 가리키고 있었다.

"아까 시간을 벌려고 1층까지 모든 버튼을 쭉 눌렀는데."

"이런."

안나도 이상하게 생각했지만 왜 그런지 알아낼 도리는 없었다. 루크는 조심스럽게 엘리베이터의 열림 버튼을 눌렀다. 금색으로 반짝이는 문이 스르르 열렸다.

"맙소사."

레오였다. 루크가 총을 뺏기 위해 잠시 기절시켰던 레오가 그 자리에 그대로 엎어져 있었다.

"설마…."

"아니, 그 정도의 충격은 아니었어."

루크가 레오를 피해 엘리베이터 안으로 들어갔다.

"알 것 같군."

층수를 나타내는 버튼들은 루크가 마지막에 했던 그대로 '모든 층'이 눌려 있었다.

"이해할 수 없어요."

무슨 일이 벌어지고 있는지 짐작은 갔지만, 설명하는 것은 쉽지 않았다.

"녀석은 이 세계를 완전히 지배하고 있어."

무의식이라 주장하며 발뺌만 하던 '가짜 하인츠'는 생각보다 강력한 힘을 발휘하는 것 같았다. 몇 시간 전, 이곳에 도착할 때 그대로인 엘리베이터를 보며 루크는 그가 적어도 이 건물 안에서의 시간을 통제하고 있음을 알 수 있었다.

"처음부터 이상했어요."

안나가 서둘러 닫힘 버튼을 누르자 엘리베이터가 덜컹이며 아래로 내려가기 시작했다. 그리고 루크가 의도했던 대로 모든 층에서 멈추었다 내려가기를 반복했다.

36층에 도착하자마자 문이 열렸지만 아무것도 보이지 않았다. 그것이 단지 어둠 때문인지, 아니면 실재하지 않는 공간인지는 알 수 없었다. 지금은 어떻게든 이곳을 빠르게 탈출하는 것만이 두 사람의 공통된 목표였다.

"시간이 별로 없을 것 같아."

엘리베이터가 6층을 지나갈 무렵 갑자기 바닥에 누워 있던 레오가 서서히 몸을 일으키기 시작했다.

"루크!"

안나가 본능적으로 구석으로 몸을 피하며 소리쳤다. 마치 오랜 잠에서 깨어난 것처럼 레오의 움직임은 느리면서 절도가 있었다.

"으윽…."

다시금 실신을 시킬 수도 있었지만 여길 벗어나려는 상황에선 그게 더 위험할 수도 있었다. 1층에 도착할 때까지 널브러져 있는 것보다 차라리 깨어난 게 다행이었다.

"레오."

루크는 아무 일도 없었다는 듯 비틀거리는 그를 부축했다.

"아, 다 끝나셨나요?"

다행히 레오는 기억을 못 하고 있는 것 같았다. 아니, 애당초 기억 따위는 할 수 없는 존재인지도 몰랐다.

"네, 다 끝났어요."

루크가 능청을 부리더니 권총을 더 깊숙이 숨겼다.

"아, 이런. 내 총이…."

레오는 경찰이었다. 정신이 들자마자 자신의 총기 상태부터 확인하는 것은 오랜 경찰 생활로 새겨진 본능이었다. 안나가 얼굴을 찌푸리며 루크에게 신호를 보냈다.

"아, 이거 말입니까?"

루크가 품에서 글록 권총을 꺼내 레오에게 건넸다.

"네, 이게 왜 여기…."

"아까 바닥에 떨어져 있더라고요. 경사님 것 맞나요?"

레오는 별다른 의심 없이 총기를 받아 허리춤에 찼다. 짧게 나눈 대화였지만, 루크는 그의 상태를 파악할 수 있었다. 지금 상대하고 있는 무의식들은 철저히 하인츠의 지배를 받고 있었다. 그러니까 단순한 사고 이외에 복잡한 상황 판단이나 '합리적 의심' 따위는 하지 않는 것 같았다.

"아무튼 시장님은 참 좋은 분이신 것 같아요."

루크는 정말 그런 마음이 느껴지도록 미소를 지어 보였다.

"그럼요, 뉴욕에서 제일가는 어른이시죠."

시답잖은 얘기를 주고받는 사이 엘리베이터가 1층에 도착했다.

***

바깥의 풍경은 아까와 다르지 않았다. 일렬로 서 있는 경찰들은 두 사람을 기다린다기보다 감시하는 것 같은 태도였다.

"집으로 모셔다 드릴까요?"

레오가 층계를 내려가며 물었다.

루크와 안나는 서로 눈을 마주쳤지만, 마땅한 계획이 없었다.

"시장님이 별다른 말씀은 없으셨나요?"

"두 분께 여쭤보고 숙소로 모셔다드리라고 하셨죠."

"거기가 어디죠?"

"네?"

레오가 처음으로 놀라는 표정을 해 보였다.

"우리 숙소요. 뉴욕 지리가 익숙하지 않아서."

"아, 브로드웨이 4번가요. 아주 유명한 구둣방이 있죠."

레오가 사람 좋은 미소를 보이며 너스레를 떨었다.

"구둣방이요?"

갑작스레 튀어나온 '구둣방'이라는 단어에 루크가 멈칫했다. 안나는 그것이 무엇을 의미하는지 대번에 알아차렸다.

"시장님이 숙소를 잘 잡아주셨네요."

안나는 경찰차로 다가가다 루크가 따라오지 않는다는 걸 알았다. 루크는 뭘 발견했는지 그 자리에 서서 딴 데를 보고 있었다.

"잠깐만요, 레오?"

루크는 레오를 차분하고 당당한 눈으로 바라보았다.

"저기 저 스왓팀은 우리를 경호하는 건가요?"

루크는 행렬의 맨 뒤에 서 있는 검은색 서버번^{Suburban}을 가리켰다.

"그럼요, VIP를 모실 때 늘 함께하죠."

레오가 임무에 충실함을 과시하듯 고개를 크게 끄덕였다.

"한 번 볼 수 있을까요?"

"물론입니다."

레오가 손을 들어 신호를 보내자 서버번 한 대가 헤드라이트를 켜고 두 사람 앞에서 멈췄다.

"팀원들은 지금 대기 중이고…."

레오가 밴의 두터운 뒷문을 열자 무장 인력들이 탑승하는 공간이 드러났다. 밴의 벽에는 AR-15를 비롯한 각종 화기들이 가지런히 널려 있었다.

"좀 봐도 되죠?"

루크가 레오의 눈을 똑바로 쳐다보며 물었다.

"네, 그럼요."

잠시 멈칫했지만, 레오는 흔쾌히 고개를 끄덕였다.

"루크, 무슨 속셈이에요?"

그의 뒤를 따라 밴에 오르면서 안나가 속삭였다.

"엘리베이터에서부터 느꼈어요. 뭔가 심상치 않은 일이 벌어지고 있다는 걸."

"그건 저도 알아요. 하지만…."

"이곳은 하인츠의 영역이에요. 애써 태연한 척하고 있지만 우리와 협상이 틀어진 것 때문에 그도 기분이 좋지 않을 테고요."

"시간이 좀 지났잖아요. 해코지를 하려면 벌써…."

"그렇게 간단하지가 않아요."

루크가 벽에 걸린 소총 중 상태가 괜찮아 보이는 걸로 두 개를 집어 들었다.

"다른 지구를 몇 번 가봐서 아는데…."

백 안에 탄창과 함께 각종 무기류들까지 챙기기 시작했다.

"주인의 기분에 따라 이곳의 상황은 급변하죠."

안나에게는 비교적 가벼운 MP5 소총을 건넸다.

"이런 총은 한 번도 써본 적이 없어요."

"일단 가지고 있어요. 언제 쓰게 될지 모르니."

실탄이 가득한 가방을 메고, 루크가 밴에서 풀쩍 뛰어내렸다. 이 생생한 '범죄의 현장'을 두 눈으로 보고 있었지만, 레오는 아무런 제지를 하지 않았다.

"장비들이 아주 좋군요."

루크가 씩 웃으며 레오의 어깨를 툭툭 쳤다.

"감사합니다."

여전히 판단이 서지 않는지 레오는 무뚝뚝하게 대답했다.

"구둣방, 아니 숙소 위치가 어떻게 된다고요?"

"네, 브로드웨이 4번가요. 모셔다드릴까요?"

"아니요. 우리 둘이 알아서 갈게요. 저거면 충분할 것 같군요."

경광등을 반짝이며 서 있는 할리-데이비슨 오토바이를 가리켰다.

"루크…."

"시간이 많지 않아요. 어쩌면 하인츠는 이미 반격을 결심했을 수도 있고."

루크는 백을 앞으로 메더니, 오토바이에 올라 시동을 걸었다. 우렁찬 배기음과 함께, 매캐한 매연이 뿜어져 나왔다.

"얼른 타요. 거부 반응이 일어나기 전에."

90
탈출 II (Evacuation II)

"할아버지!"

37층 거실에서 내려다본 뉴욕 시내는 아직 평온했다. 낯선 이들이 집을 떠나자 하인츠의 손주들은 다시금 활기를 되찾았다. 이미 한창 꿈나라에 있어야 할 시간이었지만 웬일인지 아이들은 생생한 편이었다. 그것이 하인츠의 복잡한 심경과 관련이 있는지는 확실치 않았다.

"아직 안 떠났나요?"

하인츠의 아내가 슬쩍 창밖을 보더니 손주들을 방으로 이끌었다.

"그런 것 같군요."

팔짱을 낀 채 하인츠는 물끄러미 센트럴파크를 내려다보고 있었다. 무의식적 존재로서, 아니 어쩌면 전의식일지도 모르는 상태로 여기까지 온 것만 해도 경이로운 일이었다. 스스로의 상태를 자각하고, 의식적 존재들과 어깨를 나란히 한 것만으로도 대견한 일이었다. 하지만 마지막 관문은 쉽지 않았다.

스스로가 스스로를 제거하는 것. 무의식이 의식을 살해하는 것. 의식의 지배에서 벗어나고픈 욕망. 차마 자신의 손으로는 할 수 없던 그 일을, 지금 저 아래 두 의식들을 통해 이룰 수 있을까?

***

두두두두, 루크가 스로틀을 당기자 오토바이가 둔탁한 엔진음을 내며 가속하기 시작했다. 레오와 경찰들은 눈앞에서 자신들의 오토바이와 무기가 '탈취'되는 현장을 보고도 그저 물끄러미 서 있을 뿐이었다.

"괜찮을까요?"

안나는 아무런 대응도 없는 게 오히려 걱정이었다.

"최대한 빨리 벗어나야 해요."

99년도의 뉴욕 지리는 2030년도와 크게 다르지 않았지만, 표지판만 보고 길을 찾는 건 익숙하지 않았다. 루크는 오토바이를 멈추더니, 반대편 골목으로 핸들을 꺾었다.

거리는 눈에 띄게 한산해졌다. 크리스마스를 앞두고 사람들로 붐비던 거리도, 곧 터질 것처럼 잔뜩 부풀어 있던 기대감도 모두 온데간데없었다.

다시 큰 길이 나오자 루크는 오토바이의 속력을 최대로 높였다. 절제된 굉음이었지만 거리의 이목을 끌기에 충분한 소음이었다.

탕! 타탕!

오토바이를 향해 첫 공격을 가한 것은 길거리에 널브러져 있던 노숙자였다. 어둠에 가려 확실히 보이지는 않았지만 사거리에 누워 있던 흑인 한 명이 갑자기 자리에서 일어나 두 사람을 향해 사격을 시작했다.

"꽉 잡아요!"

다행히 거리가 꽤 떨어져 있던 탓에 총알은 아스팔트 바닥을 맞고 튕겨져나갔다. 루크는 오토바이를 왼쪽으로 바짝 기울이며 급선회했다. 안나는 넘어지지 않으려 루크의 허리춤을 꼭 쥐었다.

"루크, 저기요!"

골목길 안쪽의 상황은 더 안 좋았다. 정체를 알 수 없는 무리들이 길을 가로막고 천천히 전진해오고 있었다.

루크는 핸들 위쪽의 조작판을 살폈다. 사이렌과 각종 경고음을 낼 수 있는 버튼들이 보였다.

위이이이잉! 경고! 경고! NYPD! 즉각 정차하세요!

루크가 버튼을 누를 때마다 날카로운 경고음들이 확성기를 통해 퍼져 나왔다. 하지만 무리의 숫자만 점점 늘어날 뿐 그런 건 아무런 효과가 없었다.

"거부 반응이 시작됐군."

루크는 오토바이를 멈춘 다음 방향을 180도 돌렸다. 하지만 반대편도 사정은 마찬가지였다. 백여 미터 떨어진 양 끝에서 사람들은 마치 좀비처럼 천천히 두 사람을 옥죄어 오고 있었다.

"일단 이리로!"

루크는 오토바이에서 내린 다음 무기가 담긴 가방을 챙겼다. 바둑판처럼 잘 짜인 뉴욕시가지는 곳곳에 사람 한두 명이 지나갈 만한 골목들이 가득했다.

"이쪽이 맞나요?"

안나는 완전히 방향 감각을 잃어버렸다.

"그러길 바라야죠."

그건 루크도 마찬가지였다. 마지막 핸들을 튼 순간부터 루크는 사실 4번가가 어느 쪽인지 확신할 수 없었다. 그저 목적지를 몇백 미터 남겨두었다는 것밖에는.

"구둣방 이름은요?"

"못 들었어요."

루크가 안나를 이끌고 비좁은 골목길을 내달렸다. 맨홀에서 매캐한 연기가 올라왔지만, 아직 길을 막는 이들은 보이지 않았다.

"이쪽으로!"

몇십 미터를 더 내달리다가 큰길을 향해 방향을 트는 순간, 덩치 큰 사내 하나가 길을 턱 막고 서 있었다.

"움직이지 마!"

루크가 반사적으로 AR-15를 들어 견착했다. 하지만 사내는 거대한 헤드폰을 쓴 채 그저 벽에 기대있을 뿐이었다.

"루크, 그냥 지나가요."

그다지 위협이 되어 보이지 않았지만, 그렇다고 오밤중에 음악을 들으며 서 있을 만한 골목은 아니었다.

"루크와 안나?"

루크가 조준을 유지한 채 조심스럽게 지나치려는 순간, 그가 입을 열었다.

가로등 불빛에 비친 상대의 얼굴을 확인하자 루크는 총구를 아래로 떨구었다.

"에단… 어떻게 여기를…."

약에 취해 집 밖으로는 도통 나올 것 같지 않던 에단 클라인이 멀쩡한 몰골로 서 있었다. 선글라스를 낀 채 흰 이빨을 씨익 드러내며 웃는 에단은 마치 몰락한 재벌가의 자제처럼 가진 것은 많지만 욕심은 없는 그런 얼굴이었다.

"에단, 우리가 올 걸 알고 있었나요?"

"글쎄."

루크는 반대편 골목의 상태를 가늠하며 물었다. 점점 커져가는 발걸음 소리들이 그의 신경을 곤두세웠다.

"잘 들어요. 우리는 당신을 해칠 생각이 전혀 없어요. 브로드웨이 4번가. 4번가에 있는 구둣방이 어디인지만 알려주면 조용히 떠나겠습니다."

음악을 듣고 있는 건지, 아니면 장식품인지, 에단은 고개만 규칙적으로 계속해서 끄덕였다.

"에단!"

루크가 조바심을 이기지 못하고 소리쳤다. 아무것도 볼 수 없는 에단은 그저 소리 나는 곳으로 고개를 돌릴 뿐이었다.

"잘 들어요, 에단. 당신은 이 지구의 주인이에요. 그러니까 당신이 마음만 먹으면 뭐든지 할 수 있는 곳이라고."

루크가 에단의 어깨를 꼭 쥔 채 말했다.

"그런데 지금 스스로를 봐. 마약에 취해 그저 꿈속을 헤매고 있잖아. 당신이 주인인 곳. 당신이 이뤄야할 것들은 머릿속이 아니라, 여기에 있다고!"

루크가 목에 핏대를 세우며 말했다.

"루크!"

안나가 루크의 등을 두드렸다. 골목마다 몰려든 이들의 머릿수는 이제 족히 수백 명은 더 넘어 보였다.

"이러다 잡히겠어요."

두 사람의 위치를 발견했는지, 무리들은 천천히 사방에서 이곳을 향해 조여오고 있었다. 일부는 맨손으로, 일부는 칼과 총 같은 무기를, 그리고 나머지는 형체를 알 수 없는 물건을 질질 끌고 있었다.

"에단, 왜 여기에 있는 거죠? 당신은 집 밖으로 나오지 않잖아."

루크가 소총을 뒤로 둘러멨다. 이런 상황을 예견하고 무기를 챙겼지만, 지금은 고작 총 두 자루로 이길 수 있는 쪽수가 아니었다.

"그냥 바람이 쐬고 싶었어요."

에단이 헤드셋을 천천히 벗으며 대답했다.

루크는 지금 이 상황이 우연일 리가 없다고 확신했다.

"비록 보이지 않고 보잘것없는 지금이지만, 당신이 이 지구에서 가장 잠재력이 높은 사람이야. 하인츠 코헨같은 사람이 아니라."

둘을 적대 관계로 만들고 싶지는 않았다. 아직 에단은 하인츠를 대적할 만큼 성장하지 못했으니까.

"그런 말은 처음 들어보는군."

에단이 피식 웃더니 선글라스를 고쳐 썼다. 어둠 속에 묻혀 잘 보이지 않았지만, 눈물이 한 줄 흘러내리는 것 같았다. 그게 루크의 격려 섞인 말 때문인지는 알 길이 없었다.

"그러니까 그 능력을 한번 발휘해봅시다. 우리가 조용히 이 세계를 뜰 수 있도록."

루크가 에단의 어깨를 한 번 더 힘주어 움켜쥐며 말했다.

어느새 성이 잔뜩 난 군중들은 가까이 다가와 있었다. 맨 앞의 군중이 가로등 불빛 밑으로 들어오자, 안나는 절망적으로 고개를 저었다.

핏기가 싹 가신 얼굴에다 흰자위가 드러난 눈동자. 누군가의 분노를 대변하듯 군중들이 서서히 무기를 들기 시작했다.

91
탈출 III (Evacuation III)

"루크!"

10여 미터까지 근접했던 군중들이 갑자기 걸음을 멈춘 건 안나의 외침 때문이 아니었다.

"에단. 세상으로 나오는 것이 쉽지 않았을 테죠. 현실과 꿈, 가상과 실재가 헷갈린다는 걸 나도 누구보다 잘 알고 있어요."

루크는 진지한 마음을 담아 에단을 바라보았다. 그의 진심을 느꼈는지 에단이 선글라스를 벗어 주머니에 걸었다. 선천성 백내장으로 뿌옇게 변해버린 에단의 눈동자가 흔들리고 있었다.

"당신은 버림받은 게 아니에요. 스스로를 가두었을 뿐. 돌이켜보면 누구도 당신을 배척하지 않았어요."

"나를 안 지 얼마나 되었다고…."

에단이 반쯤 남은 시가를 꺼내 불을 붙였다. 라이터 불빛이 그의 얼굴을 비추자 군중들이 다시 동요하기 시작했다.

"에단, 나는 당신을 처음 본 게 아닙니다. 믿기지 않겠지만."
"그래요? 그럼 다행이군."
"느껴봐요. 당신 앞에서 멈춰선 저 무수한 사람들을. 이토록 많은 사람들 앞에 선 적 있었나요?"
격정이 이는지 루크의 목소리가 옅게 떨리고 있었다.
"똑같은 약쟁이들일 뿐이지."
에단은 관심 없는 척 연기를 깊게 마셨다가 내뿜었다.
"어쩌면 당신의 지시를 기다리고 있는지도 모르죠. 수십 년을 웅크리고 있던 진짜 주인의 지시를."
"웃기는군."
에단은 피다 만 시거를 바닥에 던져 발로 비벼 껐다.
"당신 약을 팔면 아주 잘하겠어."
에단이 다른 쪽을 보며 말했지만 그건 루크를 보지 못해서가 아니었다.
"현실로 돌아오면 더 행복해질 수 있어요. 당신만 깨어나면 모두들 도울 준비가 되어 있으니까."
"행복이라…."
루크는 꽉 막힌 양쪽 길가를 한 번씩 보았다. 움직임을 멈춘 군중들이 에단을 발견하자 뒷걸음질 쳤다.
"왜 그래야 하죠? 나는 이것 하나면 너무나 행복할 수 있는데."
에단은 다 닳아버린 청자켓 주머니에서 약봉지 하나를 꺼냈다.
"설마 다시 숨으려는 건 아니죠?"
"숨는다는 게 뭔지 잘 모르겠는데."
에단이 봉지 입구를 열더니 그대로 코에 가져다 대었다.

"에단!"

루크가 코앞에서 에단의 손목을 가로챘다. 그가 다시 마약에 취해 환각에 빠진다면 의식적 존재를 눈치채고 가까스로 멈춘 저 군중들이 다시 날뛸 것이 분명했다.

"짧은 행복에 이은 기나긴 침묵. 아니 고통. 당신은 그 끔찍한 연결 고리를 끊을 수 있어요. 나를 한 번만 믿어봐요!"

에단의 망설임이 길어질수록 무의식 군중들의 기다림도 짧아졌다. 벌써 몇 사람이 다시 총을 들더니 셋을 겨누기 시작했다.

더 이상 시간이 없다고 판단한 루크는 가방에서 섬광탄 하나를 꺼냈다. 닫힌 공간에서 최대 위력을 발휘하는 무기라 사방이 막힌 이런 어둠에서는 어느 정도 효과가 있을 터였다.

"안나. 내가 셋을 세면 팔로 눈을 가려요. 그런 다음 나를 쫓아와요."

이제 사람들과의 거리는 채 5미터도 되지 않았다.

"어떻게 하려는 거죠?"

"하나!"

에단은 겁먹고 먼저 고개를 숙였다. 그 와중에도 손에서 약봉지를 놓지 않았다. 루크는 안전핀을 뽑아 섬광탄을 던질 채비를 했다.

"둘!"

한 손에는 소총을 다른 손에는 가방을 들었다. 조금이라도 탈출로가 생기면 그리로 뛰어야 했다.

"셋!"

섬광탄이 군중들 머리 위로 날았다.

퍼퍼퍽, 태양만큼 눈부신 빛이 터져 나오더니 귀를 찢는 소리를 내며 폭발했다.

"악!"

안나는 얼른 눈을 가렸지만, 소리는 어쩌지 못했다. 고막이 찢어지는 것 같은 통증과 함께 삐, 하는 이명이 그녀의 머리를 무겁게 울렸다.

루크는 안나의 등을 밀며 군중들 틈으로 뛰어들었다. 갑작스러운 빛과 소리에 놀란 무의식들이 넋이 빠진 듯 제자리에서 벗어나지 못했다. 움직임도 확연히 둔해졌다.

타타탕! 탕탕!

섬광탄이 폭발한 데서 조금 떨어진 곳은 사정이 달랐다. 오히려 소리에 격렬하게 반응하는 건지 허공에 마구 총을 갈겨댔다. 바로 앞 혼란에 빠진 군중은 움직이지 않아 밀어붙이는 데 한계가 있고, 그들을 뚫는다 해도 총을 든 성난 군중들이 기다리고 있을 터였다.

"이쪽으로!"

당장은 밀고 나가는 수밖에 없었다. 이들이 언제 다시 정신을 차릴지 아무도 몰랐다. 십여 미터를 더 밀어내고 나자, 다행히 큰길로 빠지는 샛길이 나왔다.

브로드웨이 4번가

표지판을 확인한 루크의 표정이 순간 밝아졌다.
"거의 다 왔어요!"
다행히 이쪽으로는 아직 군중들이 모여 있지 않은 것 같았다.
"안나! 안나!"

아직 귀가 먹먹한 탓인지 루크에게 매달린 안나는 대답이 없었다. 어쩔 수 없었다. 지금은 그저 앞으로 나아가야만 했다. 한편으로 루크는 소피아와 하인츠가 운영하던 구둣방의 이름을 떠올리려 애를 썼다.

'산타나….'

분홍색 배경에 하얀색 글씨가 떠오르자 루크는 마침내 그 이름을 떠올렸다.

"산타나 가죽 공방!"

이 구둣방이 다른 지구로 향하는 통로가 맞다면 입구와 출구는 비슷한 외관을 하고 있을 터였다. 지금은 그러기만을 믿는 수밖에 없었다.

"루….."

허리춤을 잡고 있던 안나의 손놀림이 거칠어지고 나서야 루크는 그녀가 계속해 무언가를 외치고 있다는 걸 알아차렸다.

"루크! 저기 저들이….."

소리를 듣지 못하는 건 안나가 아니었다. 머리 위에서 터져버린 섬광탄의 충격은 오히려 루크의 귀를 일시적으로 멀게 했다.

"루크, 저들이 오고 있어요!"

안나의 입 모양으로 무슨 말인지 확인한 후에야 루크는 군중들이 다시 이쪽으로도 몰려오고 있다는 걸 확인했다. 동시에 군중의 선두와 맞닿은 지점에 놓인 분홍색 간판이 그의 시선을 끌었다.

글씨를 확인할 수는 없었지만 크기나 각도 그리고 밖으로 튀어나온 간판대까지 모두 소피아의 지구에서 본 것과 동일한 패턴이었다.

"저기로 가야 해."

다른 방법은 없었다. 군중들을 피해 반대편으로 도망친다면 다시는 그곳으로 갈 수 없을 터였다.

"안나, 잘 들어요. 우리가 되돌아가기 위해서는 다시 구둣방으로 가야만 해요. 알고 있죠?"

"알아요. 그래서 여기까지 온 거잖아요."

안나가 떨리는 목소리로 대답했지만, 루크에게는 아주 작은 소리로만 들렸다.

"이미 구둣방은 군중들에게 점령당했어요. 하지만 다른 방법은 없어요."

루크는 안나가 뭔가를 더 말했지만 듣지 못하고 그녀의 등에 매달린 MP5 소총을 장전했다.

"내가 신호하기 전까지는 절대 방아쇠를 당기지 말아요. 최대한 자극하지 말고 그대로 마주할 거예요."

루크는 혼잣말 하듯 계속 되뇌었다. 장전을 마친 다음 가방을 앞으로 매고는 거기 든 무기들을 확인했다.

"최후의 순간에만 총기를 쓸 거예요. 녀석들은 무의식일 뿐이니까 겁먹지 말고. 알겠죠?"

"루크…."

안나는 무모하다는 말을 하고 싶었지만 차마 말을 끝맺지 못했다. 이미 하인츠의 살인 청부 제안을 거부한 이상 이곳은 두 사람에게 너무도 위험한 공간으로 변했다. 여기에 머물 수 없다면 선택은 어떻게든 원래의 지구로 돌아가는 것뿐이었다.

"뛰지도 않을 거예요. 그냥 총을 손에 쥐고 자연스럽게 걸어갑시다. 저들은 극한까지 도발할 테지만 우리는 대응하지 않는 것이 전략입니다."

"그러다 우리한테 총을 겨누면요?"

안나는 루크의 계획이 도통 이해가 되지 않았다. 아무리 무의식이라 하더라도 그들이 발사하는 총알은 실재였다. 무의식이 죽일 수 없는 의식은 그 지구의 주인에게만 해당되는 것이다. 루크와 안나 같은 이방인들은 언제든지 제거가 가능한 그저 이물질일 뿐이었다.

루크는 안나의 말을 제대로 알아듣지 못한 것 같았다. 안나의 어깨를 두 번 툭툭 두드리더니, 그대로 그녀의 손을 잡고 군중들을 향해 걸음을 내딛기 시작했다.

92
에단 (Ethane)

"루크…. 루크!"

안나가 뒤에서 조심스럽게 그를 끌어당겼지만, 루크는 거침이 없었다. 군중들은 이미 분홍색 간판을 한참 지나 일렬로 전진했다. 그 수가 얼마나 되는지는 중요하지 않았다. 이미 눈앞에 보이는 것만 해도 족히 수백 명은 넘었으니까.

"절대 먼저 쏘지는 않을 거예요."

루크는 총구를 아래로 떨군 채 계속해서 앞으로 발을 내딛었다. 이제 군중과의 거리는 채 50여 미터도 남지 않았다.

"루크, 이건 너무 무모해요."

"그렇지 않아요. 저들이 누구와 연결되어 있는지는 확실하지 않지만… 우리를 해치는 일은 없을 겁니다."

루크의 걸음은 갈수록 조금씩 더 빨라졌다. 안나는 루크의 자신감이 어디서 나오는지 알 수 없었다.

탕! 타타타탕!

흥분한 군중의 한 무리가 허공을 향해 총을 쏘아대기 시작했다. 격발음이 고층 건물들을 울리면서 더 생생한 공명음을 만들어냈다.

거리가 이십여 미터로 좁혀지자 루크가 잠깐 걸음을 멈추었다. 그러자 신기하게도 군중들의 걸음 역시 느려졌다. 선두에 선 자들은 쇠파이프와 날카로운 칼을 들고 루크의 동태를 지켜보고 있었다. 조금이라도 서툰 행동을 하면 저들이 어떻게 설쳐댈지 생각만으로도 끔찍했다.

"루크, 지금이라도 하인츠에게 돌아가서…."

"지금 저 녀석들은 하인츠의 지배를 받고 있어요. 의도하든 의도하지 않았던 그에게 자신들을 바쳐왔으니까."

"지금 그런 추측에 목숨을 걸자는 건가요?"

안나는 루크가 무슨 말을 하려는지 알 것 같았다. 하인츠 시장이 온화하고 이성적인 성품을 가졌으니 그를 추종하는 이곳의 무의식들 역시 진짜 폭력적이지는 않을 것이라는.

"레오와 경찰들이 이미 증명했죠."

루크는 SWAT팀의 무기를 순순히 탈취할 때 확신했다. 이곳의 무의식들은 동요할 수는 있어도 행동으로 옮기지는 않는다는 걸. 지금의 소요도 그저 원하는 것을 이루지 못한 하인츠의 어설픈 분노일 뿐이리라.

"그러니 걱정하지 말고 어서 갑시다."

루크가 시야를 가득 채운 군중들을 좌에서 우로 죽 둘러보더니 다시 발걸음을 떼었다.

"가짜다! 가짜들이 도망가려 한다!"

그때 군중 맨 앞에 있던 갈색머리 사내가 곤봉을 높이 쳐들며 외쳤다.

"시장님을 배반한 자들은 모두 다 응징하라!"

"지구를 해치는 녀석들에게는 처절한 죽음뿐이다!"

뒤이어 젊은 청년들의 외침이 연이어 터져나왔다. 방금까지만 해도 자신했던 루크는 뒷덜미가 서늘해졌다. 뭔가 변화가 일어난 것 같다는 직감이 들었다. 지시라도 받은 것처럼 군중들이 일제히 동요했다.

타타타타탕!

곧이어 거센 총격음과 함께 총알이 빗발치기 시작했다. 허공으로만 발사되던 위협용이 아니었다. 이번에는 두 사람의 발밑에 총탄이 튀어 올랐다.

"죽여! 죽여라! 가짜들을 죽여라!"

내 편 네 편을 가리지 않고 마구 발사된 소총탄에 맞아 군중들이 푹푹 쓰러졌다. 그들을 밟고 뒤에서 성난 군중들이 두 사람을 향해 달려오기 시작했다.

"안나, 어서!"

루크는 재빠르게 AR-15 소총을 견착한 다음 3점사로 가장 앞선 자들부터 제압하기 시작했다. 총알은 낭비 없이 적중되었고 그 자리에서 쓰러져 갔지만, 그걸 보고도 뒤따르는 무리들은 두려움이 없어 보였다.

"루크, 도망가요! 어서!"

MP5 기관단총을 든 안나는 아직 격발조차 못 하고 있었다. 거리가 더 좁혀지자 루크는 가방에서 수류탄을 몇 발 꺼내들었다.

"안나, 이쪽으로!"

루크는 안나의 팔을 잡고 길 가장자리로 도망친 다음 좁은 골목으로 숨어들었다. 그리고 골목으로 막 쫓아 들어오는 걸 보자마자 안전핀을 뽑고 수류탄을 던졌다.

콰쾅! 콰콰콰쾅!

지축을 흔드는 폭발음과 함께 먼지들이 자욱하게 공중으로 떠올랐다.

"안나, 어서!"

난생처음 겪는 폭발음과 화약 냄새에 거의 정신이 나간 안나를 이끌고 루크는 골목길을 따라 내달리기 시작했다. 원래 목적지는 '산타나 가죽 공방'이었지만, 두 사람은 전혀 다른 곳으로 달려가는 중이었다. 뛰면서 돌아보니 군중들은 이미 골목을 꾸역꾸역 채워나가고 있었다.

루크! 안나! 즉각 저항을 멈추고 투항하라.

동시에 하늘에서는 경찰 헬리콥터 한 대가 강렬한 서치라이트를 비추며 경고 방송을 하고 있었다.

"완전히 망했군."

루크의 막연했던 긍정 이론은 틀리고 말았다. 아니, 어쩌면 하인츠의 마음이 완전히 돌아선 것일 수도 있었다. 다른 지구들에서 그랬듯 이제 루크는 자신을 제거하기 위해 달려드는 수십억의 무의식들과 다시금 대결을 벌여야만 했다.

두 사람이 간신히 지나갈 만한 좁은 골목은 아직 비어 있었다. 하지만 헬리콥터의 서치라이트는 두 사람이 어디로 어떻게 가고 있는지 정확히 비추고 있었다.

루크, 안나. 레오 경사입니다. 지금 당장 무기를 버리고 투항하십시오.
당신들은 지금 완전히 포위되었습니다. 현 시각 부로 루크 쇼와 안나 프루스는 1급 테러리스트로 지정되었으며, 뉴욕시의 핵심 수배 인물로⋯.

건너편 빌딩 전광판에 두 사람의 사진이 떠올랐다. 건물 벽에 가려 완전히 보이지는 않았지만, 하인츠의 펜트하우스로 올라가는 엘리베이터에서 찍힌 모습이었다.
"차라리 하인츠에게 다시 가서⋯."
"아니, 그는 마음을 바꾸지 않을 거예요."
몰골이 엉망인 안나는 마지막 희망마저 잃은 표정이었다.
"안나, 잘 들어요. 하인츠는 하인츠일 뿐이에요. 아무리 선한 얼굴에 착한 미소를 하고 있어도 그는 라마와 여러 지구를 망친 장본인이라고요."
"그건 알지만⋯."
"저기 있다!"
"가짜들이 저기 숨어 있다!"
서치라이트에 잡힌 두 사람은 이제 더 이상 숨을 곳이 없었다. 군중들은 더 과격해지고 더 분노하고 있었다. 죽음도 불사하는 그들은 이제 그 자체로 무기나 다름 없었다.
루크는 가방을 열어 남은 탄약을 확인했다. 여섯 개의 탄창, 세 개의 수류탄. 이걸로는 1분도 더 버틸 수 없을 것 같았다. 모든 희망이 사라지고 남은 게 고작 이것뿐이었다.

"실패했어요, 안나. 미안해요."

안나의 눈에 눈물이 맺히기 시작했다.

"루크, 저는 당신을 원망하는 게…."

루크가 메고 있던 소총을 바닥에 내려놓았다. 그러고는 양팔을 높이 들어 헬리콥터를 올려다보며 외치기 시작했다.

"루크 쇼. 투항합니다! 다시 한번 말합니다. 루크 쇼, 안나 프루스는 지금 무조건 투항합니다!"

루크가 있는 힘을 다해 외쳤지만 헬리콥터 소음과 군중들의 함성에 묻혀 제대로 전달되지 않는 듯했다. 맹목적인 무의식의 군중들은 점점 가까워졌다.

"레오! 당장 멈춰요!"

여전히 서치라이트만 비출 뿐 아무런 반응이 없었다. 루크는 뒷덜미가 서늘해졌다. 자신들이 농락당했음을 깨달은 것이다. 클로즈업 카메라로 일거수일투족을 감시하고 있을 텐데, 투항 의사를 눈치채지 못했을 리 없었다.

"으아아아!"

루크가 헬리콥터를 향해 고함을 질러댔고, 그때였다. 퍼퍼퍼퍼펑! 강렬한 폭발음과 함께 하늘에 섬광구가 생기더니, 호버링을 하던 경찰 헬리콥터가 중심을 잃고 그대로 추락하기 시작했다.

떨어지는 파편들을 피해, 루크가 안나를 꼭 안고 건물 벽에 몸을 밀착했다. 불이 붙은 헬리콥터는 군중들 한가운데로 떨어지며 더 큰 폭발을 일으켰다.

불이 붙은 군중들의 비명과 연쇄적으로 터지는 폭발음이 뒤섞여 그야말로 아수라장이었다. 불이 붙은 채로 날뛰는 사람들이 인파로 뛰어들면서 오히려 더 많은 사람들이 불길에 휩싸였다. 그런데 어쩐지 피하는 사람들이 없었다. 반대편에서 몰려오던 무리들도 폭발 충격 때문인지 더 이상 전진하지 않고 얼어붙은 듯이 자리에 서 있었다. 루크는 안나가 괜찮은지 확인했다.

"저는 괜찮아요. 근데 뭐였죠?"

사태를 확인하려고 사방을 살피는데, 저 멀리서 걸어오는 익숙한 한 남자를 발견했다. 루크는 저절로 입이 벌어질 만큼 놀란 얼굴이었다.

"말도 안 돼."

그리고 적막을 깨는 음악 소리가 울려 퍼지기 시작했다.

93
에단 클라인 (Ethane Klein)

선글라스에 커다란 헤드셋. 음악 비트에 어울리지 않는 엉거주춤한 걸음걸이. 모든 게 어색한 에단이 주위를 두리번거리며 걸어왔다.
"에단 짓인가요?"
"그렇다고 할 수밖에."
군중들은 이제 빛을 쫓는 나방처럼 불붙은 헬리콥터를 향해 몰려들고 있었다. 빛에 반응하는 걸 보면 어쩌면 자신들을 향해 돌진하던 것도 레오가 비춘 강한 서치라이트 불빛 때문인지 몰랐다.
"에단! 여기!"
그가 도움이 될지 확실하지는 않았지만 지금은 그걸 따질 형편이 아니었다. 그나저나 양손을 주머니에 찔러넣은 채 움츠리며 걷는 걸 보면, 저 헬리콥터를 어떻게 추락시킨 건지 믿기지 않았다.
"에단! 이쪽으로!"
갈림길에서 다시 반대 방향으로 주춤하는 에단을 보고 안나가 있는 힘껏 소리쳤다. 그러자 에단이 헤드셋을 살짝 들더니, 소리가 들린 쪽으로 고개를 돌렸다.

"루크? 안나?"

군중들의 시선을 끌까 봐 루크는 조심스레 주위를 살폈다. 그러고는 곧장 에단에게 달려가 그의 팔을 잡아끌었다.

"어떻게 된 거예요?"

"뭐가요?"

에단은 달라진 게 없었다. 여전히 딴 세상 사람 같은 얼굴을 했다.

"우리를 구해준 게 당신 아닌가요?"

에단은 루크의 얼굴을 똑바로 보았다. 선글라스를 끼고 있었지만 맹인인지 아닌지 구분할 수 없을 정도였다.

"하마터면 군중들에게 짓밟힐 뻔했어요. 그때 헬리콥터가 추락했고요. 동시에 당신이…."

에단은 그제야 한 번도 볼 수 없던 미소를 시원하게 짓더니 선글라스를 벗었다. 눈동자는 여전히 혼탁해도 그는 정확히 루크와 눈을 맞추었다.

"음악 듣는 데 방해 되더군요. 소리는 공기를 통해 전달되는데…."

"당신이 한 건가요?"

루크가 에단의 말을 끊었다.

"헬리콥터를 격추시킨 것 말예요."

말도 안 될 것 같은 생각이었지만 루크는 진지하게 묻고 있었다. 에단이 고개를 갸우뚱하며 또렷한 발음으로 반문했다.

"격추가 무슨 뜻이죠?"

"에단, 장난칠 시간이 없어요. 그러니까 당신이 헬기를 거추장스럽다고 생각한 거죠? 길거리에서 음악을 듣기에는."

"그런 셈이죠. 그것이 사라졌으면 좋겠다고 생각했으니까."

루크는 아! 하며 자기도 모르게 감탄을 내뱉었다. 아직 증거는 없었지만 에단의 잠재된 '의식적 능력'이 발휘되고 있는 것 같았다.

"에단, 다시 집으로 돌아갈 건가요?"

안나에게 에단의 각성은 크게 중요하지 않았다. 어차피 이곳은 곧 떠날 지구였으니까.

"아니요, 오랜만에 산책을 좀 해볼 생각입니다. 낮인지 밤인지는 알 수 없지만 공기도 상쾌하고…."

"좋아요, 그럼 우리를 저기까지만 데려다줘요."

루크가 서둘러 무기와 가방을 챙기기 시작했다.

"내가 왜 그래야 하죠?"

에단은 루크의 말을 따르는 게 못마땅한 표정이었다.

"시간이 없어요. 한 번만 부탁할게요."

에단의 말대로라면 헬리콥터가 추락한 건 우연의 일치였다. 그가 자신들을 구하려 한 것이 아니라 그저 음악에 집중하려던 것뿐이었으니까. 다시 군중들이 몰려든다면 그땐 에단의 '무적 능력'이 도움이 될지 확신할 수 없었다.

"에단, 도와줘요. 저기 산타나 가죽 공방까지만…."

"산타나 가죽 공방…."

안나가 거듭 요청해도 시큰둥하던 에단이 공방의 이름을 듣자 대번에 얼굴을 찌푸렸다.

"거길 알고 있어요?"

에단이 눈을 감고 기억을 뒤지는 듯했다.

"에단, 어서!"

사이렌을 울리며 출동한 소방대에 의해 헬기의 불길이 진화되고 있었다. 어느 정도 소화되면 강한 자극에 흥분한 군중들은 또다시 자신들을 찾아 헤맬 것이 분명했다.

"거기는 왜 가려고 하는 거죠? 나는 이제 막 세상에 나왔는데."

"그게 무슨 말이에요, 에단?"

꿈쩍도 하지 않는 에단의 팔을 안나가 꼭 붙들었다.

"당신들 말을 듣고 밖으로 나왔어요. 금단증상이 잠깐 나타나긴 했지만 약을 하지 않고 넘긴 건 이번이 처음이었죠. 마약 중독 치료를 위해 딱 한 번 시설에 입소한 적이 있었어요. 10년 전이었나…."

루크는 안나를 진정시키며 그가 계속 말하도록 두게 했다.

"정신과 의사가 그러더군요. 당신 마약 못 끊는다고. 평생 시설과 교도소를 드나들다 죽을 거라고. 그때는 그 말이 원망스러웠는데."

"에단, 우리에게 할 말이 있는 거죠?"

"나 같은 약쟁이에게 용기를 불어넣어준 사람은 당신들이 처음이었죠. 이 지구의 주인은 나다. 내가 원하는 대로 이루어질 거다. 이런 말들이 내게는 새로웠어요. 마치 따끈따끈한 신종 제품처럼…."

에단의 입가에 환한 미소가 번지기 시작했다.

"집으로 돌아가려다 그 말이 머릿속을 계속 맴돌더군요. 그래서 무작정 여기까지 걸어왔어요. 당신들을 만나게 될 것을 기대하면서. 고마워요. 약은 못 끊겠지만, 바깥 구경을 하게 해줘서. 이것도 환각인지는 모르겠지만."

에단이 마치 두 사람이 보인다는 듯이 씩 웃더니 다시 헤드셋을 썼다. 에단이 너무 오래 말하도록 둔 것 같았지만 별수 없었다. 유일한 희망이니까. 어쩌면 그로 인해 방법을 찾을 수 있을지도 모르니까. 사방은 다시 모여드는 군중들로 차오르고 있었다.

루크는 마지막 결전을 앞둔 것처럼 비장한 표정으로 AR-15 소총의 장전 손잡이를 당겼다.

"산타나 가죽 공방은 아주 아늑한 곳이죠. 꿈속에서 여러 번 가본 적이 있어요."

"꿈속?"

안나가 그의 말에서 단어 하나를 낚아챘다.

"왜냐하면 기억이 아주 생생하거든요."

"그럼 꿈이든 현실이든, 우리를 그곳으로 안내해줄 수 있겠어요?"

안나가 간절한 심정을 담아 말했다. 군중들은 어느 정도 거리를 두고 멈춘 채 더 이상 다가오지 못하고 있었다.

"같이 걷는 것 정도로 충분하다면…."

"그거면 충분해요. 어서요!"

루크가 안나의 팔을 잡고 에단의 뒤에 섰다. 에단은 길게 숨을 몰아쉬더니 고개를 끄덕이곤 천천히 걸음을 내디뎠다.

생긴 건 분명 헤드셋인데 거기선 확성기보다 더 큰 음악 소리가 나오기 시작했다. 강한 비트와 전자음에 귀가 멀 지경이었지만 지금은 가만 내버려 두는 게 상책 같았다.

"에단, 정확한 방향을 알아야 해요!"

세 사람이 골목을 빠져나오자 군중의 규모는 더 불어나 있었다. 아마도 에단의 음악 소리가 자극이 되어 사람들을 끌어들이고 있는 듯했다. 수천, 수만, 아니 모든 뉴욕 시민이 다 나와 있는 것 같았다.

"방향은 중요하지 않아요. 가겠다고 하는 마음이 중요하지."

에단의 목소리가 들릴 듯 말 듯 했지만 그는 단 한 번의 망설임도 없이 대로를 가로질러 갔다. 근처의 몇 사람이 무기를 들고 세 사람에게 달려들려다가 에단을 보고는 기겁하며 자리에 넘어졌다.

저들의 심연에서는 하인츠와 에단의 알력 다툼이 끊임없이 벌어지는지도 몰랐다. 어쨌든 지금 이 순간의 승리자는 에단이 분명했다.

"저기! 저기예요!"

곧 분홍색 간판과 함께 익숙한 형태의 차양이 눈에 들어왔다. 이제 산타나 가죽 공방까지의 거리는 채 100여 미터도 남지 않았다. 입구까지 사람들로 가득 차 있었지만, 에단을 앞세운 지금은 상황이 완전히 달라졌다. 에단의 음악 소리를 따라 모여든 군중들은 마치 모세의 기적처럼 양옆으로 갈라져 길을 터주었다.

"에단이 깨어나고 있어요."

안나가 큰 소리로 흥분해 말했지만 주변 소음 탓에 들릴까 말까 했다.

"알아요. 꼭 좋은 소식만은 아니에요."

"왜죠?"

"자식은 부모를 증오하고, 제자는 스승을 배반하는 법이니까. 당신네들 그 잘난 프로이드에 따르면 말이요."

어느새 가죽 공방 앞에 이르자 유리문이 세 사람을 가로막았다. 어둠에 잠겨 안쪽이 어렴풋하게만 보이는데 지난 지구의 것과 닮아 있는 것 같았다.

루크는 에단의 어깨를 툭툭 두드려주었다. 에단과는 여기까지였다. 이제 헤어져야 하는 순간이었다. 이렇게나마 지구의 주인을 보며 작별할 수 있어 다행스럽기도 했다.

그때 갑자기 사이렌 소리가 요란하게 울리며 또다시 군중이 좌우로 갈라지기 시작했다.

당신들은 지금 뉴욕의 질서를 어지럽히고 있다! 당장 투항하라!

정확하지는 않지만 레오의 목소리일 것이다. 루크는 신경 쓰지 않고 유리문을 열었다. 몇 번 거칠게 흔들어봐도 열리지 않을 만큼 굳게 잠겨 있었다.
"잠깐 뒤로 물러서요."
루크는 소총을 잠금장치에 겨누더니 그대로 격발했다.
탕! 비록 한 발이었지만, 군중들의 이목을 한꺼번에 끌어들이는 데는 충분했다.
"저기 테러리스트들이다! 테러리스트들이 숨어 있다!"
다시 소리치고 괴성을 지르며 달려드는 군중들을 뒤로하고 루크와 안나는 가죽공방 안으로 뛰어들었다. 문 바깥에는 에단이 음악을 들으며 평온히 서 있었다.
"같이 가자는 말은 안 하는군요."
그가 팔짱을 끼고 입구를 막고 있는 탓에 군중들은 섣불리 접근하지 못했다. 어찌 보면 놀라운 광경이었다. 단 한 사람이 혼자서 수많은 군중을 거뜬히 막아서고 있는 꼴이니까.
"당신은 떠나면 안 돼요. 이곳은…."
"내가 주인이라는 말을 또 하려는군요."
에단이 루크를 돌아보며 씩 웃었다. 동시에 수십 대의 경찰차들이 군중들을 밀어내며 가죽 공방 앞에 멈추어 섰다.

94
이동 (Transportation)

"에단, 여기서 뭐 하는 거야!"

차에서 허겁지겁 내린 건 다름 아닌 레오였다. 그는 분명 추락한 헬리콥터에 타고 있었다. 그러나 그가 어떻게 멀쩡히 다시 나타났는지는 중요하지 않았다. 무의식은 늘 그렇게 꿈과 비현실의 경계를 넘나들었으니까.

"경사님, 오랜만입니다."

"에단, 당장 비켜서!"

가죽 공방으로 들어가는 출입문은 한 사람만 지나갈 수 있는 크기였다. 방금 루크와 안나가 안으로 들어간 뒤로, 에단은 그 입구를 마치 가드처럼 지키고 서 있었다.

"뭘 말입니까? 여기가 어디인가요?"

레오가 젠장, 욕을 내뱉으며 손전등을 켜고 가게 안을 비추었지만 어두운 탓에 아무것도 보이지 않았다.

"방금 두 사람 이 안으로 들어가지 않았나?"

"누구요?"

에단이 딴청을 피우면서도 레오의 동선을 철저하게 막았다.

"뭐 하는 거야 지금."

마치 눈앞이 다 보이는 것처럼 에단은 막아서는 몸놀림이 가벼웠다. 평소의 그에게선 볼 수 없는 민첩함이었다.

"저 같은 약쟁이 장님이 뭘 아나요. 그냥 지나가다 잠시 기대어서 쉬는 겁니다."

다급해진 레오가 에단의 팔을 붙잡더니 옆으로 확 밀쳐냈다. 그러나 그건 큰 실수였다.

"지금 뭐 하는 겁니까!"

평소라면 굽신거리며 벌써 어디로 몸을 피했을 테지만, 에단은 이미 각성한 뒤였다. 의식과 무의식, 주인과 노예. 모든 것이 마음먹기에 달려 있다는 그 흔한 격언이 에단의 심연부터 차오르고 있었다.

"안 비켜? 너 또 구치소에…."

레오가 어쩔 사이도 없이 몸이 공중으로 붕 떠오르기 시작했다.

"뭐 하는 거야! 당장 안 내려놔!"

물리학을 거스르는 놀라운 장면을 보며 경찰들이 놀란 듯이 권총을 들었다. 하지만 누구 하나 섣불리 두 사람을 조준하지 못했다.

"잘 들어, 애송이 경사."

에단은 다른 손으로 선글라스를 벗어 그대로 바닥에 떨군 다음 짓이겨 밟았다. 플라스틱 렌즈가 부서지는 소리가 마치 건물이 무너지는 것처럼 온 거리를 울렸다.

"오랫동안 마약을 하면 뭐가 불편한지 알아? 주사기 자국? 금단

증상? 아니야."

에단의 눈동자에서 금방이라도 빛이 뿜어져 나올 기세였다.

"현실이 재미가 없어지거든. 당신네 경고 방송도, 조잡스러운 대화들도 다 지루한 대사들일 뿐이지."

공중에 매달린 레오의 얼굴이 벌겋게 달아오르며 금방이라도 터져버릴 것만 같았다.

"그런데 말이야. 나는 지금 아주 오래가는 신약을 맞은 것만 같아. 굳이 꿈속으로 숨지 않아도 내 세상을 만들 수 있다는 확신이 생겨났거든."

에단이 염력을 하듯 주먹을 쥐자 레오의 몸이 더 높이 떠올랐다. 그러다 다시 손을 확 펴자 그는 순식간에 어디론가 날아가기 시작했다. 레오의 비명이 더 이상 들리지도 않을 만큼 멀어졌다. 눈앞에서 벌어진 믿을 수 없는 광경에 경찰들이 허둥대기 시작했다.

에단이 맨 앞에 서 있는 경찰차로 다가가 그 위에 올라섰다. 마치 덤프트럭에 깔린 것처럼 경찰차의 지붕이 움푹 주저앉았다.

"크리스마스 밤에는 산타클로스가 온다던데, 다들 집에서 선물을 기다려야지. 여기서 뭣들 하는 거지?"

얼토당토않은 말을 하면서도 에단의 표정은 신이 나 있었다. 움츠러들었던 지난 시간을 보상받으려는 듯 세상을 향한 발걸음이 급해 보였다.

"저 녀석처럼 날아가고 싶지 않으면, 당장 여기서 썩 꺼져!"

그리고 다시 한번 고성을 지르며 팔을 휘젓자, 대기하고 있던 경찰차들이 공중으로 붕 떠올랐다가 그대로 바닥으로 추락했다. 그제야 새로운 빌런의 등장을 지켜만 보던 군중들이 혼비백산하며 사방으로 흩어지기 시작했다. 그 광경을 즐겁다는 듯이 바라보던 에단은 목에 걸고 있던 헤드셋을 다시 썼다.

***

쿵쿵쿵!

가게 안으로 들어오고 나서 바깥에서는 계속해서 충격음이 들려왔다.

"신경 쓰지 말아요."

루크와 안나는 다시 지구로 향하는 통로를 찾느라 정신이 없었다. 가죽 공방 안은 예전에 보았던 것과 크게 다르지 않았다. 깔끔하게 정리된 구두들과 이제 막 들어온 재료들까지.

"원래대로라면 이쪽에 방이 있어야 하는데…."

하지만 쇠약한 하인츠가 숨어 있던 작은 방으로 향하는 문이 보이지 않았다. 천으로 가려진 공간이 하나 있었지만, 쓰고 남은 재료들을 모아놓은 창고에 불과했다.

"반드시 찾아야 해요. 다른 델 찾는 건 이제 불가능하니까."

루크가 고개를 돌려 창밖을 보았다. 어지러운 불빛들 탓에 확실하지는 않았지만 경찰차 위에 올라선 에단의 모습이 보이는 듯했다.

"에단은 신이 난 것 같군요."

안나도 그의 모습을 확인했다.

"그럴 테죠. 자기 인생의 주인공은 자신이라는…."

그때 경찰차들이 공중으로 붕 떠오르더니 빠른 속도로 멀어지는 게 보였다. 루크가 채 말을 마무리하기도 전에, 강한 섬광이 안쪽을 비추다가 이내 고요해졌다.

"괜찮아요?"

안나가 루크 옆으로 다가서며 물었다. 눈을 멀게 할 만큼 강렬한 빛이었지만 직접 보지 않은 게 다행이었다.

"그가 많이 흥분한 것 같군요."

빛이 사라지는 것과 동시에 바깥은 다시 고요해졌다. 무언가 오고 가는 윤곽이 보이는 듯했는데 두 사람 모두 섬광이 만들어낸 잔상 탓에 아직 제대로 눈을 뜨지 못했다.

"정 안 되면 에단에게 다시 부탁을…."

눈을 몇 번 깜박이고 다시 창밖을 보던 안나가 말을 잇지 못했다.

"그럴 수는 없어요. 그는 이미…."

안나의 시선을 따라가던 루크도 이상한 걸 눈치챘다. 밖은 여전히 어두웠지만 거리는 어느새 말끔하게 정리되어 있었다.

"다행이에요. 에단이 잘 정리해준 것 같으니…."

루크는 관심을 돌려 다시 가게 안을 둘러보았다. 그런데 말로 표현하기는 힘들지만 무언가 아까와는 다른 모습이었다.

"안나?"

차이점을 느낀 건 안나도 마찬가지였다.

두 사람은 일부러 가게 안의 불을 켜지 않았다. 하지만 이미 어둠에 적응한 눈과 머리는 사물들의 배치를 어느 정도 기억하고 있었다.

진열대와 테이블 위치는 그대로였지만 그곳에 전시된 제품들은 완전히 바뀌어 있었다. 1999년의 올드한 스타일을 벗어나 2030년대의 최신 트렌드를 반영한다는 듯이.

"설마…."

그리고 그 차이를 분명하게 느낀 안나는 가게 입구로 달려갔다.

루크가 말리기도 전에 안나는 무턱대고 유리문을 열어젖혔다. 차가운 공기가 들어찬 뉴욕의 거리는 분명 1999년의 뉴욕이 아니었다. 인적은 드물었지만 건물의 형태들과 저 멀리 늘어서 있는 차량들의 윤곽은 분명 자신들이 '다른 시간대의 뉴욕'으로 돌아왔음을 입증해주었다.

"바뀌었어요, 완전히!"

안나의 얼굴이 붉게 상기되어 있었다.

"그러니까 우리가 이 공방에 들어온 이후…."

"돌아온 건가요?"

"그럴 수도, 아니, 아닐 수도."

에단의 지구를 벗어난 건 확실했지만, 이곳이 어디인지는 알 수 없었다. 행여나 완전히 새로운 지구라면 또다시 지루한 여정을 반복해야 한다는 의미였으니까. 이곳이 어디인지, 누구의 지구인지를 파악하는 것이 급선무였다.

가게 안의 불을 켜기 위해 벽으로 다가가는 순간, 저 안쪽에서 인기척이 들렸다.

"쉿!"

루크가 반사적으로 안나의 입을 막으며 벽에 몸을 기댔다. 부스럭거리는 소리와 함께 기계가 작동하는 소리가 들려오고 있었다.

"설마…."

콜록! 콜록 콜록! 그리고 익숙한 소리가 옅은 방문을 뚫고 들려오기 시작했다.

95
대치 (Confrontation)

기침 소리는 규칙적으로 들렸다. 쇠를 긁는 듯 거슬렸다. 그게 하인츠의 목에서 나는 소리라는 걸 알아차리는 건 어렵지 않았다.

"제대로 왔군요."

안나가 먼저 침묵을 깼다.

"그러게요."

원하는 대로 원하는 곳에 도착했지만 왠지 기쁘지가 않았다.

콜록, 콜록. 마치 두 사람이 오기를 기다렸다는 듯 기침 소리는 적막을 깨고 점점 커져갔다. 사실 하인츠와 꼭 다시 대면할 필요는 없었다. 저 세상의 '시장 하인츠'가 암살을 부탁하기는 했지만 그걸 들어줄 이유도 없었다. 물론 라마를 떠나 EA-1124174로 향한 첫 번째 목적은 '진짜 하인츠의 제거'였다. 그러나 그것은 순진한 정보에 정해진 목표일 뿐이었다. 실상은 하인츠의 의식이 사경을 헤매고 있다는 것과 막상 세상을 지배하고 있는 건 그의 또 다른 무의식들임을 알게 된 이상 굳이 불필요한 접점을 만들 필요는 없어 보였다.

무엇보다 안나는 이 지루하고 급박한 상황들을 끝내고 싶었다. 지구가 80억 개든 아니면 단 한 개든 그저 라마로 다시 돌아가 반복되는 일상을 사는 것이 유일한 바람이었다.

하지만 루크의 생각은 달랐다. 그는 처음부터 딸 엠마의 소재를 알아내기 위해 모험을 감행했다. 시장 하인츠로부터 사소한 단서를 얻기는 했지만 그건 엠마를 찾는 데 하등 소용이 없었다. 라마인들을 하나씩 들춰가며 등에 적힌 문구를 확인할 수도 없을뿐더러, 그것이 진실이라는 보장도 없었으니까. 그리고 아직 정보의 핵심에 다가가지 못했다는 아쉬움이 그의 발걸음을 저 하얀 커튼 뒤로 이끌고 있었다.

"루크!"

뒤늦게 문 앞에 서 있던 안나가 그의 의중을 알아차렸지만, 이미 한발 늦은 뒤였다. 루크는 커튼을 걷어내더니 하인츠가 숨어 있는 공간으로 들어가 버렸다.

***

그는 여전히 위태로워 보였다. 반쯤 일으켜 세워진 침대. 곳곳에 널브러진 호스와 산소탱크들. 그리고 습기가 들어찬 산소마스크까지. 누가 보아도 영락없이 임종을 앞둔 노인의 몰골이었다.

"소피아, 왔니?"

하인츠가 초점이 흐릿한 눈으로 고개를 서서히 돌렸다.

"어서 밥을 좀 줘."

그 한마디도 힘겨운지 다시 숨을 고르며 천장을 쳐다보았다. 아마도 외출 나간 딸이 귀가한 걸로 생각하는 듯했다.

참담한 꼴을 보며 마음이 착잡했지만 이내 평정심을 되찾았다. 루크는 그의 머리맡으로 다가가 빤히 내려다보았다.

"소피아, 목이… 목이 말라…."

하인츠의 동공은 이미 초점을 잃고 흐릿해져 있었다.

"엠마, 엠마를 기억하나?"

"루크, 더 이상…."

뒤늦게 안으로 들어온 안나가 두 사람을 보고 멈칫했다. 루크는 오른손을 들어 안나가 다가오지 못하게 했다.

"엠마를 어떻게 했지? 고작 일곱 살밖에 안 된 금발 여자아이 말이야."

루크가 또박또박 말하자 하인츠의 시선이 그에게로 향했다.

"날 똑바로 봐. 우린 몇 번 만난 적이 있지. 비록 꿈속이었겠지만."

루크가 하인츠에게 얼굴을 들이밀었다. 분노와 절망, 희망과 기쁨이 뒤섞이며 루크의 가슴은 요동쳤다.

"루… 크…?"

그제야 기억이 나려는지 하인츠의 눈꺼풀이 미세하게 떨렸다.

"그래, 우린 총질도 몇 번 주고받았어. 이렇게 말이야."

루크가 허리춤에서 글록 권총을 꺼냈다.

"죽음은 직면하지 않으면 한없이 멀리 있는 것 같지. 하지만 이렇게 눈앞에 다가오면."

루크는 총구를 하인츠 코앞에 겨눴다.

"루크, 무슨 짓이에요!"

안나는 자신이 하인츠를 대변하게 될 줄은 미처 몰랐다. 누구보다 하인츠를 증오하고 또 미워했지만 지금 눈앞에 누워 있는 그는 그저 쇠약한 노인일 뿐이었다.

"안나, 그는 쇼를 하는 것뿐이에요. 의식은 무의식 없이 만들어지지 않아요. 마찬가지로 무의식도 명료한 의식 없이는 만들어지지 않죠."

루크가 방아쇠 위에 검지손가락을 올렸다.

"하인츠가 저 세상에서 그토록 똑똑하게 시장 노릇을 하고 있다는 건 역설적으로 의식적 존재가 여전히 건재하다는 것을 뜻해요."

"그건 궤변이에요. 진짜 하인츠가 저 모양이니까 그런 부탁도…."

안나는 차마 '청부살인'이라는 단어를 꺼내지 못했다.

루크의 눈빛은 금방이라도 방아쇠를 당길 듯 매서웠다.

"하인츠, 어차피 이 지구는 네 것이 아니야. 내가 방아쇠를 당기면 너와 80억 개의 무의식들은 순식간에 사라지겠지. 그 전에 한 가지 확인을 해두자면…."

루크가 침상 주위를 훑더니, 의료용 가위 하나를 집어 들었다. 그러고는 피부가 쭈글쭈글한 하인츠의 오른팔을 푹 찔렀다.

하인츠의 정맥에서 검붉은 피가 스멀스멀 새어 나오기 시작했다. 루크가 가윗날을 떼도 출혈은 곧장 멈추지 않고 약한 심장박동을 따라 흘러내렸다.

"시장님이 거짓말쟁이는 아니었군."

눈앞의 하인츠는 '의식적 존재'임이 명확했다. 자크 박사와 라마의 일원들이 그토록 찾아 헤매던.

"루크, 당신 뜻은 잘 알겠어요. 하지만 우리는 지금 신중해야 해요."

 진짜 하인츠를 제거하는 건 안나와 자크의 오랜 바람이었지만 이제 그것은 '하인츠의 바람'이기도 했다. 적과 아군의 목표가 같아진 지금, 그것을 실행하는 데는 무엇보다 신중할 필요가 있었다.

 "호흡의 기쁨을 조금 더 누리고 싶다면 정신을 바짝 차리고 엠마의 기억을 되살려야 할 거야. 자, 그 어린 여자아이는 지금 어디에 있지?"

 루크가 총구를 하인츠의 이마에 바짝 붙였다. 그제야 일말의 공포를 느꼈는지 하인츠가 숨을 컥 들이쉬며 눈을 크게 떴다. 호흡하려는 건지, 말을 하려는 건지 확실하지 않았다. 하지만 입을 크게 벌리며 무언가를 입 밖으로 꺼내려 했다. 그때 가게 문이 쿵 하며 열렸다 닫히는 소리가 났다.

 소피아가 돌아왔다고 생각한 안나는 얼른 커튼부터 닫았다.
 "루크, 우선 그 총부터 치워요!"
 소피아는 이 지구의 주인이었다. 아무리 순하고 착한 성품이라도, 그녀를 놀라게 하는 건 좋은 전략이 아니었다.
 발걸음이 점점 가까워지자 루크는 총을 다시 허리춤에 찼다. 소피아가 놀라지 않게 최대한 차분한 표정을 지으면서.

***

 "노인에게 너무 무례한 거 아닌가?"
 커튼 너머로 들려온 목소리는 여성의 것이 아니었다.
 루크는 반사적으로 안나를 끌어당긴 다음 벽으로 바짝 붙었다.

다시 권총을 꺼내 출입구를 겨누었다.

"눈에 보이는 것에 주눅 들지 말라…. 어디서 많이 듣던 말인데 말이지."

고음이 섞인 기분 나쁜 말투였다. 비웃음이 묻어나는 억양도 여전했다. 예전만큼 힘이 실려 있지는 않았지만 이 목소리는 분명 익숙했다.

"그럴 리 없어."

루크는 다시 침상을 보았다. 산소호흡기를 매단 하인츠의 호흡이 어느새 규칙적으로 바뀌고 있었다.

"노인들을 대할 때는 말이야…."

곧이어 커튼이 걷히고 중절모를 쓴 키 큰 사내가 유유히 걸어 들어왔다.

"예의를 갖추는 것이 좋아."

얼굴 윤곽만으로도 그가 하인츠임을 알아차릴 수 있었다.

"외로운 시간이 너무 길어서 쉽게 편집증이 생기거든."

하인츠가 모자를 벗더니 신사처럼 공손하게 인사를 했다.

루크는 아랫입술을 깨물었다. 그를 노려보는 눈에 금세 광기가 어렸다. 하인츠는 비열한 미소를 입에 달고는 루크를 향해 성큼 다가왔다.

96
전투 (Battle)

안나는 두 하인츠를 번갈아 보았다. 오똑한 콧날을 제외하고, 지금 방 한가운데 서 있는 하인츠도 그다지 건강해 보이지는 않았다.
"뭘 그리 자꾸 놀라나?"
하인츠가 희롱하듯 안나에게 다가서자 루크가 막아섰다. 그의 오른손에는 충분히 장전된 총이 들려 있었다.
"왜? 누구를 쏴야 할지 감이 오지 않나? 이럴 때는 둘 다 쏘는 게 가장 확실한 방법이지."
하인츠는 두 사람이 안중에도 없다는 듯 외투를 벗어놓곤 구석으로 다가갔다. 전등 아래 드러난 그의 행색은 더 볼품없었다. 카랑카랑한 목소리만이 지금 병상에 누워 있는 병자와 그를 구별해줄 뿐이었다.
"오랫동안 지구와 라마를 오가면서 느낀 건데 말이야…."
하인츠가 침상에 걸터앉자 호흡기를 쓰고 있던 '아픈 하인츠'가신기루처럼 사라졌다. 그제야 하인츠가 만들어놓은 환영에 속은 거라는 걸 알고 어이없는 한숨이 나왔다.

"인간은 근본적으로 속도록 설계된 것 같아. 내가 인간이면서도 참 신기하단 말이지."

침대 위에 덩그러니 놓인 산소호흡기에서는 주인을 찾지 못한 산소가 쉭쉭 소리를 내며 새어 나오고 있었다.

"그렇게 아픈 경험을 하고, 또 죽음까지 맛보고 해도 말이야. 눈앞에 떡 하니 실체가 있으면 그대로 믿는 경향이 있지. 그 덕에 나 같은 삼류법사들이 활개 칠 수 있는 거지만."

"그래서 만족하나, 지금?"

루크는 그가 멀쩡해 보여도 이미 쇠약한 몸이라는 걸 알아챘다. 그래도 이렇게 제힘으로 서 있을 수 있는 그를 만나게 되어 다행이라 여겼다. 선명한 핏자국까지 어떻게 환영으로 만들어냈는지는 모르겠지만 지금은 그런 게 그다지 중요하지 않았다. 실체와 환각. 진짜와 가짜. 진짜를 없애버린 진짜. 등허리를 구부린 채 눈앞에 있는 저 노인네가 답을 가진 유일한 인물일 테니까.

"이곳 생활이 꽤 외로웠나 보군."

루크가 총을 다시금 허리춤에 차며 벽에 기대었다.

"그렇게 자유롭게 다닐 수 있으면서 왜 우리를 다른 지구로 보낸 거죠?"

합당한 질문을 던진 건 안나였다.

"안나 프루스."

하인츠가 그녀의 이름을 부르며 똑바로 보았다.

"어렸을 적부터 아주 총명한 아이였지. 역시 중요한 순간에 올바른 질문을 할 줄 아는군."

하인츠가 일부러 과장되게 박수까지 쳤다.

"사실 자네들이 살아 돌아올 거라고 예상 못 했어. 그곳은 나도 벅찬 곳이었거든."

"결국, 당신 손을 더럽히기 싫어서…."

"아니, 아니. 오해야, 그건."

하인츠가 고개를 크게 저었다.

"여긴 내 딸 소피아의 세계지. 나는 이곳에서 살인을 저지르고 싶지 않아. 게다가 당신들을 굳이 없애고 싶지도 않고. 라마에서 악연이 있었다고 이 지구까지 이어올 필요는 없잖아."

"당신 뜻은 알고 싶지 않아. 한 가지만 확인해주면 여길 떠날 거야."

루크는 더 이상의 설전이 무의미하다고 판단했다. 마음 같아서는 총탄을 머리통에 박아버리고 싶지만, 하인츠는 그렇게 간단한 인물이 아니었다. 소피아가 지금 눈앞에 보이지 않는 것을 고려할 때, 다른 꿍꿍이를 마련해놓은 것이 분명했다. 괜히 감당할 수 없는 전쟁을 일으킬 필요는 없었다.

"마치 내가 빚쟁이인 것처럼 말하는군."

하인츠는 허리를 펴며 느긋하게 팔짱을 끼었다.

"내 딸 엠마를 어떻게 했나?"

이글거리는 루크의 눈에는 분노와 이성 그리고 억누를 수 없는 그리움이 동시에 담겨 있었다.

"자네 딸 엠마?"

하지만 그 깊은 감정을 받아 내기에 하인츠의 공감 능력은 너무나 미약했다.

"엠마의 소재만 확실하게 말해주면 미련 없이 여길 떠나겠어. 더 이상 당신 일에 간섭하지도 않을 테고."

루크의 어조는 단호했지만 목소리는 옅게 떨리고 있었다.

"굉장히 무서운 협박처럼 들리는군."

하인츠가 천천히 품속에 손을 집어넣었다. 너무도 자연스런 동작이라 그가 무엇을 꺼내는지 지켜보고만 있었다.

그리고 사태는 순식간에 벌어졌다. 그가 자켓 안에서 날이 시퍼런 칼을 꺼내더니 그대로 몸을 일으켜 안나에게 달려들었다.

그야말로 방심했다. 저 기력이 다한 볼품없는 몸에서 저런 몸놀림이 나올 거라 예상하지 못했다. 체력, 나이, 정신력. 모두 자신이 하인츠보다 우위에 있다고 생각한 것은 크나큰 착각이었다.

안나가 소리를 질렀지만, 이미 그녀의 목에는 칼날이 반쯤 파묻혀 있었다. 그녀의 목에서 선홍색 피가 나오기 시작했다.

"엠마가 너에게 그렇게 중요한 존재인가?"

루크가 뒤늦게 총을 겨누었지만, 하인츠는 완벽하게 몸을 숨기고 있었다.

"나는 네 녀석의 죽음이 필요했는데, 잘 되었군!"

하인츠가 방안을 쓱 살피는가 싶더니 커튼을 확 젖히며 반대편으로 도망쳤다.

***

루크가 두 사람을 다시 마주한 건 구둣방 바깥의 길거리였다. 어느새 아침이 찾아온 마이애미의 거리에는 사람들과 차들이 늘어나고 있었다.

"안나!"

차들이 속도감 있게 오가는 도로 건너편. 아직 불빛이 꺼지지 않은 가로등 옆에 하인츠가 안나를 인질 삼아 서 있었다. 허겁지겁 달려 나온 루크는 길 건너편에서 두 사람을 발견하고 권총을 조준했다.

"여전히 어리석군."

하인츠는 예상했다는 듯 큰 소리로 웃어댔다.

"하인츠, 내 목숨을 원한다고 했지? 안나는 보내줘."

루크는 아직 이 상황이 잘 이해가 되지 않았다. 엠마의 소재를 물었을 뿐인데, 왜 안나가 인질이 되어야 하는 건지. 하인츠가 원한을 품은 게 자신이라면 방심한 틈을 타서 자기 목에 칼을 꽂으면 그만인 일이었다. 굳이 위험한 인질극을 벌이면서까지 일을 복잡하게 만들려는 하인츠의 속셈을 알 수가 없었다.

"루크, 자네는 본질을 놓치고 있어."

하인츠가 루크의 조준선을 흩트리기 위해 조금씩 자리를 옮겼다.

"내가 왜 자네를 선택했는지 아나?"

"나랑 대결을 원하면 당당하게 붙어. 비겁하게 굴지 말고."

"라마의 질서를 어지럽힌 건 자네가 처음이거든. 경비원들의 마음을 조종한 건 애교로 봐줄 수 있었지. 하지만 에단의 지구에서 살아 돌아온 건 있을 수 없는 일이야."

"왜? 너만 하는 일인데 남들도 하는 걸 용납할 수 없어서?"

어느새 세 사람 주위로 사람들이 하나둘 모여들고 있었다.

"아니, 나는 못 하는 일이지. 나는 그곳에 가본 적이 없으니까."

"뭐?"

하인츠의 말에 안나 역시 놀란 듯 몸을 움찔했다.

"나는 겁이 아주 많아. 무턱대고 그런 통로를 드나들 위인이 아니지. 아마도 하인츠 시장은 내가 다녀갔다고 생각할 거야. 꿈속에서 내가 그렇게 각인시켰으니까."

"겁쟁이 자식."

"다른 사람의 지구에 드나드는 건 아주 위험한 일이야. 언제 어디서 총알이 날아들어 머리통을 부숴버릴지 모르지. 수십 군데를 전전긍긍한 끝에 나는 우리 딸의 지구에 겨우 정착할 수 있었지. 물론 딸의 성깔을 감당해야 하지만."

하인츠가 비열한 미소를 머금었다.

"당신 인생사는 저기 저 무의식들에게나 털어놔. 나와는 정정당당하게 싸우면 그만이야."

"아니, 나는 정정당당하고 싶지 않아. 비열하게. 아주 비겁하면서도 확실하게 승리하는 것만이 내 관심사지. 그런 의미에서 말인데."

하인츠가 안나의 목에서 칼날을 조심스럽게 빼더니 그녀의 등 뒤로 옮겼다.

"의식들의 죽음은 별다른 감흥이 없더군. 수많은 살인을 저질러봤는데, 별다른 고통 없이 죽은 의식들은 자식의 이름으로, 때로는 먼 친척의 자손으로 태어나곤 했어.

안나는 칼끝이 자신의 척추를 따라 흐르는 것을 느꼈다. 얼마나 위험한 상황으로 치닫는 걸 깨닫자 안나의 눈가에 눈물이 맺히기 시작했다.

"의식적 존재를 완전히 제거하기 위해서는 견딜 수 없는 아주 강한 트라우마를 줘야만 한다는 게 내 결론이지."

동시에 하인츠가 손에 힘을 주더니 안나의 오른쪽 허리를 푹 찔렀다. 안나가 헉, 숨을 삼키는 신음을 내더니 자리에 그대로 쓰러졌다.

"안나!"

루크는 하인츠에게 총을 쏘는 대신 안나를 향해 달려갔다. 바닥에 그녀의 몸에서 나온 피가 흥건했다. 루크는 상의를 벗은 다음 그녀의 자상 부위를 덮어 꾹 눌렀다.

"911! 구급차 좀 불러줘요!"

주변에 대고 도움을 요청했지만, 누구 하나 나서는 이는 없었다.

"제발! 누구 없어요? 제발 구급차 좀 불러줘요!"

"루크…."

안나는 아직 의식이 있었지만 출혈로 언제 정신을 잃어도 이상하지 않은 상황이었다. 안나를 부둥켜안은 루크에게 하인츠가 총열이 긴 리볼버를 든 채 다가왔다.

"딸 엠마가 어디에 있는지 물었지?"

하인츠는 총구를 루크의 머리에 겨누었다.

루크는 자신의 죽음을 목전에 두고서도 안나를 살릴 수 없다는 절망적인 상황에 괴성을 지르며 울부짖었다. 복수 같은 건 안중에도 없었다. 지금은 안나의 몸에서 빠져나오는 피를 멈추기 위해 상처를 있는 힘껏 누르는 것 말고는 할 수 있는 게 없는 자신이 원망스러웠다.

"왜 인간은 이토록 어리석을까. 가장 중요한 것을 바로 옆에 두고도 그걸 찾아 평생을 찾아 헤매다니…."

하인츠는 총구를 겨눈 채 다른 손으로 안나의 찢어진 셔츠를 슬쩍 젖혔다. 그러자 피에 흠뻑 젖은 등이 조금 드러났다.

루크는 하인츠가 무슨 짓을 하는지도 몰랐다. 그가 무슨 짓을 하더라도 루크의 양손은 안나에게서 떨어질 수 없었다. 손을 떼는 순간 그나마 줄어드는 출혈이 다시 걷잡을 수 없게 될 것이었다.

"꼭 말을 해줘야 알겠나? 안나가 바로 엠마라는 것을?"

하인츠는 총구 끝을 흔들며 등허리에 적힌 문구를 가리켰다. 루크는 이미 반쯤 넋이 나가 있었다.

"뭐라고?"

"하인츠 시장이 말했을 때 알아차렸어야지."

그제야 하인츠의 이상한 행동에 의도가 있었다는 걸 알아차렸다. 그의 시선이 머문 곳에는 흐릿하게 적힌 문신 하나가 땀에 희석된 핏물 밑에서 흔들리고 있었다.

719 LK

97
안나 그리고 엠마 (Anna and Emma)

 루크의 시선은 피가 스며나오는 안나의 오른쪽 등 아래 멈춰 있었다.
 하인츠가 발끝으로 루크의 옆구리를 툭툭 쳤다. 다분히 경멸스러운 짓거리였지만 루크는 오직 하나의 생각밖에는 하지 못했다. 안나를 살려야 한다. 살려야 한다.
 다른 이성적인 판단은 불가능했다. 안나가 그토록 찾던 딸 엠마의 '의식적 존재'라는 사실은 머리에 들어오지 않았다. 그녀의 등 뒤에 적힌 문구도, 하인츠의 계속되는 도발도, 모두 한낱 피상적인 자극에 불과했으니까. 지금 루크의 머릿속은 의식을 잃어버린 이 가여운 여성을 어떻게든 살려야 한다는 생각뿐이었다.
 "실망스럽군. 자크가 그 정도는 다 알려준 줄 알았는데."
 하인츠는 무언가를 내심 기대하고 있는 것 같았다. 어쩌면 끊임없는 도발을 통해 루크를 극한까지 내모는 것 같았다.

"제발 좀 닥치고 구급차를 불러줘."

"이 봐."

하인츠가 몸을 숙이더니 루크와 억지로 눈을 마주쳤다. 온 힘을 다해 상처 부위를 압박하느라 땀범벅이 되어 버린 루크의 얼굴에서 눈물인지 땀인지 알 수 없는 것들이 쏟아지고 있었다.

"지금 안나의 목숨이 중요한 게 아니야. 고작 이 정도라면…."

하인츠는 총열이 쭉 뻗은 11인치 리볼버를 루크의 오른쪽 관자놀이에 딱 붙였다.

"자네는 더 이상 '그'라고 할 수 없을 테지."

루크가 그제야 눈을 치켜뜨며 하인츠를 노려보았다.

"아직도 모르겠어? 자크의 꼬임에 놀아나고 있었다는 걸?"

"도대체 무슨 소리를 하는 거야!"

대꾸하지 말아야 한다는 걸 알면서도 루크는 하인츠에게 말려들고 있었다. 아니, 어쩌면 그것은 필연과도 같았다.

"예언서를 끝까지 안 읽었나 보군. 그는 딸과 함께 세상을 구원할 대혁명의 군대를 이끌고 귀환하나니…."

하인츠가 허공에 대고 너스레를 떨며 구절을 읊었다.

"자크는 자네가 '그'라고 믿었어. 그래서 스스럼없이 안나를 내주었지. 나 따위는 감히 범접할 수 없을 거라 확신했을 테니까."

하인츠가 의미심장한 미소를 지으며 리볼버의 공이를 장전했다.

"솔직히 나도 조금 쫄깃했네. 진실을 말하는 순간 자네가 각성하면 어떡하나 했거든. 하지만 내 딸 소피아가 있으니, 이곳에서는 자네가 어떻게 할 수 없으리라는 확신이 있었지. 일종의 보험이라고 할까."

"아버지…."

하인츠의 말이 끝나기 무섭게 소피아의 목소리가 들렸다. 그녀는 언제부터인지 몰라도 멀지 않은 곳에서 이 상황을 지켜보고 있었다. 손에 쥐고 있던 장바구니가 떨어져 있었고, 그 안에 있던 것들이 길바닥에 나뒹굴었다.

"지금 뭐 하시는 거세요?"

"애야, 중요한 일이란다. 오래전부터 이 애비가 기다리고 있었던."

하인츠가 소피아를 흘깃 보고는 다시 루크를 조준했다.

***

10분 전, 소피아는 이른 아침부터 장을 보고 돌아오는 길이었다. 가게와 가까운 곳에 사람들이 유난히 많다 싶었는데, 이건 많은 정도가 아니었다. 근방의 사람들이 다 몰려든 것만 같았다. 그러고도 인파가 계속 몰려들고 있는 게 더 수상하다고 여겼지만 그게 자신의 가게와 관련이 있을 것이라고는 상상도 하지 못했다.

어렸을 적부터 억압적이고 빈틈없는 아버지에게 홀로 양육된 소피아는 늘 바르고 말이 없는 소녀였다. 엄격한 규율과 규칙, 정확한 시간과 법칙, 틀리지 않는 계산과 숫자들. 한 번 들어가면 도무지 나올 생각을 하지 않는 구둣방에 아버지를 둔 채, 소피아는 여덟 살 때부터 매장에서 손님맞이를 했다. 누구보다 침착하고 말수가 적었지만, 사람을 파악하고 대하는 데는 그만큼 도가 트기도 했다.

아버지는 결코 결혼을 허락하지 않았다. 결혼은커녕 소개해드린 남자들도 모두 단칼에 퇴짜를 맞기 일쑤였다. 그래서 그런지 그중 대부분은 메시지도 남기지 않은 채 일방적으로 이별했고, 나머지는 끔찍한 사고를 당하거나 이른 죽음을 맞이하고 말았다.

거듭된 불행으로 인해 소피아는 더 이상 깊이 있는 인간관계를 맺는 것을 거부할 수밖에 없었다. 자신과 관계를 맺는 모든 이들은 불행하거나 사라져야만 했으니까. 그것이 누구의 탓이듯 스스로와 관련이 있다는 생각이 소피아를 더욱 불행케 했다. 그렇게 50여 년의 세월을 보내고 나서, 아버지에게는 몹쓸 병이 찾아왔다.

한평생을 구둣방 구석 암실에서 지낸 아버지 하인츠는, 어느 순간부터 그곳에 침상을 마련한 채 한없이 누워만 있는 존재가 되었다. 일주일에 한두 번씩 소피아가 휠체어에 태워 그를 외출시키려 했지만, 웬일인지 아버지는 한사코 나가기를 거부했다. 의사들은 아버지가 심한 섬망 증상과 정신질환을 동시에 앓고 있을 것이라 추측할 뿐 정확한 진단을 내리지 못했다.

어떤 성의 있는 정신과 의사가 오래된 조현병 증상과 비슷하다는 조언을 해주었지만 그 역시 아버지를 심층 면담하고는 진단서를 내주기를 거부했다.

소피아의 인생은 아버지에게 철저하게 종속되어 있었다. 아버지는, 그녀에게 원인이자 결과였다. 그녀는 아버지 덕에 세상에 태어나 빛을 보았지만 아버지 때문에 빛을 잃고 있었다.

하지만 단 한 번도, 오십 평생 단 한 번도 그런 아버지를 탓한 적은 없었다. 이 작은 구둣방에 끊임없이 손님들이 찾아오고, 뉴욕에서 제법 이름 가는 가게가 될 수 있었던 것은 모두 그런 아버지의 재능 덕분이었으니까.

***

"아버지."

소피아의 눈에 비친 하인츠는 자신이 알던 아버지가 아니었다. 십수 년 전, 저렇게 멀쩡하게 돌아다니던 모습을 본 적이 있었지만, 근래에는 단언컨대 보지 못한 일이었다.

"소피아, 나중에 다 설명해주마. 잠시 가게에 들어가 있으렴."

하인츠는 지금 루크에게만 집중하고 싶었다. 딸아이가 받을 충격은 조금도 고려할 게 아니었다.

"그러니까 내가 너희들 예언서에 나오는 존재인지 확인하고 싶어서 이 사달을 벌였단 말이군."

"그런 셈이지. 결말은 너에게는 비극, 나에게는 희극이고."

"한 가지만 확인하고 가도 되겠나?"

루크는 비극적 결말의 끝이 죽음임을 직감했다.

"물론이지. 나는 여유가 많은 사람이니까."

"안나가 엠마라는 말… 진짜인가?"

루크의 목소리가 마지막 한마디에서 유독 떨렸다.

"하하하."

하인츠가 갑자기 크게 웃기 시작했다. 그의 웃음소리를 따라 매 그넘 권총의 바랠도 위아래로 요동쳤다.

"이 봐, 스타 우주인. 딸과 함께 저세상을 가는 게 그렇게 뜻깊은가? 딸이면 어떻고, 아니면 어때. 분노에 차서 죽으면 호상이고, 절망에 차서 죽으면 악상인가?"

하인츠가 다시금 루크를 짓궂게 쳐다보았다. 루크는 매서운 눈으로 하인츠를 노려보았다.

"진실만 말해."

"내가 거짓말을 할 이유는 없지. 안나는 자네의 딸이 맞아. 내가 라마에 데려왔지. 아주 귀여운 일곱 살 때."

루크의 눈이 불이 붙은 듯 이글거렸다. 그건 단순히 분노가 표출된 게 아니었다. 저 심연 끝에서 끌어올린 수많은 절박한 감정들이 다 타버리고 남은 절정의 화신이었다. 이런 눈을 본 것은 하인츠가 처음이었다.

기이한 변화는 루크의 눈에서만 일어나는 게 아니었다. 갑자기 하늘이 시뻘겋게 변하더니, 루크를 둘러싸고 하얀 불빛이 내려오기 시작했다.

"뭐야!"

당황한 하인츠가 방아쇠를 당겼지만 권총은 꿈쩍도 하지 않았다.

"네 녀석이 내 딸을 죽였어."

루크의 목소리는 분노를 넘어 끔찍한 비명처럼 들렸지만, 그의 두 손은 여전히 안나의 등에 붙어 떨어질 줄 몰랐다.

하인츠가 당황해 뒤로 한 발 더 물러섰다. 물러서는 와중에도 계속해 방아쇠에 힘을 주었지만 리볼버의 탄창은 제자리에서 까딱거릴 뿐이었다.

***

"아버지, 왜 이러세요!"

소피아의 눈에 비친 하인츠는 더 이상 아버지의 모습이 아니었다.

비슷한 외모와 복장을 하고 있었지만 평소 자신이 알던 아버지가 아니었다. 그저 다친 사람들을 위협하는 강도로 보일 뿐이었다.

아버지의 행동이 더 거칠어졌지만 주위에 그를 말리는 사람은 아무도 없었다. 아버지의 공격에 불쌍한 두 남녀는 완전히 무방비 상태였다.

소피아가 바닥에 떨어트린 쇼핑백을 다시금 주워들더니, 맨 밑바닥에서 무언가를 찾기 시작했다. 그리고 마침내 베이비글록26을 찾은 그녀는 탄창을 열어 총탄이 있는지 확인했다. 단 한 번도 사용해 보지 않았지만 아버지는 늘 이것의 중요성을 강조했다.

여태까지는 단 한 번도 이것을 사용할 일이 없었지만 지금은 달랐다. 양손으로 조심스레 권총을 쥐더니, 하인츠의 머리통을 조준했다.

98
오이디푸스 (Oedipus)

"당장 두 사람에게서 떨어지세요!"
소피아의 목소리가 가늘게 떨리고 있었다.
광기에 사로잡힌 아버지는 경고하는 말이 들리지 않는지 권총을 계속해서 위아래로 휘둘렀다.

***

소피아의 몸과 마음은 지칠 대로 지쳐 있었다. 십 년이 넘는 세월 동안 아버지는 온전히 침상에 누워만 있었다.
때때로 정신이 돌아올 때면, 반가운 마음에 말을 붙여보았지만, 두 사람 사이에 딱히 이어 나갈 대화거리는 없었다. 음침하고 꽉 막힌 다섯 평 남짓한 방 안으로 아버지가 들어가면, 소피아는 매장에서 그가 돌아오기만을 기다려야 했다.

"안 돼! 절대 들어오지 마!"

소피아가 어른이 되기 전까지 가장 많이 들은 말이었다. 아버지는 그때까지 커튼을 스스로 걷는 것조차 허락하지 않았다. 소피아에게 커튼 너머 공간은 그저 예쁜 구두가 탄생하기 위한 동굴과도 같았다.

매장이 자리를 잡고 소문이 나기 시작하자 약에 취한 중독자들이 끊이지 않았다. 어떤 이는 1달러를 달라며, 어떤 이는 가짜 총을 들고 문밖을 서성이기도 했다.

처음에는 망설임 없이 911에 전화를 걸었지만, 신고와 출동이 반복될수록 경찰의 대응은 형식적으로 변했다. 하인츠가 소피아에게 이 글록26 권총을 건넨 것도 그즈음이었다.

사실 의식적 존재인 소피아를 해칠 수 있는 '무의식들'은 없었지만 하인츠는 그것이 그녀에게 일종의 경각심을 심어줄 것이라 생각했다. 두려움을 통해 스스로가 이 지구의 주인임을 깨닫지 못하도록 가두어두려는 수작이었다.

"이렇게 장전 손잡이를 뒤로 당기고, 안전장치를 푼 다음 방아쇠를 당기면…."

하인츠는 소피아에게 직접 사격술을 가르쳤다. 대부분의 소동은 소피아가 단지 화를 내며 위협하는 것만으로도 잠잠해졌기에 권총을 꺼내 사용할 일은 없었다.

하지만 지금 아버지의 모습을 한 저 사람은 다른 것만 같았다. 몇 차례 경고를 했는데도 여전히 자신만의 세계에 갇혀 헤어나오지 못하고 있었다. 그냥 뒀다가는 더 끔찍한 짓을 저지를지 몰랐다.

"마지막 경고예요. 당장 두 사람에게서 떨어져요!"

소피아가 걸음을 천천히 옮기며 각도를 맞추었다. 조준을 유지하되 너무 가까이 가지 않는 것. 그것은 소피아가 아버지로부터 배운 사격술이기도 했다.

***

탕! 탕! 탕!

정확히 세 발이었다. 소피아가 방아쇠를 당긴 횟수는.

두 발의 9밀리미터 파라블럼 탄환은 하인츠의 가슴팍을 관통했다. 나머지 한 발은 그의 옆 이마를 뚫고 관자놀이로 이탈했다.

하인츠가 자리에 주저앉더니 그대로 고개를 아래로 처박았다.

"괜찮아요, 두 분?"

소피아가 가까이 다가가도 루크는 움직임이 없었다.

"제발 구급차를 불러줘요…."

안나의 심장박동은 갈수록 미약해지고 있었다.

"아직 911에 연락을 안 했나요? 오, 맙소사."

방관하던 군중들도 상황이 진정된 걸 확인하고서야 하나 둘 다가들었다.

"잠깐만요, 제가 좀 봅시다!"

마치 눈치를 살피듯 선뜻 다가서지 못하던 사람들이 도움을 자처했다. 도움의 손길을 내미는 사람들에게 둘러싸여서도 루크는 안나의 상처를 누른 손을 절대 놓지 않았다.

"보호자 되시나요?"

스스로를 의사라고 자처한 이가 루크의 손을 가만히 잡았다. 하지만 루크는 미동도 없었다.

"출혈량이 적지 않지만 지금은 액티브 블리딩$^{\text{active bleeding}}$이 없는 것 같아요. 제가 좀 봐도 되겠습니까?"

낯선 지구에서 경험해보는 첫 호의였다. 그래서 루크는 더 낯설었다.

"아니요."

루크가 고개를 크게 저었다.

"아직 맥박과 호흡이 있어요."

40대 남성으로 보이는 이는 능숙하게 안나의 생체 징후를 확인했다.

"잠시 손을 바꾸죠. 총상이 아니어서 치료가 가능할 겁니다."

셔츠를 쭉 찢더니 상처를 압박할 임시 붕대를 만들었다.

"뭐 하세요, 도와주지 않고?"

그가 안나의 등허리 밑으로 붕대를 밀어 넣더니 루크를 다시 재촉했다. 동시에 멀지 않은 곳에서 사이렌 소리가 들렸다. 그제야 루크는 고개를 들 수 있었다. 구급차와 경찰차로 보이는 차들이 달려오는 게 보였다.

그리고 바쁘게 움직이는 사람들의 다리가 눈앞을 어지럽혔다. 무언가 도울 것이 없을까 주변을 살피는 이들. 마비가 되어버린 자신의 팔 대신, 안나의 상처를 감싸고 있는 낯선 이의 손길. 그리고 안나를 바른 자세로 눕히기 위해 조심스럽게 거드는 사람들까지. 아스팔트 바닥에 털썩 주저앉은 루크의 눈에, 서로를 돕는 사람들 모습은 그저 꿈처럼 보였다.

그리고 그 옆으로 술에 잔뜩 취해 고꾸라진 것만 같은 하인츠의 시신이 보였다. 그의 가슴과 머리에서 쏟아져 나온 피가 옷을 흥건히 적시고 있었지만, 아무도 그를 보지 못하는 것처럼 행동했다.

"루크, 괜찮아요? 저는 가게에 가서 아버지 좀 보고 올게요."

소피아는 아직 자신이 무슨 일을 저질렀는지 모르는 듯했다. 아니, 모르는 게 당연했다. 그녀가 경험한 하인츠는 거동이 불가능한 말기 환자였으니까. 그런 아버지가 갑작스레 사라진 것을 알아차리면 난리가 날 것이 우려되었지만 지금은 그것도 중요하지 않았다.

안나. 엠마. 다 커버린 엠마.

곧 구급차에서 구급대원들이 내리더니, 안나에게 신속하게 응급처치를 하기 시작했다. 산소호흡기를 연결하고 들것에 싣는 걸 보며 다행히 안나가 아직 목숨을 유지하고 있을 거라 생각했다.

그리고 의식적으로, 아니 무의식적으로 강렬한 환각을 만들어내기 위해 모든 에너지를 쏟아부은 루크는 안나가 구급차에 실리는 것까지 확인한 후에야 풀썩 쓰러졌다.

99
꿈의 해석 (Die Traumdeutung)

삐삐삐삐.
"A14번 환자 체크 좀 해주세요!"
"A12번 먼저요!"
루크가 눈을 뜬 것은 분주한 상황의 요란한 말소리들 때문이기도 했지만 다른 게 하나 더 있었다.
뚜뚜뚜뚜.
언젠가부터 들려오는 기계음들. 너무 규칙적이라서 도무지 안정감을 주지 않는 이 반복된 소리가 루크를 무의식에서 의식으로 이끌고 있었다.
"A12번 환자 움직여요!"
그리고 세상을 다시 만난 루크의 첫 반응은 움직임이었다.
"으윽…."
하지만 사지가 침상 난간에 묶인 탓에 쉽게 일어설 수 없었다. 게 다가 팔다리에는 온갖 라인들이 어지럽게 매달려 있었다.
"환자분, 정신이 좀 드세요?"
간호사로 보였는데 이름표는 확인할 수 없었다.
"조금 더 주무셔야 하는데…."
그녀가 수액 백을 확인하더니 무언가를 조절하기 시작했다.
"잠깐만… 요…."
루크가 힘겹게 입을 열었다.
"말씀하시면 회복이 힘들어요."
곧이어 따스한 무언가가 팔을 통해 흐르더니 루크는 눈꺼풀이 감기는 걸 견디지 못하고 다시 잠이 들었다.

***

"루크, 루크."
얼마나 시간이 지났을까, 루크는 익숙한 목소리에 또다시 각성했다. 정신은 천천히 깨어나는 것 같았지만 아직 눈은 떠지지 않았다.
"루크, 정신이 들어요?"
두 번째 말소리를 듣고 나서야, 루크는 일어나야겠다는 생각을 했다. 아니, 어쩌면 자신이 긴 잠을 자고 있었다는 사실조차 아직 깨닫지 못하고 있었다.
루크가 가까스로 눈을 뜨자, 푸른 눈의 여인이 자신의 손을 맞잡고 있었다. 아직 초점이 흐릿한 탓에 그것 말고는 다른 게 잘 보이지 않았다.
여인이 안도의 미소를 짓더니 고개를 돌렸다. 그러자 의료진들이 다가왔다.

"A12번 환자 의식 회복했습니다. 주치의 선생님 콜 해주세요."

"바이탈사인 다시 한번 확인요!"

그제야 루크는 자신이 중환자실에 있다는 걸 알아차렸다. 아직 사물의 윤곽이 명확하지는 않았지만, 기계음과 소음들 그리고 기구들의 배치는 전형적인 대학병원을 닮아 있었다.

"루크, 깨어나서 다행이에요."

"엠마…?"

생각이 거기에 미치자, 루크가 맞잡은 손을 와락 움켜쥐었다. 여인은 루크가 일어나 앉도록 거들었다. 루크는 천천히 시력이 돌아오는 것을 느꼈다.

"소피아…."

일회용 방호복을 입고 자신 앞에 있는 사람은 다름 아닌 소피아였다.

여러 명의 의료진이 침대 옆으로 다가오더니 루크의 상태를 확인하기 시작했다.

"안나는요?"

루크가 생각난 듯 주위를 두리번거렸다.

"안나는 깨어났어요."

소피아가 온화한 미소로 원하던 대답을 해주었다.

"다행이군요. 얼마나, 얼마나 이렇게 있었죠?"

루크가 엉켜버린 기억들을 되살리려 미간에 잔뜩 힘을 주었다. 극한의 감정들과 슬픔이 날카로운 칼날처럼 스쳐갔지만 마지막 기억은 선명했다.

"일주일이 좀 넘었어요."

소피아가 의료진들에게 방해되지 않도록 자리를 내주며 말했다.

"그랬군요. 안나는 무사한가요?"

"네, 칼날이 신장동맥을 비켜갔지만, 오른쪽 신장은 괴사했어요. 어쩔 수 없이 제거했지만 건강에는 큰 문제 없을 거예요."

생각을 짚어가던 그는 기억의 끝자락에 이른 순간 등골이 서늘해지는 걸 느꼈다. 마지막 순간 하인츠에게 방아쇠를 당긴 건 바로 소피아였다.

이른 아침에 수백 명의 사람 앞에서 아버지를 살해한 그녀는 지금 아무렇지도 않게 자신의 병문안을 와 있었다. 어쩌면 이것이 함정일 수도 있다는 생각에 루크의 심장이 쿵쿵 뛰기 시작했다.

뚜뚜뚜뚜, 모니터링 장비에서 루크의 심박수가 130이 넘어가자 자동으로 경보음이 울렸다. 의사가 다가와 소피아에게 말했다.

"면회를 마쳐야겠어요. 아직 환자 상태가…."

"그래요, 금방 끝낼게요."

소피아가 아쉽다는 듯 루크의 손을 꼭 쥐었다. 루크는 그녀를 똑바로 쳐다보지 못했다.

"하인츠의 일은 유감…."

"아버지 이야기는 하지 말아요."

어설프게 건넨 사과였지만, 소피아는 이미 모든 것을 알고 있는 듯했다. 루크는 말없이 소피아를 물끄러미 바라보았다.

"원래 그렇게 사라졌다 또 돌아오는 분이니까요."

그렇게 말하는 소피아는 평온해 보였다.

"당신들이 그 통로를 지나고 나서 아버지는 기력을 많이 회복했어요. 자신도 또 자유로이 통로를 이용하고 싶다는 향수에 젖었죠. 늘 산소호흡기를 하고 있지만 컨디션이 좋으면 스스로 휠체어를 탈 정도는 돼요. 아마도 아버지는…."

"아버지가 사라졌군요."

"네, 당신들을 병원에 데려다주고 나서 집에 돌아오니 흔적도 없더군요. 통로로 향하는 문만 활짝 열려 있고."

소피아는 씁쓸한 미소를 지었다.

"사실 이젠 별로 찾고 싶지도 않아요. 아버지가 자리를 비운 적은 많았지만, 이번에는 무언가 달랐거든요. 늘 마음 한구석에 아버지에 대한 미움과 부담이 가득했는데 지금은 그렇지가 않아요. 오히려 그리움이 생긴다고 해야 할까? 철없이 말이에요."

소피아가 눈물인지 웃음인지 모를 표정을 하고는 고개를 잠깐 숙였다.

"소피아, 아버지는 아마 잘 계실 겁니다. 그런데…."

루크의 심박수가 다시금 안정을 찾아가고 있었다.

"고맙다는 말을 해야 할지, 아니면 우리 때문에 곤란해진 것은 아닐지…."

"아, 그런 거라면 걱정하지 않아도 돼요."

소피아가 손을 들어보이며 정색했다.

"정당방위. 경찰도 아무런 문제가 없다고 결론을 내렸어요. 오히려 선량한 시민들을 구했으니까, 표창을 받을 수도 있겠죠?"

"그럼 정말 다행입니다."

"뉴욕에서는 드물지만 일어나는 일이죠. 일어날 수 있는 일들은 언젠가 일어나기 마련이니까요."

소피아가 따뜻한 눈으로 루크를 바라보았다.
"그렇군요. 아무튼 이렇게 구해주셔서 감사합니다."
루크가 인사를 건네며 침상에서 내려오려 했다. 아직 몸에는 수액과 각종 기기 라인이 연결되어 있었지만, 루크는 개의치 않았다. 소피아는 그런 루크의 행동을 예상이라도 했다는 듯 별다른 제지를 하지 않았다.
"이제 저는 집으로…."
루크가 수액대를 잡고 발을 내디뎠지만, 허벅지에 힘이 실리지 않았다. 너무 오랫동안 누워 있던 탓이었다.
"제가 부축할게요."
"고마워요."
몇 걸음을 내딛자, 모니터링 기계에 연결된 선들이 팽팽하게 당겨졌다. 루크는 개의치 않고 그것들을 떼어버렸다.
상황을 알아차린 중환자실 간호사들이 루크의 침상으로 몰려들었다. 하지만 소피아의 곁으로는 쉽게 다가서지 못했다.
"괜찮아요. 병원 밖으로 나가지는 않을 테니까. 30분만 둘러보고 제가 데려올게요. 그 정도는 괜찮겠죠?"
간호사들이 머뭇거리는 것은 단지 소피아에게 주눅이 들어서는 아니었다. 이 세계의 새로운 주인이 누구인지 알아차린 무의식들의 자연스러운 반응일 터였다.
처음에는 맥없이 구부러지던 루크의 다리도 이윽고 조금씩 곧게 뻗기 시작했다. 그리고 그렇게 소피아의 부축을 받으며 루크는 중환자실을 나왔다.

100
에로스 (Eros)

병원이 늘 그렇듯 복도는 사람들로 넘쳐났다. 오히려 잘 정돈된 중환자실이 여유로울 정도였다.

"안나는 하루 만에 의식이 돌아왔어요. 깨어나자마자 당신을 찾았죠."

소피아는 루크를 부축해 엘리베이터로 데려갔다.

"다행이군요."

조금씩 기억이 돌아오면서 루크는 알 수 없는 불안, 아니, 기대감에 휩싸였다. 이 세상을 뜨기 전 하인츠는 안나가 자신이 그토록 찾던 엠마라고 선언하다시피 했다.

그리고 그녀의 등에서 또 다른 하인츠가 예언했던 문양까지 보고 말았다. 하지만 루크는 왠지 그 말이 곧이곧대로 믿기지 않았다.

엘리베이터 문이 열리자 사람들이 우르르 내렸다. 예전 같으면 한두 명은 자신을 알아보고 인사를 건네거나 사진 촬영을 부탁했겠지만, 지금은 그저 중증의 환자일 뿐이었다.

Luke Shaw, M/41, Rh+ AA

루크의 눈에 우연히 자신의 인식 팔찌가 들어왔다.
올곧은 AA형, 흔하디흔한 Rh+.
더 이상 무엇이 실재고 가상인지 분별할 수 없었지만 이곳의 의학은 자신의 혈액형을 정확히 파악하고 있는 듯했다.
"마이애미에서 가장 큰 병원이에요. 안나는 13층에 있죠."
한쪽 면이 통유리로 된 엘리베이터 밖으로 화창한 베이프론트 공원의 광경이 들어왔다.
"별로 걱정하지는 않아도 돼요. 큰 부상을 입은 건 아니었거든요."
소피아가 안심시키려 했지만 루크는 여전히 불안했다.

정오 뉴스입니다. 오늘 오전 11시 11분, 마이애미를 포함한 미국 동부의 스타링크Starlink 서비스가 갑작스럽게 중단되었습니다….

느린 속도로 올라가는 환자용 엘리베이터 한쪽 면에는 최신 소식을 전하는 모니터가 붙어 있었다. 그곳에서 흘러나오는 여성 앵커의 목소리가 루크의 관심을 끌었다.

서비스 업체에 따르면, 지구저궤도 450에서 550킬로미터에 배치된 15,413개의 위성 중, 고도 470킬로미터 구간을 비행하는 1,131개가 갑작스럽게 작동불능이 되었으며, 현재 통신 복구를 위한 응급 로켓 발사를….

뉴스 멘트 중 '응급 로켓 발사'라는 단어가 루크의 귀에 박히듯이 들어왔다.

"큰 문제인가요?"

소피아가 화면에 집중해 있는 루크를 흘깃 보며 물었다.

"뉴스에서 통신 장애가 생겼다고 하길래…."

"아, 스타링크 서비스요? 안 그래도 아침부터 휴대전화가 먹통이네요. 이런 적이 없었는데…."

소피아가 휴대전화를 만지작거리더니 다시 포켓에 넣었다.

"그렇군요."

루크는 다시 뉴스 화면을 보았다. 케이프커내버럴로 보이는 우주기지에서 여러 대의 로켓들이 긴급 발사를 위한 채비를 하고 있었다.

"이쪽으로."

13층에서 엘리베이터 문이 열렸다. 아까보다 훨씬 쾌적한 복도가 이어졌다. 루크의 바쁜 마음만큼이나 발걸음이 빨라졌다.

"안나가 많이 궁금해했어요."

아직 완전히 회복하지는 않았지만 루크는 최선을 다해 움직였다.

"환자복을 입고 내려가겠다는 걸 제가 겨우 말렸죠."

똑똑!

1인실 앞에 선 소피아가 가볍게 노크를 했다.

***

"루크…."

발소리를 미리 듣고 있었는지 병실문은 바로 열렸다. 안색이 조금 창백했지만 안나는 다행이 기력을 많이 회복한 모습이었다.

"안나."

며칠 만에 다시 마주했지만 루크는 이 복잡한 감정을 어떻게 표현해야 할지 몰랐다.

"들어와요."

안나가 문을 활짝 열며 병실 안으로 안내했다. 독립된 거실과 방이 갖추어진 이곳에서 안나는 수액도 매달지 않은 채 자유롭게 다니고 있었다.

"수술이 다행히 잘 되었데요. 아직 이 답답한 복대를 하고 있어야 하지만."

안나가 장난스럽게 허리춤에 찬 복대를 가리켰다.

"다행이에요, 정말."

루크는 안나를 바라보기만 할 뿐 말이 없었다. 동그란 콧망울, 금발과 갈색빛이 섞인 머릿결. 새하얀 피부와 조금은 움푹 들어간 눈매. 20대 초반의 안나 얼굴에서 일곱 살 엠마의 모습을 떠올리는 게 쉽지만은 않았다.

"루크?"

안나가 한동안 초점 흐린 눈으로 자신을 보고 있는 루크를 일깨웠다.

"아, 미안해요. 아직 정신이 돌아온지…."

"오늘 아침에야 정신이 들었어요. 원래 충분히 회복 시간을 가져야 하는데…."

소피아가 사정을 설명하며 끼어들었다.

"아, 그렇군요. 이게 다 어떻게 된 일인지…."

안나는 하인츠와의 마지막 일을 거의 기억하지 못하고 있는 것 같았다.

"이미 다 지나간 일이에요. 이렇게 두 분 다 잘 회복했고."

소피아가 복잡한 심정을 얼핏 내비치며 둘을 다독였다.

"안나, 잠시만."

잠깐 고민한 뒤 루크가 가까이 다가갔다. 거짓이든 진실이든, 혹은 환영이든, 하인츠의 말을 확인하고 싶었다.

Anna Preus, F/23, Rh- AO

그녀의 팔을 들어 손목에 걸린 인식표를 확인했다.

일곱 살 엠마의 혈액형은 B형이었다. 안나의 A형과는 다를뿐더러, 그녀는 보기 드문 Rh- 타입을 가지고 있었다. 자신과 아내 사이에서는 나올 수 없는.

"두 분 하실 얘기가 많을 텐데 자리를 비켜드릴까요?"

소피아가 어색한 분위기를 알아차리고는 문에 붙어섰다.

루크는 고개만 몇 번 끄덕였다. 사실 지금은 그녀가 함께 있었으면 하는 마음이 더 컸다. 안나가 자신의 딸일지도 모른다는 희망이 완전히 무너져버렸으니까.

"면회 다 끝나면 간호사실에 연락 줘요. 데리러 올 테니까."

소피아가 손을 가볍게 흔들고는 방을 나섰다. 널찍한 공간에 남은 두 사람 사이에 잠시 서먹한 공기가 흘렀다.

"루크, 도대체 어떻게 된 거죠? 소피아는 왜 이렇게 호의적이고…."

"안나, 잘 들어요. 하인츠는 죽었어요."
"…그럼 당신이 성공한 건가요?"
안나는 정말 아무것도 모르는 듯했다.
"아니요, 소피아가."
"그럴 리가! 소피아는 하인츠의…."
"맞아요, 하인츠의 친딸이죠. 그것도 의식적 존재의…."
"맙소사! 소피아도 알고 있나요?"
"아니요, 하인츠는 우리가 오기 전에 통로를 다시 들어가고 싶다는 이야기를 했던 것 같아요. 아마도 직접 확인하고 싶은 마음에서였겠죠."
안나는 여전히 믿기지 않는 얼굴이었다.
"소피아는 아버지가 그 통로를 통해 여행을 떠났다고 생각해요. 오히려 우리한테 감사하고 있죠. 아버지를 일깨웠으니."
"그럼 죽은 하인츠는요? 그의 시신은요?"
"하인츠는 마지막 순간 나를 제거하려고 괴팍하게 변했어요. 소피아는 멀리서 보고 그런 하인츠를 그저 약에 취한 범죄자로 여긴 것 같아요. 하인츠가 나와 당신에게 총을 겨누는 순간 주저 없이 그를 향해 방아쇠를 당겼어요."
"딸이 아버지를 죽였군요."
"네, 당신네 세계가 예언한 대로."
안나는 여전히 납득하기가 쉽지 않았다. 소피아가 매일 찾아와 안부를 확인해주었기 때문에 그런 일이 있었으리라곤 조금도 눈치채지 못했다.
"이 평화도 오래 가지 못할 거예요. 소피아도 결국 진실을 알게 될 테니."

"네, 그럴 테죠."

"시간이 없어요. 우리는 이 지구를 떠나야 해요."

"어떻게요? 아니, 언제요? 소피아가 저렇게 감시하듯 붙어 있는데."

"방법은 생각해놨어요. 그보다는 타이밍이…."

루크가 창밖을 보며 잠시 말을 멈추었다. 화창하기만 한 지평선 너머로 짙은 먹구름이 몰려오는 듯했다.

"지금 가야만 해요."

"네?"

"지금 당장."

루크가 결심이 선 듯 단호한 눈빛으로 안나를 바라보았다.

101
각성 (Awakening)

"루크, 진정해요."

"안나, 혼란스럽다는 것 알아요. 하지만 소피아가 진실을 알아차리기 전에 서둘러야만 해요."

"루크…."

루크를 보는 안나의 눈동자가 애처롭게 흔들렸다. 결코 같은 편이 될 수 없는 운명이라는 걸 잘 알지만, 지난 며칠 동안의 환대는 소피아에 대한 의심을 털어버리기에 부족함이 없었다. 그녀는 진심으로 안나를 대했고, 심지어 간병까지 지극정성이었다.

"저도 당신과 함께 했던 시간들을 똑똑히 기억하고 있어요. 결국 여기를 떠나야 한다는 것도 잘 알아요. 하지만 지금 당장이라는 부분은 동의할 수 없어요."

안나는 루크에게 섬망이 찾아온 게 아닐까 싶을 만큼 걱정되었다. 소피아에 의하면 그는 긴 혼수상태에서 깨어난 지 얼마 되지 않왔다고 했다.
"안나, 그러니까 그게…."
루크가 벽에 걸린 텔레비전을 발견하고 전원을 켰다.

미 항공우주국에 의하면, 이번 스타링크 통신 두절 상태는 유례가 없는 상황으로, 그 피해는 점점 커져가고 있습니다.

우뚝 선 로켓 발사대를 배경으로 CNN의 뉴스 라이브가 방송되고 있었다.

시간 당 30여 개의 위성이 신호를 잃어버리고 있습니다. 특히 고도 470킬로미터에서 480킬로미터에 위치한 위성들의 피해가 가장 심각합니다. 미 공군은 이번 사태가 본토를 대상으로 한 우주방위적 테러일 가능성을 염두하고 즉시 전군에 비상사태를 선포….

루크는 음소거 버튼을 누르고 안나를 보았다.
"무슨 일인지 알겠어요?"
"아니요, 그저 통신 장애가 발생한 것 아닌가요? 하늘에 딱히 무슨 문제가 생겼다는 말은…."
"그렇지 않아요."
루크는 반쯤 닫힌 커튼을 확 걷었다. 여전히 날씨는 맑았지만 아까보다 더 짙은 구름이 동쪽에서 몰려오고 있었다.
"스타링크 위성은 대표적인 지구저궤도 통신 위성이죠. 뉴스를 잘 들어보면, 아주 좁은 영역을 공전하고 있는 위성들만 사라지고 있어요. 그것도 시간이 지남에 따라 빠른 속도로 늘어나면서….”
"그렇다면….”
그제야 안나가 그것의 존재를 짐작하기 시작했다.
"아직 구체적인 언급은 없지만 무언가가 위성들을 집어삼키고 있는 것 같아요.”
"그럴 리가.”
안나는 눈을 질끈 감았다.
다크홀의 재등장.
어쩌면 이 지구에서는 처음 있는 일일 수도 있었다.
"그게 다크홀이 아니라면요?”
"아니라면 다행이지만 맞다면 어떡할 거죠?”
가설과 현실 사이에서 그녀는 여전히 망설이는 듯했다.
"소피아, 소피아는 아직 여기에 있어요. 그녀만 이 지구에 남아 있는다면….”
"안나, 정신 차려요!”
루크가 그녀의 가녀린 양팔을 붙잡고 가볍게 흔들었다.
"뭣 때문에 망설이는 거죠? 왜 이 지구에 남으려는 거예요?”
"그런 게 아니에요.”
안나가 겁을 먹은 어린애처럼 눈물을 글썽였다.
"말해봐요. 뭣 때문에 망설이는지.”
"그냥… 소피아의 환대가 너무 고마웠어요. 의료진들도. 비록 짧은 기간이지만 이곳 사람들은 너무 친절해요. 라마에서는 결코 경험할 수 없었던….”
"이유 없는 친절은 없어요.”

루크가 고개를 저으며 다시 안나를 놓아주었다.
"우리는 그녀의 아버지 살해범이에요. 그녀가 그 사실을 알게 된 후에도 이렇게 친절할까요?"
안나는 차마 대꾸하지 못했다.
"죽음도, 이별도 그리고 탄생도. 예상치 못한 순간에 일어나야만 해요. 그리고 지금이 그 시간이에요."
루크는 수액 라인을 스스로 뽑은 다음 카트에서 알콜솜을 꺼내 지혈했다.
"옷을 갈아입어요. 이대로 거리를 활보할 수는 없으니."
거실 한쪽의 옷장을 열어젖혔다. 소피아의 것으로 보이는 외출복이 한 벌 있었지만 루크가 입을 만한 건 없었다.
"일단 이거 먼저 입어요."
안나에게 옷을 건네고 루크는 여기서 나갈 방도를 궁리했다.

***

화재 발생! 화재 발생! 13층 병동 구역 화재 발생!
전 직원은 매뉴얼에 따라 안전구역으로 대피하세요!

10분 정도 지났을 무렵, 갑작스럽게 울린 화재경보에 병원 안이 어수선해졌다. 13층 복도에 연기가 들어차면서 의료진들은 몸을 숙여 환자들을 대피시키고 있었다.
"소방대는 B구역으로 가세요!"
직원 몇은 손에 소화기를 들고 연기가 새어 나오는 곳을 향해 뛰어갔다.

"13호요! 13호에서 화재가 시작되었습니다!"

화재경보가 시작된 곳은 1313호였다. 그 입구에서 검붉은 연기가 밑바닥부터 뿜어져 나오고 있었다.

***

"단단히 잡아요!"

1313호 병실 가장 안쪽 화장실.

물에 적신 수건으로 틀어 막힌 입구 반대편에서 루크가 완강기 줄에 안나와 자신의 몸을 묶고 있었다. 루크는 이미 침대 시트와 커튼 시트를 모아 불을 붙여놓았다. 구조대가 들이닥치는 것은 시간 문제였기에 루크는 불길이 번지는 정반대 쪽에 있는 이곳을 탈출구로 삼았다.

13층에서도 탈출이 가능한 비상탈출대가 설치되어 있었지만 루크는 압축공기로 팽창하는 커다란 슬라이드 대신 간이 완강기를 택했다. 연기로 사람들의 시선을 끌고 자신들은 반대편 유리창으로 탈출하는 계획이었다. 물론 불이 크게 번지거나 하지는 않을 것이다. 스프링클러도 작동할 테니, 이 정도는 금방 소화될 게 분명했다.

"괜찮겠어요?"

안나는 화사한 노란색 옷을 입고 있었다. 루크는 세탁함에 있던 구겨진 병원 근무복을 꺼내 입었다.

"이 방법밖에 없다면서요."

창문을 깨자 거센 바람이 들이닥치기 시작했다. 제법 커진 불길

탓인지 화장실 문이 들썩이기 시작했다.
 "좋아요. 10초면 바닥에 도달할 거예요. 최대한 자연스럽게 행동해야 해요."
 안나는 고개를 한 번 끄덕이고는 루크의 등허리를 꼭 잡았다.
 "셋! 둘!"
 루크가 바닥을 바라보며 착지점을 확인했다.
 "하나!"
 그리고 사람들이 없는 것을 확인한 다음 그대로 바닥을 향해 점프했다.

***

 "문이 잠겨 있어요!"
 구조대는 즉각 13호실 입구에 도착했다. 하지만 안에 뭐가 걸린 탓인지, 문은 바로 열리지 않았다.
 "그럴 리 없어요. 병실 문은 잠기지 않아요."
 다른 인력이 재차 당겨봐도 들썩이기만 할 뿐 꿈쩍하지 않았다.
 "다시 한번 해봅시다. 하나! 둘! 셋!"
 연기는 아까보다 잦아들고 있었다. 병실 안 스프링클러에서 쏟아져 나온 물줄기가 바닥을 통해 흘러나오기 시작했다.
 비상벨 소리를 들은 소피아도 복도를 달려오고 있었다.
 "안나! 루크!"
 마치 아이들을 두고 온 엄마처럼 소피아가 문 앞에서 어쩔 줄을 몰라 했다.

"어떻게 된 거죠?"

직원들은 우물쭈물하며 대답하지 못했다.

"어떻게 된 거냐니까!"

"지금 구조 활동 중입니다. 방해가 되는 행동은…."

남자 직원 하나가 용기 내서 말했지만 그것은 무의식의 쓸데없는 객기였다.

"비켜!"

소피아가 문 앞에 서성대는 사람들을 끌어냈다. 어디서 그런 괴력이 나오는 건지 직원들이 휩쓸리듯 밀려났다.

"루크! 안나!"

소피아가 문을 잡고 바짝 힘을 주더니 그대로 잡아 뜯었다. 다행히 연기와 불길은 더 퍼지지 않았다.

매캐한 연기에 기침이 나왔지만, 소피아는 개의치 않고 병실 안으로 뛰어들었다. 그녀를 뒤따르려던 직원들은 제대로 호흡도 하지 못하고 그 자리에 주저앉았다.

"루크! 안나! 내가 왔어요!"

오직 소피아만이 숨도 쉬지 않고 병실 안을 헤집고 있었다.

102
비행 (Flight)

"괜찮아요?"

완강기의 감속기가 제 역할을 했지만 충격을 완전히 줄여주진 못했다. 한 명만 탑승하도록 설계된 장비에 두 사람이 탔으니 그럴 만도 했다.

"네, 걸을 수는 있어요."

발목을 접질렸는지 안나가 절뚝거리며 일어났다. 안나의 한쪽 팔을 잡고 루크는 주위부터 살폈다. 다들 반대편 시커먼 연기에 정신이 쏠려 있어 둘을 의식하는 이는 없었다.

화재경보가 울린 지 꽤 시간이 지났지만 아직 대로변에는 기다란 소방차들이 사이렌을 울리며 병원 근처로 모여들고 있었다.

"불이 번지거나 하지는 않은 것 같아요. 주의는 확실히 분산시켰군요."

"소피아가 조금 더 속아주기를 바라야죠."

루크는 유유히 큰 길가로 나섰다. 봄에 어울리는 노란색 원피스와 응급실에서나 볼 수 있을 법한 네이비 색 근무복. 썩 어울리지 않는 이 두 조합을 받아줄 수 있는 것은 무인 택시밖에 없었다.

루크는 처음 마이애미에 도착했던 때를 떠올렸다. 의도하든 의도하지 않았든 자신은 이곳에서 온전한 루크 쇼의 이름을 가진 VIP 고객이었다.

"어서 탑시다."

길가에 서 있는 무인 택시에 다가서자 자동으로 문이 열렸다. 먼저 안으로 들어간 루크가 홍채인식장치에 눈을 가져다 대었다. 이미 한 번 성공했지만 혹시 인식이 되지 않을까 공연히 두려움이 일었다.

"안녕하세요. 루크 쇼 회원님. 반갑습니다."

어색하지 않은 기계음과 함께 택시 안에 불이 들어왔다.

"어디였는지 기억이 나나요?"

두 사람은 X-79A를 타고 이 곳에 착륙했다. 놀이공원으로 보이는 곳. 아이들이 우주인 분장을 한 직원으로 착각하며 반겨주었던 곳.

"젠장 이름이 뭐였더라…."

너무도 많은 일을 겪었던 탓인지 루크는 이름이 금방 떠오르지 않았다.

"잠깐만요."

안나가 무슨 수가 떠올랐는지, 터치스크린을 스크롤 했다.

"찾았어요! 마이애미 정글 아일랜드!"

마침내 스크린에서 안나가 그들이 착륙한 놀이공원을 발견했다.

"맞아요, 거기."

이름을 클릭하자 택시의 주행등이 초록색으로 바뀌었다.

이동을 시작합니다. 경로 탐색 중. 예상 도착시간 15분.

"급한 일정이 있으니 가능한 빨리 가줘."
루크가 화면에서 '요구사항'을 클릭한 후 말했다.

네, 알겠습니다. 주행을 시작합니다.

택시가 차도로 끼어들더니 빠른 속도로 움직이기 시작했다.

***

  방 안의 화재는 금방 진화되었다. 대부분의 내장재가 난연성 물질이었을 뿐 아니라 스프링클러가 바로 작동한 탓에 불길은 이불과 시트 일부만을 태우고 곧바로 꺼졌다. 하지만 연소 과정에서 만들어진 매캐한 연기가 아직도 병실과 복도를 가득 채우고 있었다.
  "요구조자는 미발견. 1313호에서 철수합니다."
  구조 장비를 잔뜩 짊어진 소방관들이 어디론가 무전을 보내며 방에서 철수할 준비를 했다.
  "여기요! 여깁니다!"
  병동의 가장 안쪽 화장실에서 완강기의 흔적을 발견한 것은 경비원이었다. 소방관들 역시 진즉에 확인했지만 탈출이 안전하게 완료되었다는 이유로 더 이상의 구조 작업을 거부했다.

소방관들이 병실을 떠난 후에야 소피아는 현장을 제대로 확인할 수 있었다.

"두 사람이 확실한가요?"

"CCTV를 봐야겠지만…."

"병실 내에도 CCTV가 있나요?"

"아니요, 1층 건물 주위 카메라를 확인해야 합니다."

"확인해주세요. 지금 당장."

소피아의 표정이 몹시 긴장되고 경직되어 있었다.

"죄송하지만, 어떤 것 때문에…."

경비원은 소피아의 요구가 이해되지 않는다는 표정이었다. 환자들이 화재로부터 안전하게 탈출한 게 확인된 이상 그들과 연락을 취할 의무는 이제 보호자인 소피아에게 있었다.

"환자에 대한 보호의 책임은 병원에 있는 것 아닌가요?"

"그렇기는 하지만, 두 분은 안전하게 병원을 벗어나서…."

"이봐요!"

소피아의 목소리가 커지자 병실 안이 조용해졌다. 그녀의 목소리가 조금이라도 닿은 지점에 있는 사람들은 모두 섬뜩함을 느꼈다.

"두 번 말하지 않겠어요. 지금 당장 CCTV를 확인해요. 두 사람이 무슨 옷을 입고 나갔는지, 어느 방향으로 도망쳤는지. 무슨 말인지 알겠어요?"

소피아의 얼굴이 금방이라도 폭발할 듯 붉으락푸르락했다.

"네… 알겠습니다."

경비원은 차마 거부하지 못하고 고개를 숙이며 자리를 떴다.

"루크… 안나…."

소피아는 두 사람에 대한 알 수 없는 배신감이 마음 깊은 곳에서 꿈틀거렸다. 그녀의 마음속에 불안감이 엄습해오자 마이애미 하늘에 이내 먹구름이 깔리기 시작했다.

***

"날씨가 갑자기 왜 그러죠?"

무인 택시의 글라스루프 위로 짙은 구름이 덮이더니, 굵은 빗방울이 쏟아지고 있었다.

"심상치 않군요."

여러 지구를 돌아다닌 루크는 이러한 날씨 변화가 무엇을 의미하는지 알고 있었다.

"좋은 징조는 아니에요."

서둘러 병원을 탈출하기는 했지만 사실 소피아가 자신들의 계획을 방해할 거라 생각하지는 않았다. 그녀는 평생을 하인츠에게 억압받았으며, 마침내 그로부터 스스로를 해방시켰다. 약에 취한 노숙자를 죽인 것이라며 두둔하고 있지만 어쩌면 소피아의 무의식은 그녀가 방아쇠를 당긴 대상이 '아버지 하인츠'라는 걸 알고 있는지도 몰랐다.

소피아는 이전에 한 번 만났을 뿐이다. 그것도 혼란과 공포로 휩싸인 상황에서. 그럼에도 소피아는 자신들에게 환대를 베풀고 지나친 애착을 보였다. 그건 역설적으로 그녀가 심한 정신적 불안을 겪고 있음을 반증했다.

그러니까 마이애미 하늘에 이토록 굵은 장대비가 쏟아지고 있다는 건 소피아가 잠시나마 정신적으로 의지하고 있던 대상을 잃어버린 것에 대한 '상실감'과도 같은 게 아닐까, 루크는 생각했다.
"날씨 이야기나 좀 듣죠."
안나가 터치스크린의 뉴스 항목을 탭 했다.

지금 동남쪽 100킬로미터 해상에서는 허리케인 루시가 북상하고 있습니다. 중심압력 940헥토파스칼의 루시는 오늘 밤 마이애미 해안에 상륙한 뒤⋯.

"그저 예정된 허리케인이었군요."
루크가 대수롭지 않다는 듯 다음 채널을 클릭했다. 화면에는 곧 발사를 앞둔 로켓 발사대의 모습이 떠올랐다.

스타링크 이상 현상 탐사를 위한 로켓 발사를 두 시간여 앞둔 지금, 이곳 케이프커내버럴 발사장은 삼엄한 통제가 이어지고 있습니다.

익숙한 발사대. 거기 우뚝 선 로켓이 루크의 시선을 끌었다.

오늘 발사 팀의 선장을 맡은 루크 쇼는 기자들과의 사전 인터뷰에서 갑작스러운 통신장애의 원인을 명확히 확인하고⋯.

안나의 시선이 화면 정중앙에 머물렀다. 아직 루크의 모습은 나타나지 않았지만 무언가 심상치 않은 일이 벌어지고 있는 게 확실했다.
"다크홀이 맞을까요?"
"예상대로 그런 것 같군요."

루크의 표정이 불길하게 굳어졌다.

"만약 발사 팀 가운데 소피아가 있다면…."

"그럴 리는 없을 거예요."

만에 하나 저 로켓에 소피아가 타고 있다면 그야말로 대재앙이었다. 이곳이 붕괴되기 전에 누가 먼저 이 지구를 떠나느냐 하는 경쟁이 치열하게 펼쳐질 테니. 루크는 생각만으로도 몸서리가 쳐졌다. 그보다 다른 생각을 해서는 안 되었다. 또 다른 내가 로켓을 타고 떠나는 걸 지켜보는 건 분명 흥미로운 일이었지만 지금은 그럴 여유가 없었다.

"소피아가 갑자기 우주인이 되지 않길 바라야겠군요."

안나가 결코 일어날 수 없는 일에 안도의 미소를 지었다. 그러나 곧 바뀐 화면에 루크는 얼어붙었다.

그럼 이쯤에서 우주인 가족들의 인터뷰를 해보기로 하죠. 먼저 루크 쇼 선장님 가족입니다. 스튜디오 나와 주세요.

103
엠마 그리고 엠마 (Emma and Emma)

"루크? 왜 그래요?"

루크의 얼굴이 순식간에 창백해졌다. 마치 영하의 추위에 벌거벗은 채 내던져진 듯 사시나무처럼 떨고 있었다.

안녕하세요, 멜리사 여사님.

멜리사. 갈색 머리를 짧게 자른 푸르른 눈의 멜리사. 그녀가 화면에서 차분한 자세로 인사를 건넸다.

루크가 무엇을 보는지 확인한 안나도 기함을 토하며 놀랐다.

이번 발사는 갑작스럽게 계획되었는데요, 걱정이 되지는 않으세요?

괜찮아요. 벌써 서른다섯 번째 우주비행인걸요.

벌써 그렇게 되었나요? 하긴 루크 선장님 아니면 하루아침에 우주에 가실 수 있는 분도 없겠죠.

마치 잘 짜인 각본처럼 아나운서와 멜리사는 문답을 주고받았다.
"루크, 괜찮아요?"
루크는 눈도 깜박이지 않고 화면을 응시하고 있었다.
가짜. 무의식들의 잠꼬대. 한낱 꿈속의 이야기. 눈앞의 가족들은 자신과는 아무런 추억을 공유하지 않은 사이임을 잘 알면서도 루크는 그 실체에서 헤어 나오지 못했다.
"루크, 루크?"
안나가 여러 번 불렀는데도 루크는 꿈쩍도 하지 않았다.

다음은 우리 어린 공주님 한 번 만나볼까요? 엠마 공주님?
안녕… 하세요.

아나운서의 멘트와 함께 카메라가 옆에 앉은 어린아이를 클로즈업했다. 어깨까지 자란 금발머리. 아빠를 꼭 닮은 코와 입술. 수줍은 듯 눈을 마주치지 못하는 것까지. 루크는 차마 화면을 다 보지 못하고 양손으로 얼굴을 감쌌다.

아빠가 어디에 가는지 알고 있어요?
우주요.
잘 알고 있네요. 아빠가 갑자기 떠나서 슬프지 않아요?

아나운서의 유도된 질문에 엠마의 눈이 갑자기 글썽이기 시작했다. 당황한 멜리사가 엠마를 안심시키려 안아주었다.

아무래도 제 질문이 부담되었나 보네요. 이것으로 루크 선장님 가족 인터뷰는 마치고 다음은….

안나가 터치스크린을 꺼버렸다. 택시 안에는 고요함이 가득 들어찼다. 루크는 검게 변한 화면을 뚫어져라 쳐다보고 있었다. 다크홀을 나와 엠마의 모습을 눈으로 직접 본 건 이번이 처음이었다. 그저 수백만 개의 픽셀pixel 위의 점일 뿐이었지만 그것은 루크의 뇌리에 강렬하게 남았다.
"너무 걱정하지 말아요."
안나는 무슨 말을 건네야 할지 알 수 없었다. 위로하는 것이 익숙하지 않았기에 더욱 그랬다.
"그래, 다 꿈일 뿐이니까."
루크는 예상치 못한 충격에서 빠르게 벗어났다. 아니, 그런 것처럼 보였다. 어느새 무인 택시가 길모퉁이를 돌자 '마이애미 정글 아일랜드'를 가리키는 표지판이 나왔다. 갑작스레 쏟아지기 시작한 장대비 탓인지, 공원 입구에는 사람이 드물었다.
"이제 이 지구에서의 일은 잊고, 다시 라마로 돌아가는 거예요."
안나가 먼저 무인 택시의 문을 열었다.

***

"루크, 이쪽으로!"

이젠 두 사람의 역할이 뒤바뀌어 있었다. 늘 루크가 상황을 주도했지만, 지금은 안나가 앞장을 섰다. 그가 아직 엠마와 멜리사에게서 헤어 나오지 못하고 있다는 걸 안나는 누구보다 잘 알았다. 그런 그를 다시 현실로 데려오기 위해서는 자신이 자꾸 다그쳐야만 했다.

"루크, 루크!"

행동이 굼뜬 건 아니지만 루크는 정신이 완전히 딴 데 팔려 있었다. 자꾸만 발을 헛딛는 루크를 보며 안나는 불길한 느낌이 들었다. 하지만 언제나 그랬듯이 그는 이 정도 충격에서 거뜬히 회복할 것이라 의심치 않았다.

"여기예요, 여기서 우리가 옷을 갈아입었어요."

사람들은 놀이공원을 모두 빠져나간 듯했다. 천둥과 번개까지 몰아치는 이 폭우 속에서 놀이기구를 탈 사람은 없으니까. 두 사람이 우주복을 벗고 일상복으로 갈아입었던 직원 탈의실을 발견하고 안나가 걸음을 재촉했다.

"루크, 적당한 걸로 갈아입고 올게요. 5분 후에 다시 만나요."

안나가 여자 탈의실 앞에서 루크를 똑바로 보며 말했다. 잠깐 떨어져 있는 이 순간이 더 할 수 없이 불안했다.

***

잠시 후, 두 사람은 다시 입구에서 만났다. 놀랍게도 두 사람이 아무렇게나 벗어놓은 우주복은 그 자리에 그대로 있었다. 아마도 캐릭터 복장 중 하나라고 여긴 탓에 아무도 건드리지 않은 것 같았다.

상황은 루크도 마찬가지였다. 꽤 잘 보존된 우주복에 헬멧까지

들고 있는 루크를 보며 안나는 환한 미소를 지었다. 적어도 그가 우주복을 잘 갖추어 입고 나왔다는 것은 라마로 돌아갈 준비가 되었다는 뜻이니까.

"미안해요. 잠시 추억들이 떠올라서."

루크가 안나를 안심시키려는 듯 미소를 지으며 말했다.

"괜찮아요. 그럴 수 있어요. 저는 추억이 뭔지 잘 모르지만."

쏟아지는 장대비를 피하기 위해 헬멧을 썼다.

"말씀드렸죠? 이주민동의서에 사인하고 나면 기억을 새롭게 한다고."

안나의 말에 루크는 몸을 움찔했다. 라마의 역사서에서 본 적이 있는 내용이었다.

"무슨 뜻이죠?"

"별거 아니에요. 그냥 이 지구에서의 슬프고 기쁜 일들을 잊어버릴 수 있게 도와준다는 의미죠. 다른 세계에서 이 모든 감정 덩어리들을 다 끌어안고 살아갈 순 없을 테니까."

안나가 대수롭지 않다는 듯 말하더니 발걸음을 먼저 옮겼다. 루크가 또 물을 게 있었지만 잠자코 그녀 뒤를 따랐다.

"그럼 당신은 지난 지구에서의 기억이 하나도 없는 건가요?"

두터운 우주복 장화가 물구덩이를 지나며 첨벙첨벙 소리를 냈다.

"꼭 그렇지는 않아요. 컴퓨터 포맷처럼 완전히 지우는 것은 아니니까요. 그냥 의식에 머무는 기억들을 무의식으로 내려놓는 것이죠. 원하면 되돌릴 수는 있지만…."

안나가 고개를 돌려 루크가 괜찮은지 한 번 더 확인했다.

"그렇게 하려는 라마인은 단 한 명도 못 봤어요."

"그렇군요."

루크는 자신의 헬멧을 툭툭 치며 굳은 미소로 화답했다.

"저기 있어요!"

수풀 사이에 숨겨진 X-79A를 찾아냈다. 적당히 때가 탄 외관과 시대를 뛰어넘는 모양은 누가 보아도 놀이공원에 어울리는 '아이템'이었다. 발목까지 오는 '가짜 호수' 안에 착륙한 탓에, 아무도 그것에 접근하거나 건드리지 않은 것 같았다.

"루크?"

안나는 우주선의 조종석에 바짝 붙어 섰지만 루크는 멈춰서서 움직이지 않았다.

"아, 잠깐 우주선을 보고 있었어요. 어디 손상된 곳은 없는지…."

안나는 그가 평소와 다르다는 걸 이미 눈치채고 있었다. 그런 그의 기분을 환기시키려는 자신의 노력이 별다른 소용이 없었다는 것도.

"그 부분은 당신이 전문이니까. 저는 그럼 뒷좌석에 타고 있을게요."

안나가 외부 사다리를 타고 우주선에 오르기 시작했다. 단단한 복대가 상처 부위를 누르며 잠시 통증을 느꼈지만 지금은 충분히 이겨낼 수 있었다.

다시 라마로 간다는 것. 짧지 않은 여행 동안 생과 사를 넘나들었던 안나에게, 이 순간은 분명 새로운 행복의 시작이었다.

104
전의식 (Child)

"보조전력장치 온^{on}"

"관성항법장치 대기^{armed}"

세 번째 탑승인 만큼 준비도 빨랐다.

앞좌석에 앉은 루크는 계기판을 조작하며 X-79A에 전원을 켜기 시작했다. 원자력동력과 전기추진장치를 이용한 터빈이 빠르게 회전하며 공기를 빨아들였다. 작지 않은 굉음이 울렸지만, 쏟아지는 빗소리에 이들의 이륙 준비를 알아차리는 이는 없었다.

"어디로 가야 하는지 알고 있나요?"

"그럼요."

루크가 오랜만에 자신만만한 목소리로 대답했다.

"지난번 착륙할 때 알게 된 건데, 녀석의 레이더 성능이 아주 뛰어나요."

루크가 고개를 돌려 안나를 보며 교신했다.

"고도 450킬로미터 지점에 이르면, 이 레이더로 스타링크 위성들의 위치를 파악할 겁니다. 그 근방에서 중점적으로 위성들이 사라지고 있다고 하니까, 거기가 바로…."

"다크홀 후보지가 되겠군요."

"빙고!"

루크가 오케이 신호를 보냈다. 드디어 집으로 돌아간다는 생각에 안나도 한껏 들뜬 얼굴이었다. 게다가 날씨를 제외하고는 귀환을 방해할 요소는 아무 것도 없는 것처럼 보였다.

"자, 그럼 이륙합니다."

루크가 계기반에서 세부 설정 화면으로 들어가더니 무언가를 확인하며 말했다. 뒷좌석에 앉은 안나는 그가 하는 일을 세세히 알 수 없었다. 그저 그가 결정하는 대로 따를 뿐이었다.

"꽉 잡아요. 직각으로 올라갈 거니까."

루크가 조종간을 잡더니 그대로 위로 당겼다. 그러자 강한 추진음과 함께 X-79A가 위로 솟구치기 시작했다.

한 번도 경험해보지 못한 중력가속도에 안나의 몸이 의자에 쏙 파묻혔다. 우주선의 커다란 날개 위에 얹혀 있던 빗줄기들이 사방으로 폭포수처럼 흩어졌다.

"1,000피트, 2,000피트…."

루크가 계기반의 숫자를 보며 되뇌었다. 워낙 빠르게 상승한 탓에 놀이공원에 남아 있던 사람들도 그것의 이탈을 눈치채지 못할 정도였다.

"됐어요!"

마침내 고도가 10,000피트에 이르자, 루크가 조종간을 꺾어 수평으로 가속하기 시작했다.

"휴…."

그제야 안나가 심호흡을 멈추고 창밖을 바라보았다. 짙은 구름과 안개에 가린 마이애미의 전경이 가까스로 비치고 있었다.

"안녕, 마이애미. 안녕, 지구."

아쉬움이 남아서가 아니었다. 그저 생생한 꿈, 아니 생생한 악몽에서 깨어나려는 의식적 속삭임이었을 뿐.

"좋습니다. 벌써부터 잡히는군요."

루크는 레이더 화면을 확인했다. 수천 개의 점으로 떠오른 스타링크 위성들이 원호를 그리며 미세하게 움직이고 있었다.

"여기예요."

그리고 그 한가운데, 마치 블랙홀이라도 생겼다는 듯이 동그란 구멍이 작은 점들을 집어삼키는 중이었다.

"맞는 것 같네요."

루크는 자신의 화면을 뒷좌석으로 전송했다. 그저 점들 몇 백 개가 나타나지 않고 있을 뿐이지만 그것은 간접적으로 자신의 존재를 드러내고 있었다.

"목적지는 정해졌어요. 별다른 방해물도 없습니다."

루크가 고개를 돌려 주위를 확인하더니 스로틀 레버를 끝까지 당겼다. 순간 덜컹하는 충격과 함께 X-79A가 빠른 속도로 가속했다.

"이 정도 가속력이면 미 공군의 어떤 전투기와 미사일도 따라오지 못할 거예요."

단 몇 초 만에, 우주선의 속도는 시속 1천 킬로미터를 넘어섰다. 처음에는 흔들림이 거셌지만, 고도가 5킬로미터를 넘어가자 그것마저 눈에 띄게 안정되었다.
"고도가 10킬로미터를 넘어서면 지금보다 10배는 빠르게 가속할 겁니다. 그 이후부터는 공기층이 옅어서 흔들림도 없을 거고요. 고도가 100킬로미터를 지나면, 다크홀과 완전히 방향이 일치하게 될 거라 더 이상 간섭할 필요가 없습니다. 그냥 쭉 날아서 그대로 골인하면 되는 거예요."
불안한 사람은 늘 말이 많다. 안나는 루크가 지금 지나치게 많은 정보를 제공하고 있다고 생각했다.
"네, 고마워요. 긴장되나 봐요."
그리고 그것이 그저 오랜만에 가족들의 기억을 떠올린 후유증일 거라 여겼다.
"안나, 잘 들어요."
루크가 차분한 목소리로 말했다.
"방금 항법 컴퓨터에 모든 좌표와 경로를 입력했어요. 당신이 해야 할 것은 아무것도 없어요."
"물론이죠. 당신이 있잖아요."
"만에 하나 다크홀이 갑작스럽게 사라지거나 우주선에 문제가 생길 경우, 머리 위에 붉은색 레버를 당겨요."
루크가 '탈출^{EJECT}'이라는 글씨가 적힌 비상탈출레버를 가리켰다.
"듣기만 해도 어마어마하군요."
안나가 쳐다보지도 않고 말했다.
"조금 뻐근하기는 하겠지만 안전하게 지상으로 데려다줄 겁니다. 이 최첨단 시스템이."
"네, 선장님이 잘 이끌어주니까요."

이때까지만 해도 안나는 알아차리지 못했다. 루크의 말이 마지막 작별 인사라는 것을.

"그동안 고마웠습니다. 당신이 내 딸이었더라면 더욱…."

루크가 헬멧의 선바이저를 내리고는 오른쪽 좌석 옆의 비상탈출 레버를 꼭 쥐었다.

"더 아름다운 여행이 되었을 거예요."

"루크?"

그제야 안나는 그가 다른 계획이 있다는 걸 알아차렸다.

"루크?"

"우리는 언젠가 다시 만나게 될 거예요. 꼭 라마가 아니더라도."

루크는 고개를 돌려 안나를 보았지만 선바이저에 가려 얼굴이 보이지 않았다. 루크가 그것을 내린 것은 마지막 자신의 나약한 모습을 보여주고 싶지 않은 마음에서였다.

"루크, 지금 뭐 하는 거예요!"

"비상탈출시스템을 분리해놨어요. 제가 나가더라도 당신은 안전하게…."

루크는 채 말을 마치지 못하고 레버를 당겼다. 순간 귀를 찢는 화약 폭발음과 함께 루크가 타고 있던 전방좌석이 분리되었다. 동시에 캐노피 앞쪽이 날아가면서 루크의 좌석이 위로 솟구쳐 올랐다.

"루크!"

거센 화염과 소음 탓에 안나는 아무 것도 볼 수가 없었다. 그저 거센 진동과 흔들림만이 루크가 떠났음을 알리고 있었다.

비상! 전방좌석 사출!

비상! 전방좌석 사출!

존시스템 오버라이드! 긴급대응모드로 변환합니다.

긴급대응모드 변환 완료. 예정된 웨이포인트로 비행을 개시합니다.

수동 비행 비활성화 완료.

곧이어 오토파일럿 컴퓨터의 짤막한 경고메시지가 들려왔다.

"루크! 루크!"

안나가 아래쪽을 보며 임시조종간을 거세게 흔들었다. 하지만 모든 게 자동으로 바뀌어버린 지금 안나의 움직임은 아무런 소용이 없었다.

"…."

잠시 후, 저 아래에서 세 개의 비상낙하산이 펴지는 게 어렴풋이 보였다. 그리고 아직 두 사람 사이의 무선이 끊기지 않았다는 듯 잡음이 들려오기 시작했다.

"루크! 괜찮아요? 루크?"

"…."

안나는 계속해서 교신을 시도했다. 상황을 되돌리려는 것이 아니라 되돌릴 수 없다는 현실을 받아들일 수 없어서였다.

"안… 나….'

두 사람 사이의 상대속도 탓인지, 루크의 목소리는 변조되어 들릴 듯 말 듯했다.

"루크… 말해봐요 루크…."

안나의 뺨을 따라 굵은 눈물이 흘러내렸다. 혼자 남겨졌다는 두려움보다 갑작스레 이별했다는 슬픔이 더 컸다.

"에… ㅁ… ㅁㅏ…."

그리고 한 없이 낮아진 톤의 마지막 교신을 끝으로 미약한 잡음마저 사라지고 말았다.

***

루크가 X-79A를 수직으로 이륙시킨 것은 의도적이었다. 가능한 플로리다의 집과 가까운 위치에서 탈출하는 것. 루크는 플로리다 반도를 조망할 수 있는 높이까지 올라간 뒤에 단번에 플로리다 집 근처에 착륙할 수 있는 위치에서 탈출을 감행했다.

"으윽!"

강한 비바람 탓에 계산이 잘 들어맞지는 않았지만 최신식의 탈출 시트는 자신이 경험한 것보다 훨씬 더 완벽했다. 낙하산과 시트 양쪽에 조절 가능한 추력기가 달려 있는 덕분에, 루크는 마지막 순간까지 자신의 착륙 지점을 조정할 수 있었다.

비구름이 만들어낸 안개 탓에 지붕의 색깔을 확인하는 것이 쉽지는 않았지만 루크는 아주 멀리서도 이층집의 붉은 지붕을 볼 수 있었다. 그것이 실재인지 마음의 눈을 통해서인지는 확실치 않았지만.

"어머, 우주인이다!"

도심 주택가 한가운데 내려앉은 탓에 사람들의 시선을 완전히 피하는 데는 실패했다. 갑작스러운 루크의 등장은 길거리를 지나는 사람들의 시선을 끌기에 충분했다.

빵빵!

몇몇 차량들은 경적을 울리며 멈추었지만 대부분은 그의 등장을 마치 '왕의 귀환'처럼 하염없이 바라볼 뿐이었다.
"저는 괜찮습니다. 공군 훈련입니다."
헬멧 선바이저를 내린 탓에 사람들은 아직 루크를 알아보지 못했다. 루크가 서둘러 낙하산을 거둔 다음 자신과 연결된 줄을 끊어버렸다.
"곧 공군에서 데리러 올 겁니다. 저는 괜찮습니다."
루크가 멀쩡하게 두 다리로 걷는 것을 확인하고 나서야 차량과 사람들이 다시 가던 길로 움직였다.
"소피아도 알아챘겠군."
이쯤 되면 이 지구에 다시금 경종을 울린 것이나 마찬가지였다. 그것은 꼭 좋은 신호만은 아니었다.
마이애미 웨스트 팜비치 가를 따라 걷자 길 너머로 그토록 그리던 붉은 지붕이 선명하게 들어왔다. 닫힌 차고 문 앞에는 아내 멜리사가 즐겨 타던 SUV가 서 있었다. 두 사람이 집 안에 있다는 걸 직감한 루크는 잠시 눈을 감았다.
딸 엠마와의 즐거웠던 캠핑, 방과 거실을 뛰어다니며 소리치던 짧은 순간들. 마치 어제의 일들처럼 지난 추억들이 머릿속을 스쳐 지나갈 무렵, 루크는 가늘게 눈을 떴다.
"엠마, 아빠가…."
현실과 꿈은 그저 눈꺼풀 하나를 두고 서로를 차단한다.
"여행을 마치고…."
루크가 가슴을 진정시키며 현관문을 향해 걸음을 내디뎠다.
"돌아왔단다."
길바닥에 고인 빗물을 밟고 나오자, 철썩이는 소리가 바지를 적셨다. 익숙한 광경이었지만, 모든 것이 새로웠다. 보도블럭의 반력과 얼굴을 스치는 바람결까지. 천천히 그리고 빠르게 스쳐가는 엠마와의 추억들이 루크의 심장을 요동치게 했다.

곧 마주하게 될 어린 딸이 의식인지 무의식인지는 더 이상 중요하지 않았다. 로켓을 타고 우주로 향했으리라 철썩 같이 믿고 있을 아내와 딸을 어떻게 설득할지 잠시 고민이 되었지만 그것이 루크의 그리움을 이겨낼 수는 없었다.

그렇게 몇 분이나 망설이던 루크는 마침내 호흡을 가다듬고 초인종을 향해 손을 뻗었다. 동시에 먹구름 사이로 나온 햇살 한줄기가 루크의 손끝을 비추었다.

〈끝〉

홀론 2

1쇄 발행 2025년 2월 26일

지은이 제레미 오
펴낸이 배선아
펴낸곳 고즈넉이엔티

출판등록 2017년 3월 13일 제2022-000078호
주　　소 서울특별시 강서구 마곡중앙2로 15, 테크노타워2차 311-312호
대표전화 02-6269-8156 **팩스** 02-6166-9199
이 메 일 gozknockent@gozknock.com
홈페이지 www.gozknock.com
블 로 그 blog.naver.com/gozknock
페이스북 www.facebook.com/gozknock
인스타그램 www.instagram.com/gozknock

ⓒ 제레미 오, 2025
ISBN 979-11-6316-618-4 (04810)
　　　979-11-6316-619-1 (세트)

표지 그래픽　Freepick

잘못된 책은 구입하신 서점에서 교환해 드립니다.
이 책은 저작권법에 따라 보호받는 저작물이므로 무단 전재와 복제를 금합니다.
이 책의 전부 또는 일부 내용을 재사용하려면 사전에 저작권자와 본사의 서면 동의를 받아야 합니다.